U0921101

谜托邦

MYSTOPIA

华文推理新大陆
推理迷的乌托邦

拟南芥 著

北京联合出版公司
Beijing United Publishing Co.,Ltd.

一念成魔，一念成佛。

目录

义、一寸法师与座敷童子

本 阵

“外面怎么又在吵闹？”古畑揉着脚问刚从外面回来的重兵卫和吉冈。

“是坂本大人吧。”

“又喝醉了，叫嚣着要找女人？”古畑冷冷地说。

重兵卫使了个眼色，吉冈连忙阖上纸门。

“小声点，别说了，要是让他知道了，一定会治你不敬之罪。”

“他都做了，还不许我说吗？”古畑耸了耸肩，“你们俩难道会去告密？”

“你这是看不起我们吗？”

古畑自知失言，摇了摇头，变戏法似的从身后拿出两盅酒：“我知道你是在说隔墙有耳，我错了，快过来喝酒。”

重兵卫脸色恢复正常，和吉冈一起坐到古畑边上。

重兵卫并不是小心眼的人。

古畑替重兵卫和吉冈倒上了酒。

重兵卫说道：“多亏了坂本大人，我们才能住上本阵，他也是我们的上司，还是少说些闲话为妙。”

此次出行，意义重大。幕府赏赐给某地方藩主大批珍宝，特地命令上级武士坂本左又卫门护送这批赏赐，除去坂本左又卫门的家臣外，奉行所也抽调了几名干练的武士随队护送，重兵卫、古畑和吉冈也在其中。重兵卫和古畑屡破奇案，吉冈作为重兵卫的助手也立下不少功劳，可以说，三人是护送赏赐的最佳人选。

“可他前几日不还打算去住副本阵吗？”古畑说道，“胆子也太大了。”

幕府在各地设立了驿站，每个驿站都配备一所叫作“本阵”的旅馆，专供幕府上级官员、大名、公卿等人居住。本阵客满，客人也可以去副本阵居住，副本阵对其他客人都是开放的。

以重兵卫等人的身份是住不进本阵的，但他们肩负看守赏赐的职责，所以还是入住了本阵。坂本大人想去副本阵居住的原因很简单，副本阵更加热闹，艺人、商贩络绎不绝，还有私娼。

“这趟任务不能出丝毫差错。”重兵卫说道，“万一真的遇到胆大包天的贼人，导致赏赐有失，我们就得以死谢罪了。”

“谅也不敢有这么大胆的芝麻蝇。”古畑又取出了鱼干、豆子之类的下酒菜。

芝麻蝇暗指伪装成旅客在旅店中偷东西的贼人。苍蝇落在黑芝麻中自然很难被发现，这倒也算风趣的比喻。

吉冈问道：“这些酒菜哪儿来的？”

坂本大人可以仗着自己的地位胡闹，但他们却不能不小心。

“在外面买的，放心，我藏在袖子里没人发现，再说三个人喝两盅酒怎么可能喝醉。”古畑笑了笑，想将这些烦心事都丢到脑后，痛饮美酒。

“你们知道上面为什么会派坂本大人护送宝物吗？”吉冈说道，“这是有原因的，他至少没看上去那么草包。”

这时，外面又传来一声坂本左又卫门的号叫声。这让吉冈的话少了几分可信度。

“咳咳……”吉冈苦着脸继续说道，“其实十五年前发生过一桩盗窃案，被盗的也是将军的赏赐，而破案的正是坂本大人。”

“这种事情你又是从哪儿听来的？”古畑问道。

吉冈笑道：“听坂本大人的手下吹嘘的，据说这件案子因为过于离奇而被幕府压下不表，但坂本大人立下的功劳却毋庸置疑。所以时隔多年，当要再度押送赏赐，上面就又想到了坂本大人。至于那件旧事，那可真是吊诡至极，据说和座敷童子的诅咒有关。”

“啊，既然是诡异的事情，那就说来给我们听听吧。”古畑来了兴致。

十五年前的谜案，且听吉冈慢慢道来。

宝珠失窃

“不要出去！”母亲紧紧抱住年仅十岁的大庭南芥。

外面已经乱成了一锅粥，母亲抱着大庭南芥在室内避祸。

大庭南芥看到茶碗中的水面泛起了一层又一层涟漪。

外面交乱错杂的脚步使地板微微颤动。

“宝珠呢，宝珠到底去哪儿了！”

门“哐”的一声被撞开，阳光洒向室内，激起尘埃四舞。大庭南芥抽了抽鼻子，他闻到了一股血腥味。

南芥想哭，母亲抓起面前的东西塞进了他嘴里，生生止住了南芥的抽噎声。

母亲按下南芥，让他跪倒在地板上，她自己也深深跪了下去：

“请恕罪、恕罪……”

那个男人不顾母亲的求饶，一把抓起了她：“东西在哪儿？”

父亲急急忙忙跑过来，也跪倒在对方面前：“大人，放过贱内吧，我们不知道宝珠在哪儿，它失窃了。”

“它一定还在这里！”男人发出绝望的低吼声。

母亲抱着大庭南芥，趁机离开了室内。

“记住，”母亲说道，“无论发生什么事，你都不能哭，你已经长大了，已经长成了一个男人。”

大庭南芥点了点头，母亲转身离开，冲入乱流之中。

南芥从嘴里吐出一块带血的东西，那是一块仙贝。刚才母亲强行将仙贝塞进南芥嘴里，仙贝重重地磕在他的牙床上，弄得南芥满嘴是血。他吐出不少口水，血色也渐渐淡了下去，铁锈味却怎么也散不了。

此刻，大庭南芥对一切都感到恐惧，发自本能的恐惧。

孩子的赤诚之心，使其对未知事件有种特殊的敏锐度，南芥感到毁灭正在靠近……

这件事要从一天前开始说起。不，追根溯源的话，则要从更早前说起。

半个月前，大庭家接到命令，准备接待将军的犒赏队，队伍带了足足四箱子珍宝。那些珍宝是要赏赐给藩主的，不得有失。

大庭家必须好好招待这支队伍。

这是乡下的武士大庭家在近几十年中接到的最重要的命令。

大庭利助和晴子夫人，也就是大庭南芥的父母亲早早就开始做准备。他们召来下人，整理了庭院的花草，清除了杂草，浚疏了池塘，替换好老旧的门窗，进行了一次彻底的大扫除，整座府邸焕然一新。

队伍迟了两天才到，领队的是水井十藏，坂本左又卫门担任副手，不算苦力，队伍足有十五人。

大庭利助礼数周全地招待了众人。幕府派来的诸位似乎有些傲慢，不过大庭利助并没有不满，毕竟有着身份的差距，他只要能圆满完成任务就可以了，不奢求他们青眼相加。

晴子夫人询问退出来的丈夫大庭利助："怎么样了？"

大庭利助没有说话，只是冲妻子点了下头。晴子夫人安心了。

关于那些赏赐，大庭家特意空出了一个房间，关上了包括小气窗在内的所有门窗。五位武士把守在门外，这五位武士皆是水井十藏的部下，大庭家的人别说是碰了，连见都见不到里面的东西。五位武士也并未完全受到上级信任，他们不得单独进入房间内，必须要在其他人的陪同下才能进入。

没有贼人胆敢对这些东西动手吧。看守们虽这样想，但仍一丝不苟地值班，不敢有丝毫懈怠。

这家的孩子躲在远处看过他们一眼。那个孩子也是感到好奇吧，想看看武士究竟是什么模样。

更夫的打更声幽幽传来，像漫长而真实的幻觉。

晴子夫人踩着庄重的步子，带着女佣而来，她为武士们带来了慰劳品。

红色的漆盘中是娇小可人的饭团。他们有公务在身，不能饮酒，晴子夫人替他们准备的饮品是茶。武士们道了谢，等晴子夫人退下，他们享用了夜宵。

夜还有一半，习习夜风吹来，其中一人打了一个寒噤。刚填饱肚子，人难免会倦怠，他揉了揉自己的眼睛。

两刻后，另一班武士前来换班，乍一看，其间什么都没有发生，这个夜晚平平安安地过去了。

当鸡叫过三遍，晨曦划破黑幕。

水井十藏和坂本左又卫门几人用过早膳，拿了大庭家的干粮，准备离开。水井十藏同大庭利助礼节性地寒暄了几句。

某个眼尖的武士发觉不对，其中一个箱子好像被动过了，光洁的表面上有两道短浅的划痕。他向坂本左又卫门报告了这件事。

坂本左又卫门带着水井十藏打开了箱子，查看里面的珍宝。

其中一枚宝珠不见了！

水井十藏倒吸了口寒气，拽住自己的袖子："不……不见了！"水井十藏已经完全蒙了，将军的赏赐失窃，他责无旁贷。

坂本左又卫门也同样惊恐，但他比水井十藏更早回过神来，他大喊："快把东西都搬回去，立即封锁这里，所有人都不得进出。"

水井十藏率队冲了出去，这就有了之前的那一幕。他对妇孺出手，被大庭利助拦住。坂本左又卫门也拽住水井十藏，说道："大人，振作一点，我记得您与这里的山本大人有旧，快去请求他在各个路口设置路障，千万不能放人出去，也许我们还有一线生机。"

一线生机！

这句话如铁锤一般重重打在水井十藏的心头："对，对，我这就去请他帮忙。"

水井十藏狂奔而去。这里就交给坂本左又卫门负责。

坂本左又卫门转过身吼道："给我去搜，哪怕是掘地三尺，翻遍这里的每一寸，一定要把宝珠找回来！"

其余人立刻动了起来，坂本左又卫门突然叫住了几位心腹和苦力。他像不甘心似的，让手下人照着礼单一一核对几个箱子内的珍宝，以确认那枚宝珠是否真的不见了。

核对的结果让他失望了，宝珠真的失窃了。

"你们确定昨天没有这两道划痕吗？"坂本左又卫门问道。

手下沉思片刻，给出了一致的答案，这划痕绝对是新添的。昨日，他们将箱子搬入房间时，当时一定没有这两道划痕。

如此一来，坂本左又卫门就确定了宝珠失窃的时间——宝珠是在昨天夜里失窃的。坂本又询问了当值的武士，武士们将昨夜的情况一五一十地告诉了坂本。

坂本左又卫门的头更疼了，昨夜没有任何异动，这才是最可怕的地方，这表示整个案子毫无线索。

坂本左又卫门靠在墙边，懊恼地用脑袋不停撞击墙壁。

咚咚咚咚咚……

坂本左又卫门有种麻麻的眩晕感，他的额头已经红肿了，开始往外渗血。洁白的墙壁上留下了一团殷红的印子，宛如垂暮的红日。

这不是坂本左又卫门的错，他们的防盗措施已经做得很全面了。这么多年来，所有队伍都是这样做的，不曾出过纰漏。坂本左又卫门只是恰恰遭遇了这场大难而已。但他还是不由得后悔，后悔自己半夜没有多巡视几番。

“没有找到宝珠。”

“没有找到。”

“一无所获！”

属下们一一回禀道。

前厅、后院、西厢……他们没有找到宝珠，坂本左又卫门的心一点点冷了下去。

“坂本大人，水井大人回来了！”

坂本左又卫门忙起身，随手取过一条白绢绑在额头上，遮掩住伤口。他希望水井十藏带回来的是好消息。

“山本同意帮忙了。”

“好，这就好。”坂本左又卫门问道，“那么最多能瞒几天？”

“三天，最多只有三天。”

“三天内，我们找回失窃的宝珠，就可以把这一切都当作没有发生过吗？”

水井十藏摇了摇头。

这件事牵扯太广，必定会有人上报，不可能当作无事发生。就算及时找回宝珠，全员也难逃责罚……只是他们必须竭尽全力，保住自己这条命，再不济也不能牵连家人。

“当真没有办法了吗？”

“够了！”水井十藏突然站起身，他仿佛被触到了痛点，“如果有其他的办法，我难道会不告诉你吗？”

水井十藏的五官微微抽搐，他已然到了崩溃的边缘。

“一定要找回宝珠。”水井十藏俯视着坂本，揪住他的领子，“让他们都滚出去找，大庭利助呢，我要好好审问他。”突然，水井蹲了下来，喃喃自语道，“我们死定了，死定了……”

坂本甩开水井十藏，望着远空的日头，感到有千万道利刃刺入他的眼球。他想倒下去，让意识离开，远远逃离此间。但他没有放弃，而是走了出去，喊道：“不要松懈，宝珠很有可能还在此处，控制住这里所有人，再仔细搜查一遍。想象如果你们是那个小贼，会把东西藏在哪儿？”坂本左又卫门转过头，对水井十藏说道，“请大人赶去山本大人那里，贼人很可能会携带宝珠混出关卡，千万不能让他得逞。若宝珠不在大庭家，我们就只有将贼人堵在半路搜出宝珠，如此重任，只能交给大人了。”

水井十藏哀叹一声，失魂落魄地朝外面走去。坂本唤来一个心腹，让他跟在水井十藏左右，协助水井。

送走了水井十藏，坂本左又卫门伸出三根手指，他将其中一根手指收了一半，现在还剩下两根半，他们还有两天半的时间。

宝珠是在大庭家的库房内遗失的，坂本左又卫门一寸寸地敲打着房间确认里面没有暗道。上方有一扇不加锁的小气窗，但气窗太小了，坂本比画了一下，发现连自己的脑袋都探不过。

密室！

这个词突兀地跃入坂本左又卫门的脑海，此处就是密室，无人可以进出，但是一枚宝珠从密室之中消失了。

妖怪！

又一个词出现在坂本左又卫门的脑海里，只有妖物才能完成不可能的事情，难道是妖怪作祟？坂本叹了一口气，如果真是妖物恶作剧，那就求它把东西还回来吧，坂本愿意设立神社世代供奉……

想到这里，坂本左又卫门又无奈地摇了摇头。寄希望于这些玄之又玄的事，实在是懦夫所为。

坂本左又卫门对自己队伍中的人都比较放心，大家是拴在同一根绳上的蚂蚱，监守自盗的可能性不是没有，只能说比较低。

大庭利助没有可疑之处，昨夜他招待了水井十藏、坂本左又卫门一众，一晚上都在忙，有不少人能替他作证。大庭利助直到深夜才休息，今朝又早起准备干粮和早膳。

至于晴子夫人，她和大庭利助一起招待众人，也一直在忙活，半夜还给值勤的武士送去了慰问品，她服侍丈夫睡下，头刚沾枕没多久就起身了。早膳的事情布置得差不多，她才叫起了大庭利助，而后夫妇俩一起工作，准备送走水井十藏他们。晴子夫人也没有可疑之处。

大庭家的下人也一样，他们全是入府三年多的仆人，对大庭家忠心耿耿，不似恶仆。

坂本左又卫门没能找到线索，只能和其他人一起去搜查庭院，他们几乎拔掉了院中每一株花草，无论是菊花还是何首乌，又翻开了每一块石头。

这真是一件煞风景且作孽的事情。

结果呢？还是一无所获。

夕阳西下，正是逢魔之时，水井十藏醉醺醺地回来了，他几乎倒头就睡。坂本左又卫门根本没机会问他关卡的情况。

“究竟如何了？”坂本问跟着水井十藏出去的属下。

“没有抓到人，也没有搜到宝珠。”

“那水井大人怎么会烂醉？”

“水井大人心中苦闷，说要喝酒。”属下回答，“我也拦不住他。”

“各地的关卡呢？”

“山本大人安排了专人盯着。”

“你退下吧。”

坂本左又卫门回过头，看着醉得像摊烂泥般的水井十藏，不由得也生出想喝酒的冲动。他也多么想醉上一番，将世间的烦恼都抛诸脑后。

但他又明白这绝不是大丈夫所为，生而为人必须有所担当。他静坐着，闭目沉思，思索如何才能走出目前这个困境。

座敷童子

“这都什么时候了，水井大人还没起来吗？”

“没……”

坂本左又卫门走到水井十藏面前，他竟然一直睡到日上三竿。

“快醒醒。”坂本摇了摇水井十藏。

水井十藏睁开还迷糊的眼睛：“我们该上路了吗？”

什么上路？难道酒还没有醒吗？

坂本左又卫门斜睨着水井十藏："宝珠还没找到，我们怎么上路？"

水井十藏发出一声惨呼："这么说来，这一切都不是噩梦？"

这个人已经没救了，坂本左又卫门想。

"不是噩梦，是现实。"

水井十藏一副泫然欲泣的模样："那现在有眉目了吗？"

"没有。"

水井十藏捂着头，走了出去，一副失魂落魄的样子："我再去山本大人那里。"

坂本左又卫门觉得水井十藏八成又要去喝酒了，但他没有阻拦。水井十藏的"斗志""道"已经被摧毁了，他不算是心志坚定的人，与其强留，倒不如让他放纵一会儿。

命运是张大网，铺开之后，哪怕逃到天涯海角，也终难逃开。及时行乐是一种态度，拼死反抗也是一种态度……

啊啊啊啊啊……坂本左又卫门脑海中回荡着钝痛的残响。

"我出去看看。"坂本左又卫门对其他人说道，"你们按照之前的计划，该去外面搜查就去外面搜查，该留在这里就留在这里，万不可懈怠。"

坂本并未走远，只是在周围逛了几圈。最后他坐在街边，点了两串团子，浅呷一口粗茶，望着人流。

"老人家知道前面那户人家吗？"

坂本问的是一位老者，他像是本地人，又恰好坐在坂本对面。

"大庭家吗，当然知道。"

"我是外地来的武士，"坂本说道，"有些好奇，近日那座府邸好像不太安宁啊。"

"哦，这么一说，那里确实有些不太对劲。"老人道，"这两天，我从那里经过都能感到一股寒意。”

“寒意？”

“就是一种感觉，好像里面发生了什么不得了的大事。”老人压低了声音，“连门都不开，整栋府邸也没传出什么动静，必定有鬼。”

“啊？”坂本装出一副吃惊的样子，“会出什么事情，大庭在此处的风评如何？”

“风评不错，但依照我的看法，这次必定不是什么好事。”

“既然风评不错，我看大庭家的家风也严谨，又怎么会出坏事？”坂本一点点地套老者的话。

“一是大庭家铁桶一般的状态，二是大庭家本身的诡异。他们的风评是不错，大人出门从不摆架子，夫人待下人也好，一家人待人接物都没有问题。只是……”

“只是什么？”

“外界传言，大庭家内有怨灵作祟。”

坂本险些被团子噎住，难道真的存在妖物？如果真是妖物夺走了宝珠，那自己怎么可能追回来呢？

“大庭大人和晴子夫人婚后七年都没有子嗣。如果是不孕，倒并不离奇。离奇的是，晴子夫人三次怀孕，但都中途流产，据说胎儿已经成形，大庭大人命人立刻焚毁死胎。”

“为何如此？”

“因为不祥，死胎是畸形的怪物，所以一些人认为大庭家寄居着童子怨灵。”老人说道。

坂本左又卫门听了这些话，谢过老者，又回到了大庭家。他看到属下皆是一副愁眉苦脸的样子，便把他们都打发出去了，省得烦心。

“山本大人抽调人手过来了吧，那这里只留下三人足矣，其他人都出去调查吧。”

坂本再次踏入那间库房，但仍没找到证据。他在里面待了两个时辰，出来后在院子里看到了一个孩子，他正在将一些花草扶起来再栽回去。

“你叫什么？”坂本左又卫门走了过去。

“南芥，大庭南芥。”

“嗯，是个好名字。”坂本左又卫门摸了摸大庭南芥的脑袋。

“昨天吓坏你了吧。”

“没事。”

“好孩子，快回到母亲身边去吧，不要在外面乱跑了。”大庭南芥应了一声，跑回去了。他就是晴子夫人第四次怀孕生下来的孩子。

大庭家内所有人都被软禁着，看守大概觉得大庭南芥只是个孩子，就没把他放在心上。

到了晚上，水井十藏没有回来。坂本左又卫门也不派人去寻。

府邸内的灯火亮了一夜。

到了早上，水井十藏才回来，大概又在哪儿醉了一场吧。

“有眉目了吗？”

“没。”

“我也没有。”水井十藏推开坂本左又卫门，“来人，我要沐浴更衣。”

坂本左又卫门没空理会水井十藏，他匆匆用完早膳就出门了。这是最后一天，他希望到外面去看看。

不得不承认水井十藏和山本大人做事一丝不苟，坂本左又卫门看了他们的安排，也没想出改进之法，最后只能和其他武士一样做些体力活。

坂本左又卫门怀疑贼人早就带着宝珠远走高飞了，从这么多人中搜出一枚小小的宝珠本来就是极难的事。他站在人群中，绝望如潮水一般一阵阵地朝他涌来。

他回到了府邸，那个叫作大庭南芥的孩子又在外面乱逛。坂本左又卫门发觉他手中似乎捧了什么东西。他悄悄跟在孩子身后，见南芥拐入一间屋内。

大庭南芥点亮了灯，坂本左又卫门才看清他手中的是一碗米汤。

“怎么又在外面乱跑？”坂本左又卫门现身。

“我来照顾弟弟。”

从未听闻大庭利助还有次子，坂本左又卫门起疑了。他冷眼看着大庭南芥，想看看他口中的弟弟是何模样。

大庭南芥走到后面，小小的后室内放置着一张小木床。原来只是个婴孩，坂本左又卫门看到了襁褓中那张小小的脸。小小的孩子躺在襁褓中，戴着棉制的帽子，只露出半张脸。

大抵因为只是个孩子，所以属下也没有知会坂本左又卫门。

坂本看着大庭南芥将米汤一点点喂给那个孩子，他看得无聊了，想要离开。那个孩子吃了一半，突然不安分起来，一个翻身，竟然踢开了被子，露出了半截身子。

霹雳！

宛若晴天霹雳击中坂本左又卫门的心脏。他瞪大双眼，嘴微微张开，指尖发颤，生出厌恶、惊愕的情绪，附在骨上的皮肉也绷紧了，他正欲发作……有人却在院内呼唤坂本。

“坂本大人，坂本大人，水井大人要切腹！”

什么？

坂本左又卫门忙出门，抓住那人问道：“究竟是怎么回事？”

“水井大人已经准备好切腹了，他说希望由您来担任介错人[①]。”

---

① 切腹时，介错人作为切腹者的助手，负责斩首，早早结束切腹者的痛苦。

“什么时候？”坂本左又卫门问道。

“就是现在！”

坂本左又卫门听闻，立刻赶至水井十藏处。只见水井十藏房内，一派肃穆，案头上放着一沓书信，是水井十藏的字迹。不光是遗书，还有给幕府、至亲好友的信，最上面是辞世词。

越过唐纸屏风，坂本左又卫门看到了水井十藏。他身穿庄重的礼服，用来剖腹的肋差放在正前方，身边还放着未撤下的“最后一餐”—— 分量不多、清洁的饮食，还有几杯淡酒。

水井十藏平静地坐着，宛如磐石，有种脱尘出世之感。

“水井大人……”

坂本左又卫门刚想说几句，却被水井十藏打断了。

“你不必多言，我意已决。”水井十藏的声音里听不到一丝犹豫和恐慌，“一日惊恐，一日酒醉，我已经想明白了，唯有切腹才能向将军谢罪，保全我作为武士的尊严。昨夜，我醉卧街头，醒来便看到了明月。左又卫门啊，月华如镜。沐浴在月华下，我突然悟了，心澄清如琉璃，看破了生死。”

水井十藏抬头望着坂本左又卫门，说道：“死有何惧，若能以死成就我忠义之大道，又有何惜？左又卫门，你也该去看看月华，说不定就能明白我的意思。不过这次就让我先去吧，你来当我的介错人，助我从痛苦中解脱。”

水井十藏说完一席话，脱下了衣服。其间又有数人走入这间房，他们打扮得和水井十藏一样，意思很明确 —— 愿与水井十藏一同以死谢罪。

“看来吾道不孤啊。”水井十藏感叹道。

比起获罪后死于囹圄，贯彻武士道，切腹而死是光荣的。

水井十藏拿起肋差对准自己的腹部，低低地喝了一声。刀尖刺入腹部，划开一道豁口，殷红的血顺着伤口淌了出来。

“交给你了，左又卫门。”水井十藏痛得五官扭曲了。

坂本左又卫门拔出刀，对着水井十藏的脖子狠狠砍下。屋内顿时充满了浓郁的血腥味，惨烈的红色在榻榻米上慢慢扩散开来。

水井十藏死后，又有几人在此间切腹。

只有一人失仪了，大概是因为剧痛，他竟未能坐稳，向前扑倒，肠子掉出体外。

血腥味再也化不开了，不过坂本左又卫门并不觉得难闻，这里有种壮烈的美，腥味中仿佛带上了一股蛊惑人心的甜。

是的，坂本左又卫门见众人切腹谢罪，一时之间心中也存了死意。

他取出一个干净的蒲团，坐了下来，没人能替他介错，但他还是拔出了肋差，放在自己膝上轻抚。

“你们猜接下来如何了？”吉冈突然停下。

古畑道：“坂本大人健在，那他当然没死，还破了案子，追回了宝珠。”

“你说的是废话。”吉冈道。

“接下来……我想坂本大人要想明白了，这事定和那个孩子有关。”

吉冈点了点头：“还是重兵卫你看得更加透彻。”

冰冷的刀锋划开坂本左又卫门的肌肤，那一刻，在死亡和疼痛的刺激下，坂本的大脑飞速转动。

一幕幕场景在他脑海中掠过。

——整洁的府邸，各处都一尘不染，库房的气窗也没积灰。

——只有宝珠失窃。

——晴子夫人深夜送夜宵，饱食后倦怠的看守们。

——看守们轻视大庭南芥，让他仍能保持一定的自由。

最后，坂本想起了大庭南芥的弟弟，那个怪胎。

坂本左又卫门站起身，将两把刀都握在手中。

按照规定，武士需配两把刀，长者唤作打刀，短者叫作肋差。一般人只以一刀对敌，使用双刀者，最有名的便是宫本武藏开创的二天一流。

宫本武藏自十三岁到二十九岁，决斗六十余次，无一失手。二十来岁开创一派号称圆明一流，庆长十年写下剑术书《兵道镜》，宽永年间完成二刀的兵法，号称“二天一流”。

坂本左又卫门所习便是二天一流。

他持双刀，冲出屋外，守卫们倒在地上，大庭家的人已重获自由。

大庭利助见坂本左又卫门出来，大惊道：“你不是切腹了吗？”

“妖孽还在世间横行，我又怎能安心赴死？”

“什么妖孽？”

“大庭家囚禁的座敷童子！”

座敷童子，与其说它是妖怪，倒不如说是日本特有的妖精，甚至是住在家宅内的福神，它会以小孩子的姿态附在家中。传说只要有座敷童子在，家族就会繁盛。

座敷童子只是个小孩子身形的妖怪。也因为如此，常常有一些自私的家族会请法力高深的法师以结界困住他们，控制他们的自由。

坂本左又卫门说道：“你们将卑微的生命硬留在世上，并驱使他替你们作恶。上天赐给众人的福泽皆有定数。不修善，便想福泽绵长，唯有抢夺他人的福泽。座敷童子对其主人来说是福神，对他人来说，则是盗贼。”

那时，坂本看到了那个孩子的真容。

躺在小木床上的是可怕的畸形儿，他的个子只有普通孩子的三分之一。一只手如鸡爪一般蜷缩，形同废物；另一只手倒与常人无异，可抓可举；双腿如弓一样反曲，他无法站立，只能如犬马一般行进。

最可怕的还是他的脑袋，当他翻身时，头上的帽子落了。他脸大而脑小，脑袋只有常人的一半，到了额头位置，甚至凹了下去。

这样的怪物还是死了好，活在世上只是多受苦难。

大庭利助正是利用了这个畸形儿完成了盗窃。他盗窃珍宝，维持自家的繁荣。

畸形儿身有残疾，智力不高，他们可以像训练猴子一样，训练他完成一些简单的事情。

“你们将府邸打扫得一尘不染，正是为了掩盖气窗上的痕迹。”坂本左又卫门说道，“你们把绳子一头系在畸形儿身上，让他通过气窗进到库房。气窗口附近肮脏，如果有人进出一定会留下痕迹，为了不留下痕迹，单独清理库房气窗又说不过去，所以你们才会那么认真打扫。”

那夜，晴子夫人送来夜宵，众人放松警惕。贼人借机把畸形儿座敷童子带上屋顶，让他钻进气窗，降到库房内，盗得宝珠。贼人只需要用绳子将座敷童子再拉上来。没人会发现这几个小动作。

“这是只有特殊之人才能完成的犯罪。你们只提供了住所，并没有接触珍宝，押送的是我们，幕府再怎么震怒，也不会过分追究你们的罪责。”坂本怒道，“于是你们拿了宝珠就可以逍遥法外，而我们只能被逼切腹。真是好算计。”

“还有最重要的一点，我早该想透的。座敷童子身体别扭，只能抓取一些小东西，但为何选择了宝珠呢？因为宝珠和你大庭家颇有渊源。应仁之乱到安土桃山时代，天下动荡，又被称作战国，最后由德川家取得天下，建立幕府，其臣下有内外之分，不服统治，被武力镇压的为外藩。大庭一族正是外藩。”

百年前的仇敌，现在世代寄人篱下，满腹凄凉，遇到良机，自然要兴风作浪。

“宝珠共四枚，本是当初大庭家族主公的收藏，你家主公被德川家族打败、灭族，大庭家只能屈服。今番，我们押送一枚宝珠来此，你们便动了邪心，想为故主夺回宝珠，真是愚不可及。”

大庭利助的想法被坂本左又卫门点破，他顿时大怒，拔剑率众朝坂本左又卫门扑去。

然而二天一流并不弱，宫本武藏曾两次打败剑术名家吉冈家的当主。后来，吉冈一门十几位高手伏击宫本，宫本武藏杀出重围，几乎将吉冈一门屠杀殆尽，可见二刀流如烈焰般的暴虐。

最先上前的一名武士，举刀下劈。坂本左又卫门未动，在刀要劈至的瞬间，右手举打刀以格挡。

对方并不慌张，以坂本的刀为架，变刀势，刀尖刺向坂本的胸口。有坂本的打刀在前，对方的变招有限，但坂本左手的肋差却不受拘束。

坂本将肋差刺入对方的心脏。他低下身子，以对方的身体，暂时阻挡后来者的视线和攻击，顺势转身，再杀一人。

刀在舞。

单刀对上双刀，易处于劣势，但打刀与打刀缠斗时，你永远也搞不明白对方的肋差会从何处袭来。

但二刀流也有缺陷，双刀意味着分心，一心两用，需要更多的修炼和更高的悟性。其次，一刻不停地挥舞双刀，体力消耗也极大，若体力不济，反送自己的性命。

坂本左又卫门连杀数人，大庭利助也只能后退避其锋芒。

“上，所有人都上。”大庭利助大喊道，“杀了坂本左又卫门，今夜是我大庭家生死存亡的关键时刻，他死我们生！”

此间已成修罗地狱！坂本左又卫门心想，除自己外，万人皆敌，老妪也好，武士也好，女仆也好，只要敢挡在他面前，一律杀。

杀杀杀，不必手下留情。

坂本左又卫门寻不见大庭利助，便先到了那间小屋，一刀捅死了座敷童子，留下尸体作为证据。

他又出门斩杀数人，终于见到了大庭利助。

大庭利助见面前尸山血海，也按捺不住怒火，拔刀与坂本厮杀。

坂本左又卫门的打刀不堪久战，大庭利助一刀劈来，坂本举刀一格，刀身弹到柱上，坂本退回几步。

刀头竟断落了。

坂本左又卫门抛开断刀，以胁差迎上，以短击长，对他大大不利。

大庭利助瞅准机会，欲趁机杀了坂本左又卫门，然而他忘了坂本有两只手，不拿刀的手更为致命。

坂本左又卫门抓起大庭利助的胸襟。他背步转身，将大庭利助顶向墙摔去。大庭利助举起左手，在墙上一撑，没有被摔晕。

坂本左又卫门顺手抓起地上的一把刀，两刀朝不同方向挥向大庭利助，大庭利助来不及反应，坂本左又卫门的胁差直接割开了他的脖颈。

滋滋滋，大量鲜血喷涌而出，如夏日盛放的烟花。坂本左又卫门被血浇个正着，半边身子都被血染红。

“痛快！”经过一场大战，坂本左又卫门吐出腹内浊气，叹道。

他收刀入鞘，发觉外面猩红一片，不是血，是火光。

原来大庭利助自知不敌坂本左又卫门，便下令在府内放火，准备玉石俱焚。

坂本左又卫门趁着火势还小，急忙唤来附近住户灭火。最后，大庭家的府邸被火焚去一半，但水井十藏等人的尸首和其余珍宝无事，算是不幸中的万幸。

“这就是坂本大人的往事。”吉冈说道，“事后，坂本大人写下事件的经过，同座敷童子的尸体一起呈了上去。这桩案子的离奇程度也震住了上面的大人们。犯案的大庭一家已灭，主事的水井十藏也切腹谢罪了。坂本大人虽没追回宝珠，但查明了真相，功过相抵，幕府也没追究他的责任，反而还夸赞他多智。”

“宝珠没有找回来吗？”古畑问道。

“没有，也许是被人带走了，也许是毁于大火了。”吉冈道，“人不可貌相啊，没想到坂本大人还破过这样的案子。”

童子再临

清晨，空气中还带着些许寒意。

坂本左又卫门因为宿醉还未起床，其余人整理着行装。突然，负责清点货物的人脸色一白，顿时汗如雨下。

“不……不好了。”他再三核对后，对众人说道，“有东西不见了。”

“什么不见了？”

“将军的赏赐，一枚宝珠。”

重兵卫、古畑、吉冈三人面面相觑，昨夜才讲过座敷童子盗宝珠的事，今早宝珠竟然不翼而飞，实在太过巧合了。

此次押送的赏赐中有两枚宝珠，与十五年前的那一枚一样。宝珠共有四枚，战国时期遗失一枚，十五年前遗失一枚，现存的两枚都在这里，但其中一枚昨夜被盗，同十五年前一样。

众人不敢磨蹭，立刻叫醒了坂本左又卫门。

“什么？宝珠失窃了？”

坂本的大叫响彻了本阵上方的天空。

“你们不是杰出的捕吏吗？”坂本左又卫门坐在堂前，“可有什么好主意？”

“难有什么好主意。”古畑如实说道，“一步步来，先请大人将此事报告上去，然后令各处关隘封锁道路。”

“此事不消你说。”坂本左又卫门说道，“我已经让人快马加鞭赶去办了。”

“那么恳请大人给我们搜查审问权。”重兵卫跪在地上说道，“让我们能审问相关人等，查看相关证物，小人身份卑微多有不便。”

“准了。”坂本左又卫门拿出一块玉佩，交给重兵卫，“拿着我的信物，其他人不敢难为你们。”

重兵卫收下玉佩，同另外两人一起退下，出门时遇到一名下人。

下人手上托着酒菜。一大早就喝酒，这个坂本左又卫门到底是个什么样的人呢？

“头儿，你觉得宝珠是什么人偷的？”吉冈问道，“外人，还是内贼？”

“不清楚，没有调查哪来的结论。”

“猜一下嘛。”吉冈道，“这次的案件和十五年前的事件有关吗？”

古畑插嘴道：“如果你说的故事没有错，大庭一家都死了，畸形儿也不容易找。这案子和十五年前的应该没有关系。也许是知情人利用那件事故布疑阵。”

“所以你觉得是内鬼所为？”

古畑笑了笑，没有答话。

昨日的守卫有六人，珍宝被锁在房内，门上挂着一把大锁。

古畑、吉冈、重兵卫三人分头审问六位武士。他们得到了近乎一致的证词。酉时（十八时）最后一次检查时，宝珠还未遗失，坂本大人的副手马场大人亲手上了锁，拿走了钥匙。钥匙只有一把，由马场大人贴身保管。

子时（零时），他们同下一批人换班，其间没有发生什么怪事，直到卯时（六时），马场大人打开了锁，让人搬出货物，准备出行。正是这时，他们发现宝珠失窃了。

单从那些证言来看，他们很难得出什么结论。

“这下惨了，根本没有线索。”

古畑和重兵卫他们一起到了存放赏赐的房间，同十五年前一样，这里也有一扇小小的窗，正常人是绝不可能通过的。

古畑找来梯子，封死了那扇窗户。

找不到宝珠，大家都无法出行，还要在本阵待一段时间，如果贼人真是靠这扇窗进出的，为了保险起见，最好还是封死为上。

“没有发现什么可疑的痕迹。”古畑从梯子上下来后，说道。

吉冈摸着下巴说道：“只有马场大人有钥匙，会不会是有人偷出了钥匙。不对，就算有了钥匙，门口还有三位武士看守。除非他收买了这些人，四人一起才能神不知鬼不觉地偷出宝珠。”

“动机呢，马场大人和诸位武士为什么要这么做？”古畑摇着头问道。

“因为私怨？”

“不太可能，单单私怨，有些牵强。”重兵卫说道。

这事对马场大人也有影响，他何必如此。

吉冈眼珠子一转，想到了另一种可能：“古畑曾说过，可能是知情人故弄玄虚，清点赏赐的人、搬运的人偷偷拿了也有可能。有些时候，最简单的做法往往是最有效的。”

宝珠一失窃，清楚旧事的人，包括坂本大人都会往座敷童子那件事联想，也许就没人会在意队伍中的人。

“有道理，吉冈你也长进不少啊。”重兵卫夸道。

“谢谢头儿，都是您教导有方。”

重兵卫摆了摆手：“我话还没说完，你别高兴得太早。你推理得确实有一定道理，但你小看了坂本大人。现在我们都被困在了本阵，他派出的都是自己的心腹，而我们都被留在了这里。”

“他软禁我们了？”

“你不妨试试，看看能不能走出去。”

古畑点了点头：“等人马一到，很快就会有大搜查的，接触过赏赐的人，绝对是搜查的重点。”

“一枚珠子，偷偷递出去不难吧。”吉冈道。

古畑笑了笑，无奈地说道：“那你看见那些人了吗？”

吉冈挠了挠头，自早上起他就没看到那些人了。

“他们被坂本大人的心腹控制起来了，大概被软禁在某个房间里吧。”古畑说道，“坂本大人有过上一次的经验，做事比我们想象的还要周全。”

“现在还没找到宝珠，就说明犯人不是那些人。”重兵卫下了结论。

果然不出他们所料，半炷香之后，确实有一大群人冲进本阵，进行搜查，将本阵翻了个底朝天。

本阵的女仆倒是兴致勃勃地看他们乱翻，一些她们以为不见了的东西都被翻了出来。

“那边的东西最好不要用手碰。”女仆提醒道。

“为什么？”

“这是毒米，里面下了石见银山。”

与石见银山地处同一领国的笹之谷矿山不仅产铜，也出产砒石，里头含有剧毒砒霜。当地人将其制成灭鼠药，贩卖时使用全国知名的石见银山之名，称为“石见银山捕鼠剂”，或简称“石见银山”。

女仆解释道：“最近老鼠闹得比较厉害。”

重兵卫看到这一幕，心想石见银山的效果不错，在大搜查中也没赶出多少老鼠，看来已经被药干净了。

搜查半日，他们什么也没搜到，看来宝珠已经离开本阵了。

时间转瞬即逝。天色暗了，坂本命令武士们五人一班，进到房内看守赏赐，绝不可再让珍宝失窃。

重兵卫等人想报告今日调查的情况，但被人拦了下来。坂本左又卫门已经睡了，屋内传出一阵阵的呼噜声。他们只能告退。

该不会真的是座敷童子又回来了吧？

一晃到了第二天午后，坂本左又卫门才有了新动作。他下令，让人四处张贴告示，提供宝珠情报者赏二十金，协助逮捕贼人者赏二十金，寻回宝珠者赏八十金。

“这样做好吗？”吉冈问道。

此事让所有人都知道真的好吗？

“不用担心。”古畑说道，“这不是昏着儿，你觉得有多少人敢偷将军的珍宝？”

“没有几个人。”

“是的，没有几人敢做出这种大逆不道的事情，所以说，如果盗贼的同伙不想惹上大祸，他就会把盗贼供出来，换取黄金。”古畑道，“再说了，有钱能使鬼推磨，一般民众也会贡献自己的一份力。”

此告示一出，立刻就有人提供情报，不过有用的情报并不多。

重兵卫他们抓来民众所说的可疑人物，一调查，发现只是惯偷或者是游手好闲的浪人。

次日中午，正值饭点。吉冈、古畑正在享用饭团。

突然，来了一位风尘仆仆的法师，他戴着黑色斗笠，全身隐藏在宽大破旧的披风之下，只露出拄着桃木杖的左手。

他一抖披风，搞得屋内灰尘四舞。

吉冈他们捂住口鼻，问道："大师有什么事情吗？"

这位大师摘下斗笠，抽了抽鼻子："就是此处，冒着一股妖气。"

斗笠下的那张脸几乎吓到了在场的所有人。他的脑袋就像一颗烂了的梨子，上面只有稀疏的几根头发，皮肤坑坑洼洼，布满白斑，本该是鼻子的位置，只余下两个窟窿。法师只有一只耳朵。他长得像蛤蟆，又像鬼。

"一直盯着人家的脸看，这很失礼啊。"法师不满地说道。

"真是对不起了，敢问法师尊号？"重兵卫问道。

"空山。"空山法师说道，"我听说此处颁布了悬赏，要捉拿盗贼，寻回失物。"

"空山大师，您有线索？"

空山法师笑道："线索？我带来的东西可比线索重要得多，快让我见你们大人，我能替你们解决这桩案件。"

一寸法师

"还愣着干吗？"空山法师催促道，"还不带我去见你们大人。"

宁可信其有，不可信其无。

吉冈上报坂本左又卫门，坂本左又卫门竟然也同意见空山法师。

"法师跋涉而来，辛苦了。"坂本左又卫门淡淡地说道，"听他们说，你能破了这桩案子，追回赃赃。"

空山法师点了点头。

“你知道什么？你能做什么？”

“偷盗将军宝珠的不是常人，而是妖怪。”空山法师说道，“我能感知到另外一位法师的法力，他使妖术盗走了宝珠。”

“你认识他？”

空山法师笑了：“道不同不相为谋，我怎么可能会认识他。”

坂本左又卫门看着空山法师，像在看一个笑话。

“你不认识他，又如何帮我抓住他？”

“哈哈哈哈，他会妖术，我会法术。”空山法师说道，“他使的妖术叫作‘一寸’，可使身体缩小放大，我的法术能于千里之外寻物。”

“哈哈哈哈……”坂本左又卫门也笑道，“你是在逗我笑吗？听你这样说，我看你更像是贼人。”

“如果我是贼人，现在不就是自投罗网了吗，我又不是疯子。”

“我看你就是疯子！你如何证明你有法术？”

“大人，我这副模样便是证明。”空山法师指着自己的脸，“大人休怒，你听我慢慢道来，凡人修行乃僭越，自有天惩。”

就算修得长生不老之秘法，也不能福寿齐天。非常之道，夺天地之造化，侵日月之玄机，鬼神难容。

五百年后，天降雷灾，天雷滚滚，将人打成齑粉。

再五百年后，天降火灾。这火唤作阴火。自本身涌泉穴下烧起，直透泥垣宫，五脏成灰，四肢皆朽，千年苦行，俱为虚幻。

再五百年，又降风灾。这风唤作赑风。自囟门中吹入六腑，过丹田，穿九窍，骨肉销疏，其身自解。

“我等小道自然比不得长生不老之法，天罚没那么厉害，但也是有的。卜者多盲，巫者多懵懂，此乃下等；中等者，如炎汉太史公，欲作《史记》，通古今之变，被天所怨，最后遭宫刑，失其势。我修成法术，也被天怨恨，故降下灾祸，夺了我的容貌。”

“你有何能？竟然敢与太史公相比，来人，将这个疯子拖下去。”坂本左又卫门怒道。

“大人且慢！”空山法师喊道，“大人可一试，看看我是否真的怀有法术。”

空山法师提出了他的方案，坂本左又卫门可以准备一件一手可握的小东西，命人将它带到远处。空山法师则待在本阵，只需一夜，他可以施法取回。

不过空山法师还提出了三点注意：第一，需要一夜时间施法记住东西的特征，不然容易取错东西；第二，不能把东西藏在地下或者锁进箱内，最好是放在桌几上，因为自己不会开锁也不会钻地，放的地方太偏也会失败；第三，凡秘术都不能叫人观看，无论是施法，还是东西的周围，都不能安排人盯着，只能让人在外面看守。

“你这法术真够麻烦的。”坂本左又卫门嘲讽道，“那我让你追查贼人，贼人把赃物锁起来了怎么办？”

“自有妙计！还有一件事。”

“什么事？”

“报酬。”

坂本左又卫门有些不耐烦了：“我以为法师是为除魔卫道而来的。”

“当然是为了除魔卫道。”空山法师笑了笑，“不过法师行走于世间也需要钱啊。”

“你应该先做事，然后再提报酬。”

“我习惯先说好报酬，再办事。”

坂本左又卫门冷冷哼了一声：“你说吧，要什么报酬。”

“按照悬赏告示上所说，我若成功，便得百金，请事先准备百两金，届时我有用。”空山法师望着坂本左又卫门继续说道，“事成之后，我希望坂本大人能答应我一个要求。”

“什么要求？”

“事成之后我自然会提出，请大人发誓一定会答应。”

坂本左又卫门皱眉道：“不行，万一你提出无礼的要求呢，要我自杀，要我弑主，我也要答应吗？”

“大人放心，我绝不会提出那样无礼的要求，也不会和您的武士道相违背。”

话说到这一步，坂本左又卫门几乎是被空山法师逼迫着发了誓。

坂本左又卫门悻悻道：“你先通过考验再说吧，如果证明你只是个骗子，我一定会让你付出代价。”

“那么大人，请给我一样东西，让我能做法吧？”

坂本左又卫门在身上摸索了一会儿，没找到合适的东西。

重兵卫上前，奉上玉佩：“大人看这件东西可以吗，我等已经无用，不如留给法师作法。”

坂本左又卫门拿了玉佩，叫人递给空山法师：“这玉佩跟了我六年，我还未见过一模一样的，谅你也使不出旁的花招。”

空山法师拿了玉佩告退。本阵把西南角一间最偏僻、安静的房间安排给了他。

“你们可以在外看守，但绝不能窥视我在干什么。”空山法师对看守他的武士说道，“瞎了的话，我可不负责。”

他将玉佩丢在一旁：“施法要等到晚上，现在让人送酒菜来！”

吉冈看到这一幕，不由得皱紧了眉头：“头儿，你觉得这空山法师靠谱吗，万一他不行，坂本大人不会迁怒于我们吧。”

重兵卫没有回答。

古畑笑了，说道：“看他那副怡然自得的样子，说不定有些真本事。外面搜捕不停，让他在这里闹腾两天也没有什么关系。”

总而言之，三人都看不透这位空山法师。

到了晚上，空山法师用帘子遮上了门窗，不让人窥视，房间里不时传出意义不明的咒语声，直至天明。

法师红肿着眼，交出玉佩：“看清楚了，这是坂本大人的玉佩，我可没有调包，送去远方吧。我先睡一觉，中午再叫醒我，准备好午膳。”说完，他便去睡觉了，丝毫不关心玉佩的去向。

坂本左又卫门派两位心腹送走玉佩。至于送往何处，只有他们三人知晓。

空山法师用过午膳，重兵卫、吉冈、古畑三人前去拜访。但见空山法师正在饮酒。

“你们三人来得正好。”空山法师招呼他们三人，“一起作乐。”

“法师难道不担心吗？”

“担心什么，我既有真才实学，又何惧小小考验。”

吉冈问道：“宝珠被盗真的是因为妖术吗，昨日法师说是妖术‘一寸’，但‘一寸’究竟是什么呢？”

“这个名字源自一寸法师，你们都知道这个故事吧？”空山法师说道。

一寸法师的故事在日本流传很广，鲜有人不知。

同很多故事一样，它也是很久很久以前发生的。

很久很久以前，在某个村子里住着一对善良的老夫妇，他们向神明祈祷：“神啊，请您赐给我们一个孩子吧。就算只有小指头般大小，我们一定也会好好照顾他的。”神明感动了，没多少日子，老妇人生下了一个手指头般大小的婴儿。夫妇俩虽然吃惊，但还是开心地照顾这个孩子，因为他只有指头般大小，于是取名为一寸法师。

“当然知道。”吉冈道，“一对夫妇养育了一个只有一寸的小人，小人上京在大臣家找到了一份工作。大臣让一寸法师待在春姬身边保护她。春姬很喜欢一寸法师，常教他读书、写字。除了读书以外，一寸法师也认真练习剑术。”

重兵卫接道：“后来，春姬被妖怪抓走了，众多家臣都没有派上用场。只有一寸法师敢向妖怪们拔剑，领头的赤鬼根本不把一寸法师放在眼里，一手抓起一寸法师，吞进了肚子。当赤鬼色眯眯地扑向春姬时，一寸法师就在赤鬼的肚子里用刀乱刺。赤鬼只能把一寸法师给吐了出来。”

古畑说了故事的结局：“一寸法师趁机杀了赤鬼，得到了鬼的宝物——万宝槌。春姬挥动槌子，口中许愿道：‘把一寸法师的身体变大吧！’一寸法师就变大了。两人结为夫妇，幸福快乐地生活在了一起。”

空山法师点了点头：“正是这个故事，一寸法师可大可小，妖术‘一寸’也能改变人体的大小，叫人防不胜防。”

古畑饮了一杯酒：“难道真有这样的奇术？您也会吗？”

“略通一二。”

“哦，还请法师展现一二。”

“这不难，我现在就能展示。”空山法师道，“现在记住我在你们眼中的大小。”

“记住了。”

空山法师放下酒杯，跑到院中，朝他们喊道：“现在你们看我如何，在你们眼中我是不是变小了。”

近大远小，这是很正常的视觉效果。

“确实变小了。”吉冈天真地回答道。

“那我跑得再远一些，就会变得更小，哪儿都可钻了。”

三人面面相觑，不知道该说些什么。

空山法师回到屋内："这就是变大变小之法。"

重兵卫看着空山法师："法师不会是在糊弄我们吧？"

古畑缓缓开口道："这……这难道和幡动风动心动的境界有关？"

"法师，我不懂那些玄之又玄的东西。"吉冈道，"且不说你本体是否变小，就算你真的变小了，但你也走远了，走远了又怎么偷到近处的东西？"

"是啊，按照常理来说，我确实偷不到近处的东西了。"空山法师喝了口酒，润了润喉咙，"但妖术就是做到了非常之事才被称为妖术。我只知变大变小，不知如何盗窃。"

空山法师口风很紧，三人试探不出虚实。

空山法师又闲聊了几句，将话题一转："我有个谜题，三位不妨猜上一猜，也和大小变化有关。人身上有一部位受到刺激也能变大变小，变化尺度还很大，足有十倍之多哦，你们说是什么部位？"

古畑和重兵卫没什么反应。

吉冈挠着头，突然傻笑起来："法师你也不老实啊。"

"看来你已经知道答案了。"空山法师说道，"还不快说出来。"

"这个……嘿嘿嘿，这个不方便在大庭广众之下说吧。"吉冈看了看自己的胯下，又发出一串傻笑。

古畑道："这有什么不方便？"

空山法师也道："我也没觉得会有不方便的地方。"

重兵卫也忍着笑："那还是我来说出答案吧，是瞳孔没错吧。"

"没错，正是瞳孔。"空山法师道。

"瞳孔？"吉冈不解，"居然是瞳孔，哦，确实是瞳孔。"

"不是瞳孔还会是其他部位吗，身体上能变大变小的部位，你刚才没猜到吗？"古畑装出一副恍然大悟的样子，"你想到哪里去了！真猥琐！”

“你不想到我想的答案，又怎么知道我猥琐，可见你也猥琐！”吉冈反唇相讥。

“好一招‘子非鱼’。”法师道，“不过从不同的角度看同一个故事，能得到完全不一样的结果。其实一寸法师也是一个猥琐的故事，你们想一寸除了形容个子外，还可以用来形容哪里？”

吉冈又看了看自己的胯下。

“先前法师和春姬不能在一起，也许就是因为他的一寸，后来春姬被掳走，一寸法师斩鬼夺得鬼宝。呵呵，据说古时狩猎，猎杀了虎豹后，猛兽的心脏和鞭都要给勇士吃，我想那就是宝吧。一寸法师吃了鬼的那里，大补后就不是一寸了，自然能和春姬结为夫妇。你们说有道理吗？”

四人皆相视大笑。

古畑捶地大笑：“法师真是一位妙人，千万不要死了啊。”

他前一句还在笑，后一句就收住了笑，很正经地说道。

空山法师端正坐姿，说道：“多谢关心。”

空山法师没有说谎。

当夜他在屋内作法，次日一早，推门而出。不多时，他手中拿着坂本左又卫门的玉佩。

坂本左又卫门见空山法师真的用法术拿到玉佩，亲自迎接：“空山法师，我有眼不识泰山，你千万不要怪罪。”

“坂本大人，不用担心。”

“法师啊，抓住贼人寻回宝珠的重担就交给您了。”

这时，外面传来了喧闹声。

“报，大人派出去的两人已经赶回门口了，他们说玉佩失窃了。”

空山法师哈哈大笑：“坂本大人不妨喊他们进来问明情况。”

坂本左又卫门依言把二人叫了进来。

“我们二人按照大人的吩咐，拿了玉佩就一路往南。天黑后才停下来。”

武士还不知空山法师已经拿到了玉佩，他们以为是自己遗失了，生怕坂本左又卫门会怪罪。

“我们不敢把玉佩放在室内，怕影响法师施法，就放到了院中石板上。我们二人就守在门口。半夜，我们听到里面有动静，赶忙进屋查看，发现玉佩已经不见了。”

“两位不必担心。是我取走了玉佩。”空山法师说道。

坂本左又卫门挥手，让两人退下，再次赞道：“法师真是神人啊。”

“大人要想解决这桩案子，只需按我所言。”

空山法师献上了自己的计策。

戏法师

空山法师道众人不能再在这里停留，必须继续上路，赶往下一个落脚点。

“为什么？”坂本左又卫门不解其意。

空山法师的解释很简单，现在不需要防盗，只有对方来偷，他才能施展自己的法术找到对方。现在这里防守森严，对方无法下手。若突然撤去防卫，又显得很奇怪，所以最好的办法就是按照原来的计划行进到新地方，露出破绽，引人来偷。

一旦东西被偷，空山法师就能施法了。

不过在这之前，他们必须把余下的那一枚宝珠交给空山法师，让他作法一夜。

坂本左又卫门没有怀疑空山法师，他把宝珠交给了空山法师。

一夜之后，他们启程走了足足两天才到下一家本阵。

“据说要等人来偷。”吉冈担忧地说道，“空山法师不会出什么事吧？”

“看他胸有成竹的样子大概不会有问题。”古畑道。

“不知道我们能不能帮忙？”

“法师斗法，我们一般人怎么能帮上忙？”

担心的不只是他们，坂本左又卫门也同样担心，他在空山法师身边，不停地踱步。

“法师，我们只安排了四个看守，真的没事吗？”

“大人，我们就是要让他来偷，你安排那么多人又有什么意义？”

坂本左又卫门又道：“法师，万一他不来偷，我们怎么办？”

“大人放心，不是今晚就是明晚，他必定会来盗取宝珠。”

“你怎么知道？”

“我算出来的。”法师大袖一挥，“大人先去休息吧，我也累了，想泡个脚轻松一下。这一切很快就会结束的。”

话说到这一地步，坂本左又卫门只能告退。

无论每个人抱着什么样的心情，夜幕按时而降。

旅馆中只有零星的灯火，角落中有什么东西在夜谈，更衬托夜里的静。

不过这份静谧是假象，每个武士都保持着清醒，在房内待命。只要一声令下，他们就会冲出房门。

天空像被大洗过一般干净、剔透。一轮上弦月，斜挂在半空中，月光洒了下来。灯一盏盏暗了，到处是如死亡一般的宁静。

连看守都适时地打了几个哈欠，一切都很完美。

空山法师膝上放着桃木杖，摩挲着桃木，他试图让自己的心静下来。目标就要达到了，他感到自己的心脏就要蹦出体外了。

不要慌。

他告诉自己，一旦慌了，眼会急，手会慢。

空山法师在心中默念经文。

不知过了多久，大抵是后半夜，丑时左右，放着货物的房间内传出了怪声，空山法师急忙冲到了门前："成了，快给我打开这扇门！"

空山法师这一喊，惊动了所有人。坂本左又卫门率领武士全员出动。

"法师怎么了？"

"开门便知，我已经抓住一寸法师了。"

马场忙拿出钥匙开门，大伙儿一起冲入库房。

围绕着珍宝，两团模糊的影子正在缠斗。

"快掌灯！"坂本左又卫门下令道。

不一会儿，库房内便如白昼一般。

相斗的居然是一猫一鹤。

猫者，皮毛光亮，眼神熠熠，毛色灰黑，从后颈起零星分布着褐色斑块。最奇怪的是，它只有半截尾巴。

"法师，这究竟是怎么一回事？"

空山法师正色道："大人，这正是妖人妖术的真面目——猫妖。"

猫妖汉字写作"猫股"或"猫又"，位于鸟山石燕《百鬼夜行》之前篇阴之卷，是相当有灵气的邪妖。猫每九年就会长出一条尾巴，共能长出九条。长出两尾的猫已经是妖物了，一般的猫又都是十年岁数以上的老猫，最明显的特征是两尾分岔成二股，妖力越高深，分岔越明显。民间为防止老猫化作猫妖，常把猫崽的尾切掉一半。

"此猫已被人降服、受训多年，它听从主人命令，深夜潜入这里，准备叼走宝珠。”空山法师说道，“之前那枚宝珠就是这样失窃的。”

重兵卫恍然大悟，原来是猫。

猫体态轻盈，体形娇小，确实能神不知鬼不觉地进出库房盗走宝珠。猫没有手，一趟最多只能盗走一件小东西，所以只有一枚宝珠被盗。

重兵卫还想起了本阵中的老鼠，女仆说过本阵在闹老鼠。老鼠消失，不是因为石见银山有效，而是老猫在附近游荡惊走了老鼠。

谁能想到居然有人训练猫来行窃！

“来人，给我抓住这猫，我要将它烹而食之。”坂本左又卫门恶狠狠地说道。

“大人，切勿妄动。”空山法师制止坂本左又卫门，“你的人一靠近，惊走了猫，或者失手打死了猫，这就不好了。看它们相斗即可，这鹤便是我的法术。”

鹤者，通体皆白，脖项修长，双腿纤细，体态飘逸雅致，鸣声超凡不俗。它如一把名刀，深藏不露的杀气，寒光闪闪的青锋，亮翅，一啄，如同秋风般飘逸。

“大人只需派人守住门口，不让猫妖怯战而逃。”

猫与鹤的大战，百年难得一见。动物的速度快于人类，有时快得让人看不清，屋内仿佛是一黑一白两团闪电。

就现在的局势来看，鹤处于劣势，猫本就是地上的猎狩者，而鹤本该翱翔于天空，在小小的房间里，难免被束缚。

白鹤一展翅，猫纵身一跃闪开，白鹤长颈如鞭子一般追击，啄向猫；猫身子一扭，转身一抓；白鹤脑袋被击中，发出一声惨叫。

猫又趁机欺上，用整个身子压住白鹤，白鹤行动受限，它鼓动着翅膀想要升空。猫一张嘴咬住了白鹤的翅膀。

白鹤吃痛只能拼命挣扎，试图甩下猫。

癫狂、如火焰一般的鹤之舞啊。

潇洒如鹤，在生死存亡的时刻也会展现绝望和痛苦的舞。

空山法师攥紧了拳头，他多想过去帮着制服猫。但现在一鹤一猫战得正酣，人一过去，猫醒悟过来，夺路而逃，届时谁都没有应对的方法。

终于，白鹤停下舞蹈，倒在了地上。

猫松口，转而咬向白鹤脖颈，想给它最后一击。

岂料，白鹤突然抬头，之前它表现得软弱全是为了现在这一击，它的喙如同飞箭一般刺出，直取猫的右眼。

这次轮到猫发出一声惨叫。

白鹤叼瞎了猫的一只眼睛。猫吃痛，狂性大发，对着白鹤，又抓又咬。白鹤已是强弩之末，但它仍瞅准机会，叼瞎了猫的另一只眼睛。猫做最后一搏，死死咬住了白鹤的脖颈。

空山法师手握着桃木杖出手了，他重重一击，击中猫的后腿。

猫回过神来，松开了白鹤，向外逃去，门口的武士竟没能反应过来拦住它。

“还不去追？”空山法师下令。

七位武士追着猫跑了出去。

“七个男人如果连一只瞎眼的瘸腿老猫都追不到，那又何必存活于世。”空山法师冷冷说道。

猫只是畜生，现在它受了重伤，只会逃回主人处。武士跟着猫，自然能找到幕后主使。

白鹤奄奄一息地躺在地上，空山法师到底还是迟了一步。白鹤重伤，命不久矣。

白鹤看着空山法师低鸣。空山法师轻抚白鹤，梳理它凌乱的羽毛，滚烫的泪水滴到了它的身上。

鹤垂下头，不动。

“法师，先前你说的法术就是你的鹤？”马场问道。

“没错，这就是我的法术。”

空山法师能千里之外取物靠的正是这只鹤。所谓的施法不过是噱头，他拿到了玉佩，让鹤认熟，两位武士拿了玉佩，鹤一直跟在他们身后。鹤在天上，自然不会追丢那两个人。半夜，它再趁人不注意叼走玉佩，送回空山法师手上。

现在想来，空山法师的三个要求都是为了完成这个法术：一只鹤能带的东西有限，所以空山法师要求东西要小；为了方便鹤叼到东西，东西不能放在地下或者锁起来；为了不让外人看到他和鹤，他不让人观看。

坂本左又卫门问道：“法师，这究竟是怎么回事？”

“你们知道鹤的报恩吗？”

居合术

在日本，鹤的报恩和一寸法师一样都是童话故事，流传很广。

空山法师回想起了他与这只鹤的初遇。万事万物都讲究一个“缘”字。

那是一个寒冬，天上飘着鹅毛大雪，整个世界都覆盖了一层银白的雪花。空山法师裹紧外套，踏雪而行。

突然，他听到不远处传来了啪哒、啪哒的踹雪声，仿佛有什么东西在雪里挣扎。空山法师一时好奇，走近一看，原来是一只鹤中了捕鸟的绳套，一只脚被绳索捆住了，无法挣脱。天寒地冻，它挣扎了半天，已然没有多少力气，况且绳套越挣扎越紧，它跑不了了。

仙鹤虽是受天皇和幕府保护的灵鸟，但在这样的荒山野岭，猎户很有可能会偷偷杀了鹤。

空山法师心生同情："请等一等，让我替你解开绳子吧。"

鹤仿佛听懂了空山法师的话，一动不动地让他解绳子。

空山法师见鹤如此乖巧，又起了怜爱之情，有些伤感地说道："幸亏你遇到了我，不然你就要死了。你和我多么相像，我也突逢大难，流浪世间，过着孤魂游鬼般的生活。这世间就是茫茫雪地，冷漠、漫无边际，我找不到方向，被命运的绳套缚住了脚。"

他解开了绳子，将鹤往空中一抛："飞吧，你自由了！"

那鹤扑腾了几下，却落回空山法师身边。

"故事里，卖柴的老爷爷救了一只……然后呢？"空山法师似乎忘了后续。

吉冈有些心急，接嘴道："后来仙鹤就化作一位姑娘到老爷爷家借宿，认老爷爷和老奶奶为义父义母，帮忙做家务。她看老爷爷家贫，就提出要织布，并且叫他们不要偷看。她织出了华丽的织锦，老爷爷拿织锦换了不少钱，贴补了家用。但是老奶奶好奇姑娘是怎么织布的，一时间忘了告诫。"

故事的最后，老奶奶到里屋，在屏风后往里一瞧，发现一只仙鹤用喙拔掉自己身上的羽毛，夹在丝线里织，所以布才会那么华美。

仙鹤发现了老奶奶的窥视。当天晚上，姑娘捧着织锦出来，说出了实情，她是仙鹤所化，赶来报恩的，如今真身已经被识破，她不能再待下去，只好离开。

听到这里，空山法师的眼眶又湿润了。那只鹤没有离开他，它受了点轻伤，飞不远。空山法师干脆就把它抱在怀里。这只鹤颇通人性，在空山法师的训练下，没过多久，它就能帮他做不少事了。

故事里的鹤失去了自己的羽毛，空山的鹤失去了生命。

“被人看到后，只能离别。无论什么时候，离别都是一件让人伤感的事情。”空山法师感叹道。

被人见到真容，揭穿把戏，这在故事里总是关键的转折点。

空山法师注意到坂本左又卫门看他的眼神已经不同了，之前坂本视他如神，现在只把他视作一个江湖骗子。

坂本左又卫门因为被骗而怀恨在心。

空山法师并没在意，一切就快终结了，法术被识破也没有关系，反正目的已经达到了。

天色渐白，追出去的武士们回来了。

“坂本大人，我们抓到贼人了。”

一猫一人被押了上来，猫和人都被捆得结结实实，那人大概五六十岁的样子，又黑又小，像只老鼠。

“失窃的宝珠呢？”坂本左又卫门问道，这才是他最关心的问题。

“搜到宝珠了，我们一共找到了三枚宝珠！”

“好了，你们可以退下了。”空山法师没让他继续说下去，就让他们押着犯人退下了。

坂本左又卫门对此有些不满。先前，坂本左又卫门以为空山法师是世外高人，又有求于他，所以才会对他那么客气，让他使唤武士。现在，坂本左又卫门知道了空山法师所使的把戏，案子也解决了，他自然不会再惯着空山法师。

空山法师盯着坂本左又卫门，缓缓说道：“坂本大人，我已经帮你抓到贼人、寻回宝珠了，你该兑现你的诺言了。”

坂本左又卫门一拍手，有人把百两金子递到空山法师手上。

“说吧，你想让我做什么。”

坂本左又卫门在那么多人面前发过誓，碍于颜面，他不得不兑现当时的承诺。

空山法师掂了掂袋子，分量很足，确实是百两，足够一人享受下半辈子了。但空山法师做了一件出人意料的事。他打开袋子，将金饼撒向空中。

“美，比下雪还美，可惜我无福消受了。”空山法师对坂本左又卫门说道，“我的要求很简单，我想和你比剑决斗，一对一的决斗，至死方休。如果我死了，这钱就充当我与鹤的葬金吧，烦请拾金者料理我们的后事。”

“哈哈，就你这副样子还想和我决斗，你知道我是谁吗？”坂本左又卫门一直对自己的剑术很有自信。

“那你知道我是谁吗？听到有三枚宝珠，你还没想起我是谁吗？”

失窃的宝珠只有一枚，现在却找回三枚，这确实是一件奇怪的事。

“宝珠一共四枚，三枚被将军收藏，余下一枚失落民间，被这个操纵猫的怪贼拿到了，他一直想得到其他宝珠，十五年前，他盗取了一枚，现在又盗取了一枚，所以他那里才会有三枚宝珠。”

坂本左又卫门大惊：“难道你……”

“没错，十五年前盗窃案的罪犯不是大庭一家，而是这个怪贼。盒子上的两道划痕就是猫爪留下的，大庭家做大清扫的时候人手不足，雇用过一批人，怪贼就带着猫混在那批人中，熟悉了大庭家府邸的情况。等你们的队伍一到，他就让猫盗走了宝珠。”

“住嘴，别说了。”

“怎么，怕我说出你的丑事吗？”空山法师说道。

“你到底是谁？”

“空山法师是我胡诌出来的，我是当年事件的幸存者，我的名字是大庭南芥，大庭家最后的男人。”

这个叫作大庭南芥的男人一扫之前的癫狂、颓唐、悲伤，露出一股势不可当的气势。

“当年，在你们的看守下宝珠失窃，绝大多数的人畏罪切腹，而你却连切腹的勇气也没有。你告诉所有人的故事根本就是个笑话，目的在于粉饰自己的懦弱。当身边的同僚一个个切腹，你才认识到自己是个懦夫，为了活命，你想到一条毒计，利用我的弟弟，诬陷大庭一家。”

回想坂本的往事就能发现不对劲。在大搜查中，他们怎么可能会没发现那个奇怪的孩子。

“我父亲对你说过他是我们家的座敷童子，是一家的福神。你很难理解吧，怎么会把怪物当作福神呢。”大庭南芥说道，“我父母是表兄妹，从小一起生活，感情甚笃，但一直没有生育，我母亲一直流产，好不容易才有了我。后来更是费尽千辛万苦才有了我的弟弟，家中所有人都害怕他，甚至建议我父亲将他溺死。”

可是大庭利助和晴子夫人保住了那个孩子，福祸只是相对的两个属性。一般来说，畸形的孩子是祸无疑，但是晴子夫人已经流掉了很多孩子，这个孩子能出世就很难得，他虽然畸形，却不像其他兄弟一样夭折，这不就是拥有巨大的福分吗？

“座敷童子是对流产的孩子们的期盼所结，是他们的不甘和爱保护了他，让他能出世。为了安抚那些孩子，我父母准备好好养育他，而你却杀了他，污蔑他是贼人。我可怜的弟弟，他的骨头是变形的，连爬都不能爬，他怎么可能盗取宝珠？你为了完成嫁祸，持刀残忍地杀害了我全家，最后还一把火销毁了所有罪证。幕府对外藩一直存有偏见，竟然也听信了你的一面之词，将罪名都归到了大庭家。”

德川家夺得天下后，曾面对过一个棘手的难题。战国时期，一些藩主曾极力反对德川家，直到最后惨败才俯首称臣，这就是所谓的“外藩”，怎么处理这群人就是一道难题。

他们已经臣服，德川不好再动干戈，但也没对他们放下戒心。

最后，德川允许这些外藩继续拥有领地和家臣。但是，他们却不能享有德川家臣的荣誉，不能在幕府担任任何重要的职务。重要职务一律保留在嫡系大名手上。

“闭嘴，你怎么这么多废话！”坂本左又卫门道。

“我等了十五年，就是为了在众目睽睽之下说这些话，我从火场死里逃生，大火把我变成了一个怪物。你是在好奇我身上没有烧伤的痕迹吗？那是因为我用另一种痕迹掩盖了它。”大庭南芥说道，“我在身上涂了漆，漆毒让我的皮肤溃烂，彻底抹去了烧伤。这么多年来，我一直在寻找真正的犯人，我成功地找到了那个怪贼，但我该怎么复仇呢，要接近你，杀了你，可不容易。”

上天眷顾大庭南芥，他得到了最好的机会。坂本左又卫门再度押送赏赐，赏赐中还有两枚宝珠。他知道怪贼会出手的，他手上又有鹤，能对抗对方的猫。命运再一次将三方聚集在了一起。

“现在，我们有了一个堂堂正正对决的机会，我也将真相公之于众了。”

“你的刀呢？”坂本左又卫门嗤笑道，“难道你还有一个法术吗？”

大庭南芥握紧了桃木杖，他解开上面的布条，拔了一半的刀出来。桃木杖只是伪装，里面藏着一把刀。

“来吧。”坂本左又卫门抽出双刀。

“鞘是刀剑的一部分，你在决斗前就舍弃了刀鞘，看来你的剑道还不完满。”

“从你的姿势上看，你修行了居合术吧，我不想把时间浪费在拔刀上。”

居合二字象征对峙双方，而居合术最讲求的就是一击必杀。

大庭南芥用的正是居合术，专注于拔刀，拔刀即定生死。他的刀身隐藏在鞘内，对方无法感知刀的长度，局势对他有利。

坂本左又卫门话音未落，大庭南芥已经动了。

居合术的鼻祖是林崎甚助重信，在他六岁时，父亲被暗杀。

林崎甚助重信誓报父仇，艰苦磨砺自己的剑术，然而仇人是有名的一流剑客。因为年龄和经验的差距，他不能依靠一对一的剑道格斗，唯有速战速决，才有成功的可能。

林崎甚助带着家传的宝刀“信国”找上仇人。

仇人没想到林崎甚助一拔刀就发动了攻击，当仇家的手刚触及刀柄，他的头已经被“信国”一切为二，林崎甚助得报父仇。

这种凌厉的拔刀术也声名大噪。

大庭南芥所仰仗的正是急速地拔刀一击。

居合术共有十式，以应对各种不同的情况。大庭南芥用的是第一式，朴实无华，行之有效。

坂本左又卫门确实是一位不错的剑客，他事先拔刀，省去了不少时间，能及时做出反应。

坂本左又卫门一刀格挡，一刀刺向大庭南芥。他出手就知道自己慢了一步。这些年来，他被酒色掏空了身子，而大庭南芥却一直在磨砺这一刀。坂本左又卫门的格挡慢了，但他并不着急，他的另一把刀已经刺出，对方只能退避，这样一来，他还有机会。

刺！

坂本左又卫门的喉管被割开，血飙上了天。他想错了，大庭南芥根本不需要避，他活着的意义就是报仇，性命并不重要。

坂本左又卫门抽搐着倒了下去。大庭南芥也倒了下去，重兵卫上前扶住了他。坂本左又卫门的刀插进了大庭南芥的胸膛，拔出刀只会让他大量失血死得更快。

坂本左又卫门的部下想要冲过来，结果大庭南芥。

古畑喝道："这是堂堂正正的决斗，你们想干什么？"

"他已经受了重伤，命不久矣，让他安静地离开吧。"重兵卫说道。

大庭南芥道："一寸法师的事都是我编出来的，那样捉弄你们真是对不起了。"

"没关系，我们聊得不是很尽兴吗？"

"鹤！鹤还没死！"吉冈指着一边的鹤喊道。

白鹤又抬起了头，见主人这副惨状，发出阵阵悲鸣。

"哈哈哈哈……好，太好了。"大庭南芥笑道，"这鹤就交给你们照顾了，它是我的妻子啊，我这一生有它这样的妻子，又能死在朋友怀中，无憾了。"

大庭南芥眼睛一闭，呼吸停止，死了。

大庭南芥这样满肚荤段子的人，居然以鹤为妻，所求的竟然只有纯洁、高雅的相伴。他真是个矛盾的怪人。

武士中又有好事者想斩杀白鹤。

重兵卫瞪了他一眼："这鹤是义鹤，又受律法保护，你想受磔刑吗？"

杀死鹤是重罪，不是被判死刑就是磔刑。

磔刑可是真正的酷刑，发源于德川中期，受刑者被捆在木架上，先用竹枪刺瞎双眼，再用枪自右肋插入、左肩捅出，拔出后，自左肋插入、右肩捅出，来回三十次方休。受刑者被捅个稀烂，最后失血过多而亡。

没有人会想遭受这样的酷刑。

果然，没有人敢再对白鹤出手了。

远空别鹤

他们将整件事的来龙去脉上报。

幕府的判决很快就下来了，平反了大庭家的冤案，惩罚了一些人。不过这和重兵卫他们已经没什么关系了，他们在这件事中只是小人物，并不显眼。

古畑有事在身，先行一步，回到了江户。

重兵卫和吉冈留下来，照顾白鹤。白鹤伤势一痊愈，他们就放飞了它，然后启程回江户。

他们才走了半个时辰左右，吉冈一指天空："头儿，你看是白鹤，它来送我们了。"

只见一只白鹤在空中徘徊，在山崖附近鸣叫。

"不好，它的状况有些奇怪。"重兵卫道。

白鹤突然上升，接着一个俯冲撞向山崖，落了下去。

重兵卫和吉冈奔到山脚，鹤已经死了，它散乱着羽毛，摔成了一团肉酱。它获得了自由，但主人已死，它最后还是选择了自尽。

生死相随，这是何等的觉悟。

重兵卫和吉冈都红了眼眶，重兵卫拔出肋差掘土，想葬了白鹤。

"头儿，你这样用刀，刀会废的。"对武士来说，刀就是自己身体的一部分，甚至等同于生命。

但是被道义所激，谁还会在意刀呢？

注1：大庭利助和晴子会育有怪胎，是因为近亲结合。这样的悲剧不是个例。伟大的生物学家达尔文娶表姐，其子嗣就有缺陷。

注2：日本古时就立法保护各种动物，如为保护生产力，所有人都禁止宰杀、食用牛马；如因受佛教影响，德川纲吉将军曾颁布《生类怜悯令》，保护几乎所有的生灵，不让人杀生，搞得全日本怨声载道。

琴弦、河童与萤的炎夏

琴弦断

琴匠是一把琴最初的主人，他抱着它，如同抱着恋人，如果他付出的爱足够，怀中的琴就会越来越完美。

有句老话说，一位好琴匠八成也是个好琴师。

凉介和信吾同年，都是片汤琴坊的年轻琴匠，凉介先入门，是师兄，信吾是师弟。在制琴上，师弟信吾的天资比凉介高一些，因此也更得师父喜欢。信吾对三味线的爱也超过师兄凉介，在同师兄散步的当口，他怀中还抱着一把三味线。

三味线，起源于唐朝的三弦，经琉球传到日本，逐渐演变为三味线。

信吾一边散步闲聊，一边随手拨弄几下三味线。抱着三味线，边走边弹其实并不方便，因为弹奏三味线的基本姿势是将琴身靠在右大腿上，左手按弦，右手拨击发声。但信吾就是有这个本事边走边弹，那份悠然自得的气度，真叫人羡慕，不知迷住了多少姑娘。

凉介和信吾都算是美男子，但凉介的模样更加阴沉，信吾则更加阳光。两人的五官不算十分精致，放在一起却像好酒，能让人醉上一番。两人的不同主要在两处：眉毛和嘴角。凉介的眉常常是锁着的，嘴角也锁着，信吾则恰好相反，他总是笑着。

究竟为什么总是笑呢？师父曾经这样问道。

啊，我也不知道为什么，想笑就笑了。信吾笑着回答。

“别再弹了，阿月和你说了些什么？”

阿月是琴坊主三池的独女，三池是凉介他们的师父。阿月和凉介、信吾三人自小一起长大，算是青梅竹马。

三池的入门弟子就只有凉介和信吾，他应该会把衣钵和女儿交给其中一人。

凉介知道自己和信吾都喜欢阿月。信吾对于情爱一直没有开窍，他大概都还不知道自己深爱着阿月。

这样一来，阿月的心意就是最重要的。

凉介嫉妒信吾。无论是师父还是阿月都偏爱信吾，大家都愿意把注意力放在幼稚的人身上，凉介比信吾成熟，所以他得不到更多的关心。

这不是很不公平吗？

随着年龄的增长，友情、兄弟情渐渐变质了。凉介不止一次地想让信吾消失。

凉介偷看到阿月替信吾缝香包，她还亲了他。凉介曾无数次幻想那轻柔的唇落到自己唇上，他觉得自己被背叛了。凉介表面上没有丝毫表示，私下却给信吾下了不少绊子，但他也没有得到安慰，反而被内疚感所折磨，毕竟做小人也不是心安理得的事。

这次，凉介约信吾出来，想把话说开。他们二人中，也许一人可以娶得阿月，一人可以继承三池师父的衣钵。

“阿月？”信吾脸一红，“她找我也没什么事情。”

看到信吾脸红的样子，凉介心底的火气又起来了。够了，不要在我面前炫耀你被爱着了，凉介阴沉着脸想道。

“她求三池师父同意让我修理师父的旧琴。”信吾仿佛在说一件小事一般，把这事说了出来。

嗡的一声，凉介蒙了。

一把琴是一位琴匠的私有物，琴上某个不起眼的角落留着琴匠的名号。只有继承名号的琴匠才有资格修理。一般来说，如果一把琴的琴匠传承还在，出于尊重，其他琴匠是不能动手修理的。

三池师父是想把衣钵传给信吾吗？这两年来，凉介将全身心都放到了琴坊上，结果仍是要被信吾夺走吗？他不甘心。

有个声音不断在凉介心底喊着，只要杀了他，杀了他，杀，杀，杀……杀了他，他的一切就都是你的了。

这样的情况就是世人常说的鬼迷心窍，人被一时的欲望诱惑，就会堕入魔道。

面前是如画的景色，绿水潺潺，美男子信吾依着杨柳拨弄琴弦。

等凉介回过神来，他发觉自己已经夺过了三味线，狠狠砸向信吾的脑袋。

风景被彻底毁掉。

凉介打了信吾两下，第一下打中信吾的肩膀，第二下打中了信吾的脑袋，但被杨柳树挡了一下。

信吾满脸是血，惊恐地喊：“痛，好痛！”

凉介的血已经冷下来了，他的杀意消散了，甚至已经开始后悔。为什么他会动手呢？他该怎样向信吾解释？因为我嫉妒你，所以就想打你几下？

他想过去扶起信吾。

信吾像看一个怪物一样看着凉介，挥舞着手："不要过来！"

"别……别再喊了！"凉介也开始慌了。如果其他人看到这一场景，他们一定会发现自己意图谋杀信吾，到时自己会成为杀人未遂的犯人，那样就完了。

想到这一点，凉介扑过去想捂住信吾的嘴。

两人纠缠在了一起。

"不要喊了！"

信吾已经受了伤，他渐渐被凉介制服，但凉介却没有停手。

那个声音又在凉介心底喊了，杀了他，杀，杀，杀……他活着就会告诉其他人，你是杀人凶手。只有杀了他，你才能保护自己。

三味线的弦有三根，从细到粗依次称为第一弦、第二弦、第三弦。

那把三味线已经被凉介打坏了。在纠缠中，凉介用第三弦勒住了信吾的脖子。不管信吾再怎么挣扎，哪怕是抠烂了自己脖子，凉介也没松开那根琴弦。

琴弦越来越紧，几乎嵌进了肉里，殷红的血顺着丝弦缓缓洇出。

终于，信吾不动了。

凉介松开自己的手，狼狈地逃跑了。但他没跑多远，又折了回来，他在这里留下了太多线索，他找来一堆卵石塞到信吾的衣服里，准备将尸体沉入水中。

突然，凉介想到了当地的一个传说。人被杀后，会因为怨气而化作怨灵，进入亲友的梦中说出真凶的名字。

"你不要怪我。"凉介撬开了信吾的嘴，用最细的第一弦勒下了信吾的舌头。

信吾的尸体还温热着，血液也还没凝固。凉介勒下信吾的舌头时，信吾竟然还像活人一样流出了血。

凉介在水畔洗干净了自己的手和信吾的舌头，他用手绢包住舌头，放进了怀里。然后，他将信吾推入了水中。

“静静沉入水中，被河童吞噬吧。”

看着信吾下沉，凉介转身埋了那把三味线，抹去自己的脚印后走了。他装作什么事情都没有发生，回到了琴坊。现在唯一需要处理的问题就是伤口，凉介的伤大多集中在腹部和手上。

腹部的伤倒没有什么问题，穿好衣服，别人不会发觉。但他作为一名工匠，手上的伤就难以掩盖了。

凉介钻进自己的房间里包扎手上的伤口，绷带缠了又解，始终找不到方法遮盖手上的伤。

凉介把信吾的舌头和三根琴弦放进了竹筒里，封存起来。竹筒放到了房间的最深处。他拿起工具开始制琴。

黄昏降临，在晦暗的暮色中，阿月最先发觉信吾不见了。热恋中的情侣总渴望一直腻在一起，她原以为信吾有事出门了，但这么晚都没回来，还是头一回，阿月有些心急。她第一个想到的人便是凉介。

三人一起长大，阿月将凉介视作哥哥。信吾还未归家，阿月推开了凉介的房门：“信吾还没回来，你知道他去哪儿了吗？”阿月的声音满是焦急。

凉介像被阿月吓了一跳，手上一滑，刀划破了他的手。

“我吓到你了吗？”阿月急忙拿出手绢想替凉介包扎。凉介捂着流血的手躲开了，他别过身子，随手用一块布包住了伤口。

“没事。”凉介说道，“信吾他还没有回来吗？我听他说过，他午后想去外面逛逛，但不知道去哪儿了。”

凉介仿佛并不在意自己的伤，带着阿月走出房间：“都已经这个时间了，我也有些担心他。”

“找人一起去找他吧。”

“师父不会同意的。”凉介皱眉道，“才一个下午没回来，师父不会放在心上的。”

“那你能和我一起去找吗？”

阿月望着凉介。看到那种眼神，凉介不知道该如何拒绝，他点了点头。

但是他们怎么可能找得到信吾呢，凉介已经将他沉入水底了。两人直到深夜，累得筋疲力尽才回到琴坊。琴坊门口的灯还亮着。

一位老人斜靠在门前，似在等人，那人正是三池师父。

“多晚了，你们还知道回来？”

阿月嘟着嘴说道：“信吾还没回来，我们去找他了。”

“他都多大的人了，做事有分寸，最迟明早就会回来的。”三池师父问他们，“晚饭吃了吗？”

果不其然，师父不赞同他们深夜外出寻人。

“没。”

“那就别吃了，饿着。”

三池师父转身回屋，让他们两人也早点进来。三池师父瞥到了凉介手上的包扎，但他什么也没说。

凉介接受了三池师父的惩罚，饿着肚子回房就准备休息了。

阿月来了，她端着点心和热茶：“对不起，让你被我爹骂了，你陪我一起吃吧。”没等凉介答应，她已经挤进了凉介房内，将点心塞到凉介手里。

“饿了吧，对不起，我不该拉着你在外面乱跑的。”

三池师父说信吾明早就会回来，阿月的担忧减轻了一些，但心中的忧虑依然存在，她来找凉介也是为了寻求安慰。

“你的手怎么样了，我替你包扎下，换药吧。”吃完点心，阿月想去碰凉介的手。

凉介将手缩了回去：“我已经换过药了。”

他手指上的勒痕不能被其他人看到。

阿月见自己无事可做就回去了。

看着阿月的背影，凉介的胸口有些滞闷。

第二天，信吾依旧没有回来，三池师父在阿月的恳求下，让所有人出去寻找信吾。

河童

“吉冈，你走错路了。”重兵卫摇头道。

吉冈嘴硬道：“才没有走错，头儿，你别忘了，两年前我来过这里。”

“但你所说的近路把我们带离了官道，到了这个地方。”

眼前的景色是陌生的，吉冈皱着眉头：“明天，我一定会找对路的。”

座敷童子案后，两人回江户复职，上峰并不催促他们，因此两人也不着急。吉冈说他认路，重兵卫也就让他带路了，可他却走错了路，两人到了一处陌生的地方。天色已晚，考虑到连夜赶路，多有不便，两人准备先在这里住上一晚，不过在这之前，他们要先填饱肚子。

“吃蒲烧吧。”重兵卫道。

“好啊，好啊。”吉冈咽了一大口口水。

“作为带错路的惩罚，你付账！”

重兵卫不给吉冈反抗的机会，拽着他往前走去。远处有条河，两岸是绿油油的青草，零星有几株杨柳，这地方的南边有一块大泽，河的源头也在那儿，由于地势落差，河水有些湍急，哗哗的水流声让人心境开阔。

一家旅舍外打出了烧酒和蒲烧的招牌，重兵卫停下脚步："就是这里了。"

吉冈松了一口气，这家店看起来挺普通的。他摸了摸自己的钱包，安心地走了进去。里面没有其他客人，两人坐到了角落里。

"来一壶烧酒，两份蒲烧。"吉冈喊道。

所谓的蒲烧，就是把鱼破开剔骨，制成鱼片，涂上以酱油为主制成的甜辣汤汁，然后烤制而成的料理。其中最美味的莫过于蒲烧鳗鱼，蒲烧鳗鱼能增加体力，土用丑日，也就是盛夏乏力时，吃蒲烧鳗鱼，那真是极乐。

虽说现在还是春天，还不到吃鳗鱼的时节，但蒲烧鳗鱼这种东西无论什么时候都是美食。

重兵卫又加了两样小菜。

"啊，有些乏味呢。"吉冈叹道，"店老板，这附近有什么娱乐吗？哟，外面不是有位姑娘吗，快把她请进来。"

店家有些为难："客人，她可能不是你想的那种人。"

吉冈想找的是陪酒的流莺。

"哦，她是艺人吗？那也请过来吧，别看我这副样子，我也是正人君子，强迫姑娘这种事，我绝不会做。"吉冈道。

有一些人维生的手段是在旅舍、酒馆唱曲、杂耍，赚取客人的赏钱。他们可以在店内搭台演出，替店家招揽生意，这种情况下，酬劳由店家支付。有客人喊来点曲的话，这时就需要由客人自己付账了。

吉冈都这么说了，店家招呼那位姑娘进来。

那是一位正值豆蔻的少女，身姿苗条，皮肤白皙，五官虽还未长开，但已经能看出美人的雏形了。她穿着朴素、整洁，衣服洗得发白，袖口肘部都打了补丁。

对这样的女孩子出手，是要遭天谴的。

“你叫什么？”重兵卫问道。

“阿音。”

“我看你带了三味线，是唱曲吗？”吉冈问。

阿音摇了摇头。

“难道只是弹琴？”

阿音又摇了摇头：“我会讲故事。”

“故事？是落语吧。”吉冈道，“也好，那说个段子吧。”

落语是日本传统曲艺形式之一。无论是表演形式还是内容，都和中国的单口相声相似。艺人在讲述的同时，还会辅以表情和动作来表现故事。

“一碗白汤，一柄折扇，三寸舌根轻动，种种世态人情，入耳触目，感兴觉快，落语之力诚可与浴后的茗香熏烟等也”，说的便是落语。

阿音又摇头道：“我也不是落语师，我没有师父，只会讲故事。”

落语的段子都是通过师徒口口相传，学落语的人要经过十年的苦学才能成长为落语师。这个女孩确实不太可能是落语师。

重兵卫道：“边弹边讲吗，那也挺有意思的，只要是好故事就可以了。”

“我肚子里的都是好故事。两位客人，你们想听什么样的故事呢？”阿音说道。

这个名叫阿音的女孩搜罗故事，经过加工，再售卖给旅人。

吉冈道："讲个恐怖点的怪谈吧。"

"我再给你提高点难度。"重兵卫道，"你的故事要和外面那条河有关。"

"河童怒吗？"

"咦，那条河叫河童怒？好奇怪的名字啊。"吉冈说道。

重兵卫喃喃道："那条河怎么会叫河童怒呢，我记错了吗？"

"看来两位客人都不知道这个名字的由来。"阿音抱着琴，端正了自己的坐姿，"那我就讲讲名字的由来吧。"

故事发生在一所琴坊内。琴坊有两个出色的制琴匠人真司和吾郎，琴坊主准备把独生女儿阿月嫁给他们其中一个人。

女儿阿月爱的是真司，而琴坊主则是愿意把琴坊传给吾郎。两者看似没有冲突，但真司与吾郎之间却暗流涌动。

阿音讲得很不错，加上适时的三味线声，让人身临其境。

琴坊主对女儿的疼爱，真司与阿月的痴恋，吾郎对真司的嫉妒，四人的形象栩栩如生。

吾郎也喜欢天真烂漫的阿月，但看阿月与真司的关系，他只能压下这份感情，为了排解寂寞，他将精力放到了琴坊和制琴上。

琴坊主制了一辈子的琴，是个木讷的人，看不透三个晚辈之间的关系。他想让阿月的丈夫继承他的衣钵。这个决定让真司和吾郎彻底对立了起来。

阿音的语气变得低沉而忧伤，仿佛在预示着接下来的悲剧。

真司得知这件事，他深夜去到吾郎的房内。

"我爱的是阿月，无论是琴坊还是其他都没有她重要。"真司对吾郎说道，"我知道你的心意，我很感谢你。我不会接受琴坊的，你才是最适合的人。"

吾郎听后，握住了真司的手："一直以来，我都很羡慕你。得知师父的决定后，我就知道我败了，我只能将心血让给你，我不甘心。现在，你能这样说实在是太好了。我继承了师父的衣钵后，会视你们为弟弟妹妹，绝不会亏待你们。你准备什么时候和师父说这件事？"

"过几天，我会向阿月求婚，那时我就把决定告诉师父。"真司信誓旦旦地说道。

吾郎送走了真司，他的内心又燃起了希望。

造化弄人，真司想给阿月一个惊喜，没有告诉她自己的打算；阿月替恋人着想，想帮真司获得琴坊。

隔天，吾郎在庭院中偷听到了阿月和琴坊主的谈话。阿月向父亲表明了自己的心意。

"我喜欢的人是真司，除了真司，我不会和其他人成婚。"

"真司确实是个好孩子，可他能继承琴坊吗？我希望你将来的丈夫能够照顾你，我的身体不行了。"

"爹，你不是也常说真司是这么多弟子中悟性最高的一个吗，你带着他让他学着管理琴坊，他很快就能学会。"

"也许你说得对，我也喜欢他。"

怒火像毒蛇一般噬咬着吾郎的内心。吾郎认为是真司让阿月说那些话的，真司是个两面三刀的骗子。吾郎认为真司骗了自己，他用谎言拖住自己，等一切尘埃落定，自己则失去一切。

吾郎感到自己被背叛了。

真司说他不要琴坊，只想和阿月在一起。吾郎信了，但现在他怕真司借阿月夺走琴坊，他必须做些什么。

哪怕化身妖魔，他也要紧紧抓住自己仅有的东西。

经过一夜的深思，吾郎把真司约到水边，用三味线砸晕真司。

琴废了，吾郎将真司溺死。吾郎怕真司化作怨灵会说出自己的恶行，于是拿琴弦割下了真司的舌头。

阿音将凶杀的细节讲得极其细致，仿佛她亲历过一样。窒息的痛苦、杀人时的挣扎、淋漓的鲜血，从她口中涌了出来。

吉冈听得后背发寒，忙饮下一杯酒，压住内心的惊恐。

“然后呢？”但他又被故事吸引，想知道后续。

阿音轻启朱唇，接着讲述。

真司的尸体被湍急的河水带到了水底，他的灵魂因为痛苦无法离开躯体，鱼虾啃噬着他的身体，顺着伤口进入他的体内。

真司的亡灵化作了丑陋的河童。

河童是日本特有的水怪之一；外形似猴子，手脚似鸭掌，背上负有一个乌龟般的甲壳，皮肤表面则附着溜滑的透明黏液，头顶凹陷处像顶着一个碟子。

“等等，河童是死人变的吗？”吉冈忍不住插嘴问道，“我记得的可不是这样。”

重兵卫道：“日本多河，河童的故事实在太多了。吉冈，你不要少见多怪。”他指了指桌上的蒲烧，“连这也和河童有关。”

“什么关系？”

“江户幕府成立时，江户城前还是一片湿地，为了建设江户城，幕府进行了各种各样的土木工程，其中包括填拓湿地。有众多的工人需要大量食物，就有人捕捉沼泽的鳗鱼，切成大块状串上竹签烤制，这就是蒲烧的由来。无论是栖息地还是食物，人和河童都产生过矛盾，有过一些故事。据说河童害怕牛的叫声，天敌是猴子，有人利用这两点治退了河童。”

“那河童实在是太可怜了。”吉冈说道，“我所知道的河童是水中的精灵，是河神，也有说是水神的使者，但都带着神性。它被诸多地方供奉，只是后来人们不再信奉它了，它也慢慢演变成了妖怪。”

由神堕落为妖，由万人敬仰变成人人喊打，河童确实可怜。

重兵卫说道：“奈良、平安时代的飞驒之匠，在建立神社寺庙或建城池时，会将人的名字写在纸条上，然后把纸条塞进木头的缝隙或是草扎的人偶，据说这样做建筑物会更坚固牢靠。”

这是祭祀的替代。古时，祭祀最好的祭品往往是活人，但将太多的活人用于祭祀会减少劳动力，久而久之，人祭便被废除，转而使用人偶、人俑这样的伪物。工匠的做法正是在用伪人取悦神灵。

“废弃的人偶会被丢到河川里，他们沾染了精气化成河童，到处作乱，对人畜产生威胁。另外，大阴阳师安倍晴明，以神灵寄附的纸人（式神）来帮他执行工作，后来一些人对式神的力量感到恐惧，安倍晴明只好把式神封在桥下，据说河童就是这些式神的子孙。”

总而言之，河童是人的造物，也是人的异化。

吉冈和重兵卫就河童从何而来聊了起来，不亦乐乎，冷落了阿音。

阿音插嘴道：“两位虽然是客人，但我还讲着故事呢。丢开艺人，自己说个没完，实在有些伤人。不过溺死者化作河童也是理论支撑，是站得住脚的！”

“河童这种怪物也有可能是从唐土引入的。河童也称水虎，最早源自黄河流域。《本草纲目》上也有记载称，水虎形似三四岁的儿童，身体覆盖着鳞片，潜在水中生活。”

“据《幽明录》上的记载，这种生物名叫‘水虫’，又名‘虫童’，裸形人身，身长大小不一，眼耳鼻舌唇皆具，头上戴一盆，受水三五尺，只得水勇猛，失水则无勇力。这就该是河童。在唐土，河童就像是水鬼一般的生物，而水鬼就是溺死之人的冤魂所化，只有溺死一人，才能获得解脱。”阿音一笑，拨了一段旋律，“所以我的故事绝无问题。”

“哈哈哈……”重兵卫发出爽朗的笑声，“确实没错，是我们失礼了。”

吉冈也笑了，他取来一个干净的杯子，倒了一杯酒，递到阿音面前。

吉冈说道：“这杯酒就是我的赔罪，请喝了它吧。”

让小姑娘喝酒，到底还是有些不妥。重兵卫刚想开口制止，阿音已经接过酒杯一饮而尽。

阿音喝干净了酒，继续讲故事。

真司变作河童后，还未意识到自己在哪儿，被啃噬的痛苦就如同钢针一般，刺入他的灵魂。

刺穿灵魂的剧痛让他无处可逃，真司陷入绝地。

为什么是我，为什么偏偏是我要遭受这样的痛苦？真司不断发问，他得不到合理的答案。最后他开始怨恨这个世界，尤其是杀害自己的凶手——吾郎。

为什么没人来救我？师父你不是看重我吗，为什么不来找我？阿月你不是爱我吗，为什么不找到我？

最后，真司化作一只河童。他看着自己的倒影，哭了。深绿色、黏滑的皮肤，鸟喙一样的嘴内布满尖牙，还有长蹼的手脚。

他想要回到琴坊报仇，但他一离开水，力气就会迅速流失。尤其是在阳光下，他走出几步便不得不回到水里。夜晚，他可以在陆地上待得久一点，但还是没法回去。

至于求救，真司化作了河童，也没重新长出舌头。他张大嘴，只能发出蛙鸣一般的呱呱声。渔民遇到他，只会拿鱼叉打他，哪会理他。

真司只能栖息在水底，舔舐自己的伤口。他只能等，等吾郎来到水边。那时，他会跃出水面，把吾郎拖下水，杀死。

在这之前，真司便需像一只真正的河童那样活着，嚼着水草根，生吞鱼虾。为宣泄自己的怨恨，他凿穿船底，撕开渔民的渔网，甚至将来水边饮水的牲畜拖下水溺死……

岸上，真司失踪了，琴坊的人四处找不到他，阿月天天以泪洗面。

那天，吾郎是偷着把真司约出去的，没人知道他们见过面。吾郎也尽心尽力地帮助寻找真司，没有人怀疑真司的失踪与吾郎有什么关系。

日子一天天过去，琴坊众人渐渐接受了真司的失踪。琴坊主将心思都放到了吾郎身上。阿月也从悲痛中走出，发觉原来身边还有一个吾郎……

琴 坊

不见了！

找不到！

琴坊众人整整找了两天没能找到信吾的踪迹，一个大男人就像露水一般消失在了世间。

“放弃吧，信吾找不到了。”三池师父对阿月说道。

阿月红肿着眼睛，摇了摇头。不找到信吾，她不会放弃。近日来，她不眠不休，只用过一些饭团，喝了些茶水，双目昏黄，长发干枯，嘴唇发裂，皮肤晦暗，再这样下去，信吾还未找到她就该病了。

三池师父见女儿失魂落魄的样子，于心不忍，想拦住她。

三池师父近四十才有这个独女，平时就骄纵惯了，岂能拦得住阿月？

凉介急忙跟了出去。

“师父放宽心，我会跟着阿月的。”

“有你跟着，我也能放心点。”

这两天，他们已经找遍了所有可能的地方，阿月也不知道该去哪里找信吾，只能如无头苍蝇一样乱转。凉介也不拦她，只是跟在她后面，若她到了什么难走的地方，上去搀扶一把。

“凉介哥，你说信吾会去哪里？”

“我……我也不知道。”凉介回答道。

阿月回头看了凉介一眼，眼神很干净，没有怀疑。

凉介的心却快跳出嗓子眼了，他太怕阿月会看出些许端倪。

可惜，阿月没有那么聪明。她没能找到信吾，最后累得睡着了。凉介不顾男女之防，把阿月背回了琴坊。

三池师父见他们回来，便让他们先去休息。

三池师父却没有休息，他在自己房内，对着油灯，侍弄着几把三味线。

三味线由三部分组成——天神、琴杆和琴身，天神就是缠弦的部分。三池师父制了一辈子三味线，技艺在冥冥中已经近乎道了。在他眼中，世界也如三味线一般，由数个不同的部分组成，合起来就是一把琴，分开来就是琴的部分。三池单看某个部分就能明白那是一把什么样子的琴。

万事万物都遵从这条守则，世界是有条理的，他不相信所谓的不解之谜。

三池师父放下了三味线，瞪着跳跃的烛火，暗想道，信吾究竟遭遇了什么事？

第二天一早，三池师父把凉介叫到了自己面前。

三池师父看着恭顺的凉介，冷冷问道："三日前，你可曾见过信吾？"

"见过，用完早膳，我和他还聊了一会儿。"凉介低着头，"中午我们也见过。"

作为师兄弟，他们在同一琴坊工作，抬头不见低头见。如果凉介否认见过，那他就是心中有鬼。

"午后，我们就没见过了，直到阿月告诉我信吾没回来，我才知道他不见了。"

三池师父点了点头，似乎对凉介的答案很满意："但是我听说那天下午你出去过，你都去哪里了？"

"我是申时初出去的。我待着做活，眼睛有些发酸，就出去走了走。我是从偏门走的，在外面吃了几个点心就回来了。"

三池师父继续发问："什么时候回来的？"

"这我没有注意，不过我出去的时间不久，大概就两刻。"

凉介和信吾未时就出去了，凉介自然不敢说实话。这几日间，他已经把琴坊内所有人的说辞都听了一遍，确认没人知道自己和信吾是未时出去的，也没人关注过偏门，他就编造出了这个滴水不漏的谎话。那天，凉介回来时确实买过点心，那时他就怕有人知道自己出过门，所以特地想了这个说辞。

至于信吾，有人在未时就找过他，知道他未时就不在了。

一人申时出，两刻后归；另一人未时出，不归。时间有些不同，凉介的嫌疑虽没完全洗清，但也减轻了不少。

"那我最后再问你一句，你手上的伤是怎么回事？包得严严实实的。拆开纱布，让我看看。"

这一关果然还是过不了吗？凉介的内心渐渐晦暗下去，但脸上还保持着无所谓的样子，伸出双手开始慢慢解下纱布。

凉介只想解得慢一点，他可以迟一点暴露……

纱布一圈圈地被解下来，很快就要露出伤口了。就在这时，门突然被打开了，阿月走了进来。

原以为她累了这么多天会多睡一会儿，没想到也这么早起了。

“凉介哥的伤是他自己弄的。”阿月在门外就听到了两人的对话，“不对，应该说是我弄伤的，那天我冒失地打扰了凉介哥，害他失手划伤了自己的手。”

“哦，是这样吗？”三池师父问道。

凉介已经露出了伤，他点了点头。

三池师父没有再深究，他看到了凉介的伤，确实是工具留下的刀伤。他不知道凉介耍了个心眼，他露出的是自己故意留下的伤痕，而手指上的勒痕还未展示。三池师父放过了他，他立马又把手包了起来。

凉介虽有这些小心思，但时间和地点都不合适，他更加希望三池师父是大庭广众之下问他的手是怎么受伤的，阿月再满不在乎地说出“实情”，三池师父的怀疑也将一扫而空。

现在全靠阿月的突然介入，自己才能逃过一劫。凉介对阿月生出一丝感激，但倘若阿月知道真相后，她必定会杀了他。

“凉介啊，刀之于武士，手之于匠人，这都是最重要的东西，下次要当心，千万不要再伤着了。”三池师父说道。

凉介点头称是，但没有退去。

阿月不是为了凉介而来的，她为的还是信吾。

“爹，今天我们去哪儿找？”

三池师父摆了摆手：“不找了，我们找不到的。”

阿月正欲开口，三池师父抢先说道：“我已经托朋友去注意附近几个关口，看看有没有信吾那样的人经过，人海茫茫，你如无头苍蝇一般怎么可能找到？在家等着，没有我的允许不准再出去了。”

三池师父第一次这样严肃地对阿月说话，阿月被唬住了，也只能答应。

一天过去了。

三天过去了。

半个月过去了。

半年过去了……

明月圆了又缺，三池师父和阿月终于放弃寻找信吾。

阿月像是变了一个人，整天窝在房间里，把旧物一件件都翻出来。别人替她收拾起来，不到半日，她又会铺得满屋都是。她拥有的东西就那么一些，每一件细想起来都与信吾有关。信吾送的木簪，和信吾一起出门游玩时戴过的头巾……在她十几年的人生里，一直都有信吾参与。

阿月发了一天的呆，沉沉睡去。有时是凉介进来收拾，替她盖上被子，有时是三池师父。

至于三池师父，他有自己的烦恼，这位老人知道自己的身子不行了，可能离死期不远。人的一生说短不短说长不长，他还有三件事未解决，不甘心就这样死去，但人寿由天定，他一个琴匠又能如何反抗，充其量多喝点苦汤药，续着命。

三件事其实也可以算成一件事。其一就是信吾的失踪，作为师父，他将门下两个弟子都视作儿子，信吾从未得罪过人，这附近也没有出现过歹人，他的失踪实在疑点重重。信吾房内的财物一件不少，可见他不是自愿出走的，四方关卡也没见过信吾，那他并没有离开此地。三池师父已经猜到信吾遇难了，可谁会对一个年轻的琴匠下手呢？

信吾一出事，唯一得利的便是凉介。

想到这里，三池师父倒吸一口寒气，信吾和凉介情同手足，若凉介真是为了衣钵杀死信吾，那么凉介这般丧心病狂之徒就不能继续留在琴坊。

但是信吾失踪了，凉介是最好的继承人，如果冤枉了凉介，那琴坊还能交给谁呢？阿月毕竟是个女子，这是第二件事。

第三件事，当然就是阿月。

倘若凉介是无辜的，那后两件事皆可托付给凉介。所以三池师父一心想查出真相，他隔三岔五便悄悄试探凉介几句。

三池师父自以为高明，但其实他的每次试探都被凉介识破。凉介知道三池师父还怀疑着自己，虽没露出马脚，但每天都胆战心惊、如履薄冰。凉介把凶器和舌头一直藏在房里，没有销毁。凉介本以为那块舌头很快就会烂得什么也不剩，但它却在竹筒中风干成了黑黑的一小块。

凉介留着它们，或许是在告诫自己要小心谨慎，又或许是在惩罚自己。反正他一看到那块黑乎乎的舌头，就能回想起当日发生的一切。

有人说过，杀人是会上瘾的，有过第一次，就会有第二次。

杀了他，杀了他，你就能获得解脱了。那个声音又在凉介心里响起来了。现在只有这个老家伙怀疑你，杀了他你就安全了。

闭嘴！凉介生生压下心底的声音。他杀了信吾已犯下弥天大错，三池师父对他来说，如师如父，他要是对三池师父下手，那就真与禽兽无异了。

凉介脑中正在天人交战，三池师父却先病倒了。

三池师父一病倒，琴坊的事务只能先交给凉介了。凉介倒没有让三池师父失望，将琴坊管理得井井有条。

凉介大权在握，往阿月那里也去得勤了些。这些年来，凉介一直没能放下对阿月的情愫。

阿月恋着信吾，信吾消失不见，她就关上了心扉，凉介试了几次都没能打开她的心。后来，凉介找到诀窍，能打开阿月心扉的钥匙是信吾。凉介借着信吾的名义，阿月多半会理会他。

——这点心，你还记得吗，我们三个一起吃过的，说好了平分，你还抢了我和信吾的两块。

——枫叶红了，一起去看看吧，我记得信吾就很喜欢红叶。

只有这样，阿月才会吃凉介送去的点心，和他一起去赏枫。

凉介也尽力模仿信吾的穿着、谈吐，每当他这么做时，他总觉得竹筒中的那块舌头在笑话自己。但这又有什么关系呢，阿月在凉介身上找到了信吾的影子，她得到了安慰，而他能得到她。

三年过去了，石头虽然不能熔化，但能焐暖。

阿月下定决心，准备嫁给凉介。

“女儿知道爹替我操碎了心。”阿月照顾着三池师父。

“你想说什么？”

“女儿想信吾已经不会再回来了，与其遥遥无期地等一个我爱的人，不如和一个爱我的在一起，也能了却爹的心事。”

父女在里面说话，凉介就趴在窗下偷听，这是他这些年养成的习惯，他怕其他人识破他的真面目，然后商量着怎么对付他。

“你能想开，这是一件好事。只是你的婚事还需从长计议。”

“为什么？凉介哥不是您的弟子吗，他对我和琴坊都很好。”

“这些我都知道。”三池师父取来一把三味线，拿着拨子弹了几下，“你觉得它怎么样？”

“音色清丽，造型雅致，应该是把不错的琴。”阿月自小在琴坊长大，也还懂一些常识。

三池师父将三味线塞到阿月手里：“你再仔细看看。”

阿月仔细查看了三味线：“爹，阿月晓得了。”她退出了房间。

近一年，三池师父一直都躺在病榻上，往往是用了饭、喝完药就睡了。凉介趁三池师父入睡，溜进房间，看到了三味线。

只一眼，凉介便屈辱地退了出来。

三味线的琴身是四方形的，正反面会蒙上一整张猫皮，因此在三味线表面可以看见左右对称的黑点，那是猫乳头的痕迹。猫皮价高，故也会用狗皮制作，但狗皮三味线表面的黑点是故意画上去的，仅作装饰。

三池师父给阿月看的三味线就是一把狗皮三味线，他以狗皮三味线比作凉介，其中的意思不言而喻。

他还在怀疑自己，他可能不会把阿月嫁给自己，不会把琴坊交给自己。凉介想。

那个声音又响了起来，杀了他，快点杀了他，趁他还没做好准备，趁他还没找到其他的继承者。

没错，凉介管理琴坊有一段日子了，大家也都认可他，假使三池师父突然死了，又没留下遗嘱，那他就能顺理成章地得到琴坊，只要再好生照料阿月，阿月总有一天会再答应嫁给他的。

凉介咬紧牙，终于下定决心。杀一人是杀，杀两人也是杀，若能离目标再进一步，多些罪孽也没什么关系。

萤 火

街上熙熙攘攘，叫卖声此起彼伏，凉介逛了半天，觉得药铺、药摊还是太危险了，会留下线索。

“喂，行脚的药贩，你过来一下。”躲在街角的凉介招呼药贩。

药贩听到招呼，抬起担子就到了凉介身边：“大爷，你要什么药，小到孩子风邪入体，大到男子壮阳补气，我的药担子里都有。”

凉介压低了声音：“我要的不是治病的药。”

药贩侧目看了凉介一眼，转身说道：“大爷，我做的是小本生意，不敢牵扯到人命官司。”

凉介拉住药贩的袖子，装出镇定的样子，露出笑容。

“你这药贩想些什么呢，蟑螂药、老鼠药就不是药吗？”

药贩恍然大悟：“这些自然也有。”

“但我要的东西可不一般。”

“那么大爷到底想干什么？”药贩问道。

凉介挠了挠头，有些困扰地说道：“我家邻居有条恶犬，我出入的时候它总是对我狂吠。”

“这确实是件恼人的事。”药贩颇有同感地说道。他在外行走也受够了恶犬的骚扰。

“不光如此，每当我想睡个懒觉还总是被它吵醒，所以我就想除掉那只恶犬，但我和邻居的关系还不错，我不想让一条狗破坏我们的关系，所以想神不知鬼不觉地毒死它，最好看不出是毒死的，要像暴毙而亡。”

药贩苦思冥想一会儿，打开了他的箱子，摸出一白一黄两包药：

"你按照一比三的分量兑好，应该就能满足你的要求了。"

"确定能毒死吗？那条狗还挺健壮的。"

"放心，别说是一条狗了，十条狼也逃不了。见效有些慢，但三日内必死。"

凉介没有付钱，想要打开其中一包药。

药贩问："你想干什么？"

"我看看样子，闻闻味道。"

药贩笑了："大爷，你都说是药狗的，这药不会有怪味的，至于颜色，也就是最常见的棕色。横竖不过是只畜生，你把药混在肉里，它吃了必死。"

凉介满意了，他付了钱，揣着两包药走了。

买药只是第一步，下毒才是最重要的，三池师父的身体虽然一日不如一日，但突然死亡也会惹人怀疑。所幸三池师父的药是由凉介负责，很多时候，他会亲自把药端到三池面前。

这对师徒也是奇怪，所有的交锋都是暗地里进行。尽管三池师父怀疑凉介，但他也怕自己冤枉了凉介，坏了两人的情分，所以该让凉介做的事情，他没有假手于他人。再说，他也不信凉介敢害自己。

凉介抓住这个机会，便在药上动手脚了，时不时少放几味药或者换药，药性大大减弱。三池师父喝了药就和没喝一样，病怎么可能好转。

春寒更加伤人，几次返寒，三池师父的病情又重了几分。前几天，他咳嗽、喘息的声音还像破风箱一般，现在已经轻如蚊呐了，别提起身了，现在他连翻身都要人帮忙。

凉介看着三池师父只剩下小半条命，估摸着自己也该动手了，于是掏出了兑好的毒药。

看着药汁在锅中翻腾，凉介反而有些不忍心了，往日的温情场面在脑海闪过，人心到底是肉长的。

犹豫两刻后，凉介还是把药端进了三池师父房内。

三池师父全身浮肿，光睁眼就费了不少工夫："凉介，你来了啊。"这声音像是从嗓子眼里挤出来的一般，既涩又哑。

凉介到了三池师父的床褥前，先把药放在一边，准备扶他起身。凉介刚要脱手去拿药碗，三池师父的右手就紧紧抓住凉介的手腕。

这个老人用上了仅存的最后一点力气，一只手就像是铁钳一样，让凉介挣脱不得。

"我就要死了！"三池师父说道。

"师父，你喝了药就会好的。"

"我不是三岁小儿，你不用骗我了。"三池师父道，"这么多年下来，我已经把你当作我的孩子了，现在没有外人在，你就告诉我一句实话吧。"

三池师父手上的力道又大了两分。

"别人说人死了就会去黄泉，和死去的亲友见面。我不信这话，人死如灯灭，什么也不会留下，我现在最怕糊涂地死。我一生的心血就在阿月和你们师兄弟身上。我已经没了一个弟子，无论你干了什么，我都会保全你的。"三池师父呜咽了几声，"我只求一句实话。"

凉介也红了眼圈说道："师父，真的与我无关。"

"好，与你无关就好。"三池师父像是了却了一桩心事，整个人都软了下去，松开了凉介，"你是个好孩子，是为师错怪你了。琴坊和阿月就交给你了。"

凉介应了一声，用颤抖的双手将药碗端了过去。

三池师父饮干了苦涩的药汁。

两天后，三池师父离世。阿月依在凉介肩上失声痛哭。凉介也在哭，低声抽泣，悲伤做不得假，他是真伤心。

没了三池师父的怀疑，凉介得到了他要的一切。

春去夏来。

三池师父已经去世四个月，凉介和阿月要成婚了。阿月的娘家和夫家都在琴坊，照理来说，不用大办。但琴坊里的人想借着喜事冲走丧事的晦气，而且对于阿月来说，这是一生只有一次的盛事，她不想随便。

凉介迁就阿月，将琴坊所有的财物充当她的嫁妆，婚礼当天，迎亲的队伍会将阿月抬出琴坊，带着一箱箱的嫁妆，在外走一圈，让所有人都知道阿月的气派，最后再回到琴坊。

两人选了一个吉日，婚前的一段时间内，男女双方不能见面。

将要出嫁的阿月把自己关在房内，不由得有些感伤，往事不断浮现。在梦中，她见到了信吾。

多年前的一个炎夏，凉介、信吾和阿月都还是贪玩的孩子。

“这么晚出去干什么？”三池师父问道。

“去水边抓萤火虫。”阿月回答道。

三池师父沉着脸道：“不许去，回屋待着。告诉你们多少次了，别去水边，小心被河童拖水里去，再说现在天色都黑了。”

“师父，他们不会去深水区的，就在浅滩的水草丛里。”凉介恳求道，“让他们去吧，我会看好他们，总比他们偷着去要安全。”

“你看着他们？你是想和他们一起去玩吧。”三池师父沉思片刻，“算了，你们去吧，要早点回来。”

有懂事的凉介照看着其他两人，三池师父确实可以放心。

夏日的水边，芦苇和水草格外茂盛，三人灭了灯笼，静静等待着。不一会儿，像火星似的点点流萤，带着黄绿色的光点，从栖身之处飞了出来，三三两两，时高时低，飘忽潇洒，让人羡慕。

三人各自追逐光亮，分开了。

萤火虫飞得悠闲，但要抓住它们可不容易。三个孩子一时兴起，什么工具也没拿，只能靠手去扑。

“信吾，你抓住了吗？”阿月凑到信吾身边问道。

“嘘，别吓跑了它们。”

信吾做了个噤声的手势，追着萤火虫群走了。

阿月见信吾不搭理自己，也就自己玩去了。她一转身就听到了“扑通”一声，信吾一脚踩空，半截身子都落到水中，阿月惊叫一声想去拉信吾。

信吾却示意阿月不要过来，他伏在水中渐渐靠近水草，草茎上有两只萤火虫正在休憩。信吾悄悄靠过去，双掌合拢，将它们抓住了。

“送给你。”信吾对阿月说道。

阿月刚要伸手去接萤火虫，四周变了。她发现眼前的场景渐渐模糊，最后竟然一片片碎了，只余下阴森的萤火。

听过腐草为萤这个说法吗？

据《礼记·月令》篇：“季夏三月，腐草为萤。”《格物论》又说：“萤是从腐草和烂竹根而化生。”

也许萤火就不是干净的东西，是腐物，是虚无缥缈的孤魂。

他们两个消失了，水和水草也不见了，只剩下阿月在漆黑的虚空中。她慢慢变大，转眼从一个孩童变成了一个成人。

“信吾，你在哪儿？”阿月惊慌地大喊。

萤火越来越盛，阿月细看之下，发现那些萤火是从自己体内涌出的。心中思念着人，泽上的萤火便是从自己身体里梦游而出的魂。

萤火组成了信吾的模样，带着似笑非笑的表情，看着阿月。转眼，他又要消散了。

阿月伸手去抓信吾。

萤火不可触，触之不祥！

阿月的指尖刚碰到信吾，萤火就四散开去。

阿月徒劳地抓了几下，醒了。

“是你吗，信吾，你入梦怪罪我嫁给凉介？”阿月起身喃喃自语道，“可……可我又有什么办法呢？”

突然，她生起气来，踢开身上薄薄的毯子，恶狠狠地说道：“这不能怪我，都怪你。”阿月咬牙切齿，“谁让你死了！”

“谁让你死了！”

“谁让你死了……”

最后一句句尾，阿月的声音里带上了哭腔。爱一个人会变成恨，尤其在无法相守时。

河童怒

真司成了河童。吾郎迎娶阿月。

迎亲的队伍从琴坊出发，准备热热闹闹地闹一阵，再回到琴坊。

除了新郎，所有人都加入了队伍中。

一路上，他们吹拉弹唱，好不喜庆。

河童静伏在水底休息，夜晚才是他活动的时候，但陆地上的那些讨论还是一字不漏地传到了他的耳朵里。

谁家成亲？

听说是琴坊那一对。

就是那一对，吾郎和阿月姑娘，男才女貌，真是天作之合。

听到吾郎和阿月的名字，河童立刻就醒了过来，他藏在水草之中偷看，队伍中有不少熟人。

短短三年，阿月就要嫁给吾郎了。一个是自己的恋人，一个是自己的仇人，恋人嫁给仇人，这真是世上最可悲也最可笑的事情。

河童恨不得冲出水面，质问他们，为什么要如此绝情。

“阿月小姐，现在面前有两条岔路，我们走哪一条？”队伍离开了闹市，来到了僻静的水畔。

“哪一条能走得远一些，我们就走哪边。”

“好，那我们就要过桥了。”过桥就是继续往前走，不过桥便只能顺着河走一阵，然后就折回去。

轿子稳稳地被抬上桥，桥上勉强算是河童的领地，见此，河童跳了出来，拦住了迎亲的队伍。

“来者是何物，没看到这里有喜事吗？还不让开。”

无论是出殡还是迎亲，受阻都不是什么好兆头，故而红白事的队伍拥有绝对的优先权。

河童站在桥上，挥舞着双手，没有舌头的他只能发出单调的嘎嘎声。

“怎么回事？”阿月在轿子中问道，“为什么停下来了？”

“阿月姑娘少安毋躁，有不懂事的拦住了我们的去路，我们会赶走他的。”

阿月一听有人拦轿，就打开轿门，伸出脑袋，往外看去。透过人群，她只能看个大概。

河童也看到了阿月，他叫得更响了，可惜无人能理解他的意思。三年后再遇阿月，再一次看到阿月的脸，河童居然又恨不起来了，他多么想向阿月讲述这些年来，他的思念和悲惨遭遇。他往花轿走去。

“啊啊啊，妖怪啊！”

“妖怪来夺亲了！”

河童一走近，队伍中的人就看清了他的样子。阻拦他们的不是凡人，而是一个妖怪。

队伍慌乱起来，一时间进退不得。

河童却愈加兴奋，他在心底喊着，我是信吾啊，阿月，你快认出我来。

“快打退这妖物，不要让他伤到阿月姑娘。”不知是谁喊了一声。

石块、木棍便如雨点一样落到河童身上。

痛啊。

不一会儿，河童遍体鳞伤，他怨恨地盯着众人，恨不得将他们通通杀死。

迎亲队伍见攻击有效，打得越发起劲了。只听河童低吼一声，狂性大发，河童力大如牛，真打起来，凡人又岂是对手，好几人被打伤扔进了水里。尽管如此，河童还是生气，这些人从前是他的朋友，他们没有一人认出自己，还想要杀了自己。

河童痛苦得心都在滴血，但心里的血流不出来，那就让其他人替他把血流出来吧。

就在这时，一个路过的武士注意到了桥上的骚动。武士十五六岁，正是好事的年龄，怎能坐视妖物害人，当即就拔刀冲向河童。

“其他人都让开，看我来解决这河童。”

他一刀下去，砍中河童湿滑的龟背，刀弹了开来。河童转过头，看到了来势汹汹的年轻武士。

他们立刻斗了起来。论力气，河童胜一分；论利器，河童只有爪牙，武士有刀，武士自然胜一分；加之技巧，河童的本体不过是琴匠，而武士是真正的武人。

再者，河童头上有一个碟子似的凹陷，如果里面盛满了水，河童就会力大无穷，可如果水干了，河童的力量也会消失，连一个三岁的孩童都打不过。

河童渐渐落于下风，只见武士一刀砍下了河童一只手臂。墨绿的手臂在半空中画出一道弧线，落到了地上。

“好，砍得好！”

所有人都在为武士鼓掌叫好。没人在意河童的苦难，连轿中的阿月都想下来答谢武士的救命之恩。

好痛啊！为什么要这样对我！河童红着双眼，强撑着身子，拿回了断臂。

你不仁，我不义，人和妖哪还有情谊，更何况你们根本不认我。

河童张开黑乎乎、没有舌头的大嘴，呼喊着什么。河童是水鬼、水妖、水神，水就是他的力量，是他的援兵。

他高举着断臂，挤出里面残存的血液，倒在头上的碟子里，他的力量又回来了。

轰隆隆，哗啦啦，那是水流声，海潮一般的大水铺天盖地而来。河童用自己残存的神性，召唤了洪水。

众人来不及发出一声惨叫就被卷入了水底，武士也罢，新娘也罢，无一幸免。

新郎吾郎在琴坊见队伍没有按时归来，就外出寻找。他来到水畔，只见到嫁妆都漂在水上，人都不见了。

吾郎大哭一阵，回到空无一人的琴坊，当晚投缳自尽。

“河童一怒，引来大水，吞没了数十人，所以那条河就改名叫作河童怒了。”阿音说道。

“确实是好故事。”吉冈笑着要给钱，却见重兵卫若有所思，便问道，“头儿，难道你还有什么高见吗？”

“用鬼神之说来掩盖十多年前的秘闻的确是高招。”

阿音闻言一怔，惊讶地看着重兵卫。

“我在修行剑道的时候，曾经来过这里。那还是十三年前的事情了，我大概就是你故事里的那个武士吧。哈哈哈哈，故事里若不是他激化两方的矛盾，最后也不会搞得玉石俱焚，你给我安排这样一个角色真是无礼。”

吉冈吃惊地看着重兵卫：“头儿，这件事和你有关？”

重兵卫悠悠说道：“那时候，那条河还不叫河童怒，故事的结局也不是这样的。我记忆里的一件旧事和你的故事类似，也是两男一女的纠葛。女的也叫阿月，但男的就不是真司和吾郎，而是信吾和凉介，我当时拔刀相助，知道个大概。”

“拔刀相助？头儿，你当时真在桥上？”

重兵卫点了点头，说道：“不过和故事中不一样，我可是厘清了前因后果才出手相助的。”

迎亲的队伍确实在水边遭到了阻拦，阻拦者蓬头垢面，哇哇大喊。

一开始，队伍只以为他是一个乞丐，给了些钱和点心就想赶走他。谁料到，他把钱和点心都丢到了地上，一心想要冲撞花轿。

迎亲队伍忍无可忍只能用棍棒驱赶。这时，重兵卫刚好路过，他不忍见乞丐被毒打，于是喝止了暴行。重兵卫想带走乞丐，但奇怪的是，乞丐不愿离开，他指了指自己的嘴，又指了指迎亲的队伍。

“他好像想向你们说些什么，莫非认识你们，你们再仔细看看？”重兵卫问道。

“大人，我们真的不认识他。”

乞丐穿着破烂，骨节突出，一只手像是废了，藏在袖中没有露出来，他脸上有两块椭圆形的伤痕，头上也有伤，导致只有一边脑袋有头发。

重兵卫死死拉住乞丐："这就奇怪了，他好像就想往花轿那边去。"

"武士大人哟，也许他就是个喜欢冲撞花轿的疯子呢，疯疯癫癫的乞丐遍地都是。"

重兵卫把乞丐拖到了河滩上："我不知道你想说什么，你和他们有什么关系。如果你识字的话，就把你想说的话写下来吧，他们就快要过桥离开了。"重兵卫递给乞丐一根枯枝。

乞丐写下了一行字。

"喂，迎亲的，你们知道信吾吗？"重兵卫朝正要远去的迎亲队伍喊道。

迎亲队伍停了下来。

乞丐又添了几个字。

重兵卫又喊道："他说他就是信吾。"

新娘子阿月不顾礼仪，跳出了花轿，穿着白无垢就奔到了重兵卫和乞丐身边。

"这确实是信吾的字迹。"阿月说道，"抬起头，让我好好看看你。"

乞丐掬了几把清水，洗了洗脸，让阿月能看清楚自己。

阿月哭了："成年后，人的骨形一般不会改变，你脸上有伤痕，脸形也变了，但脸骨的轮廓没错。我终于找到你了，你就是信吾。这三年你到底去哪儿了，又遭遇了什么？"

"我终于找到你了。"阿月说道。

她要求有盛大的迎亲队伍，也是想给彼此最后一次机会。信吾若有心，便能循迹而来。

信吾果真来了。

信吾以枯枝为笔，河滩为纸，写出了他的经历。

凉介偷袭了信吾，将他打晕、勒下舌头，推入水中。凉介以为信吾成了一具尸体，可尸体还在呼吸，还有微弱的心跳，当时信吾陷入假死。凉介往信吾衣服里塞了不少石头，他以为信吾不会浮起来了，但是之前的打斗让信吾的衣带松了，激流一冲，衣服里的石头都掉了。昏迷中的信吾凭着本能在水中抱住了一块浮木，顺着水流足足漂了几十里才停下来，也难怪三池师父和阿月会找不到他。

信吾的伤口在水中泡烂了，引来了鱼虾。也正因为鱼虾，信吾才能逃过一劫，它们吃光了伤口上的腐肉，阻止伤口进一步恶化。只可惜鱼虾也吃了信吾不少好肉，信吾右手的手筋被鱼虾咬断，脸和头皮也被吃去不少，结果变成了这副样子。

信吾上岸后不回琴坊也有他的苦衷。他在水里待了好几天才被人救起来，灌了些米汤，又昏睡几天才醒。漂流时，脑袋被东西撞了，信吾什么也记不得了，他也没有舌头，只能打几个手势勉强和人交流。

别人看他可怜，就给了他一个看守水磨的活计，让他可以糊口。两年多来，他就是这样浑浑噩噩地过来的。

近半年，他的记忆慢慢恢复，他急迫地想知道自己是谁，自己从哪儿来。别人告诉他，他是顺着水流漂来的。他就逆流而上，想找到自己的家，他没什么盘缠，只能一路乞讨。

迎亲的队伍从他眼前经过，围观者讨论着琴坊、阿月和凉介。信吾受此刺激，脑中一清明，想起了所有事。于是他跑到桥上，阻拦迎亲的队伍。

信吾寥寥几笔，让阿月更加伤心。

“我从未想到事情竟然会是这样，他还装模作样地陪着我到处找你……”

重兵卫道："先别哭，我看了个大概，你们两人加上那个凉介应该都是朋友，结果落到了这步田地。你和信吾能重逢算是不幸中的大幸，你们先确定下一步该怎么办。"

阿月拉着信吾想走，信吾却不动，他拿着枯枝继续在地上写。

"我来找你并无多想，只凭一时意气。现在想来多有不妥，我已不再是当年那个翩翩美少年，也再无法制琴，今日我来只为申冤，说出凉介罪行。"

阿月松开信吾，从怀中掏出了一枚针，作势要插入眼中。

所幸，重兵卫及时拦住了她。

重兵卫道："怎么了，你要干什么？"

"我要用针把自己的眼睛刺瞎。"

信吾气愤地写下一行字：你为什么要这样做？

阿月说道："只要我看不见，那你的容貌又有什么关系。在我脑海里，你永远是三年前的样子。"

信吾写道：你这样又是何苦？

"不苦，和你受的苦难比起来这点痛又算得了什么呢。"

阿月挣开重兵卫，又要刺眼。这次是信吾拦住了她。

重兵卫也道："你有这样的心意就够了，日后你们是要一起生活的，他哑你盲，交流不便，你还是留着眼睛吧。"

阿月听此，放下了针。

"阿月姑娘放下了针，我见他们两人心结解了，就上路了。"

"头儿，那个凉介都没受惩罚，你怎么就走了呢？"

"那时我有事，急着赶路。再说，凉介罪证确凿，我还没在奉行所任职，事情也不归我管啊。"重兵卫问阿音，"你既然说了故事，说不定也知道实情吧。"

“没错，我知道实情。”

“那就说来听听吧，都是十多年前的旧事了，犯不着藏着掖着。”

阿音点了点头。

阿月和信吾没有选择报官，琴坊中几乎所有的财物都在这里，他们把一些箱子和衣服丢入了水中，散播了队伍被大水卷走的谣言，然后所有人就都消失了。

凉介见队伍没有回来，便外出去找，听到了谣言，又见水面上零星漂浮着嫁妆，昏昏沉沉地回到了琴坊。

子时，他听到了叩门声。

夜风阵阵，凉介提着一盏灯笼去开门，黑暗像要将他一口吞没一般。

信吾和阿月站在门前，他们手牵着手，正是新郎和新娘的打扮。信吾没有说话，递给凉介一张纸，纸上只有一句话。

我有舌在你处多年，可以归还了吗？

凉介手一抖，灯笼落到了地上，着了起来。火光中，他的表情像是见到了鬼一样。他收下了纸条：“稍等，我这就去拿。”

凉介转身。

“我爹，他的死是不是和你有关？”阿月忍不住问道。

凉介脚步一滞，没有回头，也没有说话，不一会儿，他继续往前走，只是背越发佝偻，显得卑微。

凉介没有再回来，阿月和信吾进去后，发现凉介已经投缳自尽，两根琴弦和一块黑乎乎的风干舌头就摆在他尸体前。

“听到那句归还舌头，我汗毛都立起来了。”吉冈道，“两人轻而易举就逼死了凉介，真是高明。老板结账！”

吉冈付了饭钱，又给了阿月几枚钱。两人准备离开。

阿音却拉住了重兵卫的衣摆。

“你还有什么事情吗？”重兵卫问阿音。

阿音跪了下来：“小人在故事里编排恩公，是小人的不是。”

“你是？”

“小人就是信吾和阿月的女儿。”

重兵卫皱眉道：“不要再称呼自己为小人了。他们怎么了，你又怎么会落到这一步？”

“回恩公，凉介死后，我父母并不想将事情闹大，于是编出河童的故事，掩盖了过去。母亲不懂经营，父亲手也废了，不能再制琴，单靠几个小工匠是撑不起琴坊的，琴坊的传承已断。父母便变卖了琴坊，搬迁到别处生活。两人恩爱，很快就有了我。”

“你现在几岁？”

“十二。”

“这么说来，成亲的第二年，你母亲就有了你。”

“是的。本来靠着琴坊的资产，两人不事生产也能度过一生。可偏偏母亲患上了重病，父亲为救母亲耗尽家财，但最后母亲也没能救回来。父亲就带着我又回到了这里居住，两年前，父亲哀思过度，又患上时疫，也弃我而去。我只能靠弹琴说事和父亲留下的一些余产勉强过活。”

人事无常，人不能只靠情爱活下去。

阿音哭道：“请恩公救我。”

“你要我怎么救你？”

“再这样下去，我就只有出卖自己了，求恩公带我离开这里，我愿侍奉恩公左右；若恩公嫌弃阿音，那就给阿音介绍个活计，让我自食其力。”

吉冈劝道："头儿，这个小姑娘也算伶俐，你就带上这个河童之子吧。"

重兵卫没有回答。

"恩公收下阿音吧，阿音做牛做马绝不会有一丝怨言。"

重兵卫叹了一口气："唉，别叫我恩公了，我倒不会让你做牛做马。"

"谢谢大人。"

说起来，阿音也算是故人之子，重兵卫能帮则帮。

"晚饭吃了吗？"

"还……还没。"

重兵卫把阿音扶起来，对店家说道："再来一份蒲烧。"

重兵卫和吉冈的旅程还未结束，这次又多了阿音这个河童之子，看来这一路不会乏味了。

苦 药

"我爹，他的死是不是和你有关？"

当阿月的诘问一出口，凉介便哭了。他不敢回头，不想让其他人看到他的眼泪。

阿月和信吾一起出现，这是他三年来的梦魇，没想到最后还是成真了。看到那张纸，凉介就明白，他们要的不只是舌头，还有他的命。

阴寒的夜风吹入了他的心里，带走他体内不多的余热。

他很想说不是，但他没有资格说。

那天，他端进去的药是无毒的。他看着翻滚的药汁，最后一甩手把药粉倒进了炭火里。他狠不下心。

三池师父还是疼爱他的。面对师父的提问，他差点就坦白一切了，但最后还是控制住了。或许不让三池师父知道真相才是最好的，三池师父得知他是无辜的，才能安心离世。

但三池师父的死绝对和他脱不了干系，是他在药材中动手脚，让三池师父久病不愈；也是他说谎了却三池师父一件心事，原先三池师父就是靠这件事才憋着一口气吊命的，一口气松了，也就去了。

他和信吾的恩恩怨怨还能用一条命去了结。对三池师父，他只能亏欠着了。

回屋后，凉介摸出了那个竹筒，封口已经被他摸得发黑。他把里面的东西一件件地放在自己面前——用来勒杀信吾的第三弦、用来勒下舌头的第一弦、信吾的舌头，还有没派上用场的第二弦。凉介拿起第二弦，又续了一段，打了结吊在门框上。

凉介将头伸入绳套中，叹一声。夜路难行，黄泉无旅店，今夜宿谁家。他吐出半截舌头，自尽了。

人舌好勒，业力难消，天网恢恢疏而不漏，岂是勒下一条舌头就能躲过的？

死灵与道成寺钟

楔 子

“为这点事就去死吗？”

“为这点事就活着吗？”

快停下，快停下，不要再问答了！

只要有爱不就好了吗？

死 灵

“落脚地呢？”重兵卫问道。

让吉冈带路就是个失误，他说自己识路，却常绕远路，最后偏离大路，让一众人无处落脚。

重兵卫第一次让吉冈带路，迷路是吉冈的错；第二次还让吉冈带路，那就只能怪重兵卫自己了。

夕阳收拢最后一丝余晖，彻底落到了地平线之下，一轮残月挂上了半空。

吉冈额头冒汗，用手胡乱揉搓着头发，好似这样就能找到一条出路一般。

阿音背着一把琴淡淡道："大人，你就不该让吉冈带路，沿着官道走，我们就能赶到城里，吉冈偏偏说有近道。这偏僻的小道，八成也不会有人经过，我们还是拾点柴火，将就一晚吧。"

"聒噪，你看那边隐隐有火光透出。"吉冈指着远处说道，"说不定就有人家，或者路人，我们得救了。"

阿音嘟囔道："说不定是鬼火呢。"

三人沿着曲曲弯弯的羊肠路向有火光的地方走去。今夜，月残星稀，一丁点火光传得格外远。夜路有点长，三人走了好一会儿才走近火光。

"会不会出什么事情，我怎么有些瘆得慌？"阿音道。

"小姑娘，胆子不要那么小嘛，乖乖地跟在我身后。"

吉冈一个大男人还和一个十二岁的女孩子斗嘴，真是童心未泯……

吉冈在前头止了步，示意其他人停下，蔓草丛生的山路，前面黑黢黢的一片。火光的源头就在前面，坟茔之前。

这地方是一处乱葬岗，乱坟生满杂草，诸虫唧唧哀鸣，尽显凄凉，三人都不由自主地打了寒战。

火光来自坟茔前的香烛，一名女子泪水涟涟。跳跃的烛火映出她的哀容，弯弯的眉，清澈的瞳孔，眼下还有一颗明显的泪痣，衬着白瓷般的皮肤，双唇如花瓣娇嫩欲滴，微微颤抖，身后是一道长长的影子。

有影子，那她就不是鬼魅。

重兵卫感到奇怪，上前问道："你为何于深夜荒野祭坟？"

女子回首道："坟内逝者才新葬三日，我还未从阴影中走出，心疼欲裂，我白天不能出来，只能夜晚来祭奠。"

吉冈道："人既已离世，生者虽苟活于世，也要自强，不必太过悲伤。"

女子道："谁说我悲伤，我这是悲愤，因坟内人的愚蠢而愤怒。诸位，你们听说过为背信弃义的小人而死的蠢蛋吗？她将对方视作宝，对方却视她作累赘，最后她还心甘情愿地去死。"

是爱是恨，说不清缘由。看来死者与此人也有一段故事。旁人不便置喙。

"是了，是了。"阿音随口敷衍道，"我们是旅人，无意中踏入这里，能不能为我们指一条明路？"

女子伸出嫩葱似的手指，朝西一指："往那儿一直走，看到大路，顺着大路走即可。"

阿音谢过女子，准备离去。

重兵卫好心说道："天色已晚，姑娘一个人走夜路不太方便，不如与我们同去，路上好有个照应。"

"我不走。"女子惨然道，"今夜此处便是我家。"说完，她又伏下去，压低嗓门，呜呜地哭起来。和服双袖拢在身前，衬出女子苗条的身段，发髻散乱，几缕青丝垂在肩上。

既然她都这样说了，他们也不好强逼她上路。

三人走出百十步，忽然一阵大风从背后吹来，阿音回头发现烛火灭了，她已经看不到那个女人，好像消失了一般。阿音拽了拽重兵卫和吉冈。他们回头一看。

吉冈说道："闲事莫管，快走。"

那个女子至少没对他们说谎，三人照着走，果真找到了大路，走到了城内，也找到了落脚的旅店。

"啊，终于到了。"吉冈松了一口气，"安排一间房，三套床褥，快点上饭菜。"

吉冈和重兵卫都把阿音当作孩子，他们不避讳阿音。阿音刚加入他们，虽想一人一间但也不方便提出。

他们吃过晚饭，泡了脚，终于又活了过来。

“下次我绝不会再让你带路了。”重兵卫对吉冈说道。

吉冈苦着脸：“我也不会再带路了。”今晚的食宿又是他掏腰包。

“有今夜的遭遇，不如我们来夜谈吧。”吉冈道，“阿音，讲个怪谈。”

阿音道：“我肚子里的怪谈可是要花钱买的。”

“食宿的钱都是我付的，你讲个故事也不为过，小孩子家家的不要太计较。”

“咳咳，大晚上还谈这些。”重兵卫道，“你们也不怕做噩梦，今夜的事情还不够吗？”

“咳咳。”重兵卫又咳了几下，示意他们停下这个话题。

“好了，不说便是了。”吉冈道，“不过是在乱葬岗遇到了个奇怪的女人罢了。”

给他们送被褥来的女侍在门外听到这句话，立马冲了进来：“是东面的乱葬岗吗？”

吉冈点了点头。

“那个女人是不是穿着青色的和服，和服上还有紫色的花纹？”

阿音说道：“没错。”

女侍再问道：“她是不是很漂亮，眼下还有一颗泪痣？”

“就是她。”重兵卫道。

女侍道：“三……三位真是见鬼了！你们见到的是桐子，她哭的是自己的坟。我替你们泡安神茶来！”她慌乱的样子不像是骗人。

女侍走后，吉冈面色苍白：“我们不会真的遇到鬼了吧？”

“你就是叶公好龙。”重兵卫对吉冈说道，“待会儿等女侍回来了，问问事件的经过吧。”

祭坟的女人到底是不是鬼魅呢？

无尘和尚

“桐子在五天前就死了。”女侍告诉他们，“不止你们，其他人也见过她。黄昏时分，走近乱葬岗，就能看到烛火，还能听到哭声。当你靠近去看，就会看到哭坟人居然是已经下葬的桐子……”

“那桐子姑娘是怎么去世的？”阿音问道，“如果是因病逝世的话，应该不会有这么大的怨气才对。”

死者魂魄不散，化作死灵作祟一般都因为怀有怨气，死者无法疏解怨气才会在他人面前现形。

女侍压低了声音说道：“桐子确实是冤死的，她是花街的姑娘，但是爱上了不该爱的人。对方没法替她赎身，老鸨也不看好这段恋情，劝他们斩断情缘，不要再来往了。桐子也是个心狠的，居然买了毒药打算和情郎殉情。”

“然后殉情失败了？”吉冈问道。

“是的，殉情失败了，但桐子也死了。”女侍道，“事件挺复杂的，我不便和你们多讲。你们喝了安神茶早点休息吧。桐子也是个可怜人。”女侍叹了一句。

忽然，楼上传来了诵经声。先是坟场女鬼，现在又是半夜诵经，三人的神经绷紧了。

“这是什么？”重兵卫问道。

女侍满不在乎地回答道：“那不过是个死人，已死之人不甘寂寞，装模作样诵读经文罢了，客人不要在意，就当作是苍蝇的嗡嗡声。”

女侍退下了。

“头儿，她这是什么意思？”吉冈问道。

“还不明白吗？”阿音咯咯地笑了起来，“男女相约殉情，但殉情失败了，女的死了，你觉得是怎么回事？”

“只有一种可能，男人没死。”重兵卫说道，“男人突然退缩了，只有女人死了。连相约去死的诺言都不能遵守的胆小鬼，就是该死而没死的人，这样的男人只会被唾弃。”

楼上住着的应该就是桐子的情夫，称他一声“死人”，意在讽刺，而不是说他真是死人。搞清楚了这点，三人铺好被褥睡了，由于日间的劳累，他们睡得格外踏实。

寅时刚到，三人就被吵醒了，外面似乎有幽幽的歌声飘进来，楼上的房客几乎是边尖叫边诵经。

“怎么回事，上面的动静怎么这么大？”吉冈问道。

阿音惊道：“窗外好像有什么东西飘过去了！”

重兵卫推开窗，什么也没看到，转头问：“你看到什么东西了？”

“女人的衣摆，好像是紫色的。”

就在此时，楼上的动静越来越大了。

“上去看看。”重兵卫冲出房间，领着两人往楼上跑去。

桐子的情夫门前果真有异状，门缝间透出幽幽的光亮，八成就是鬼火。

吉冈开始发抖，他念着“临兵斗者，皆阵列在前”冲在最前面。

吉冈冲进去就看到一个男人缩在房间的角落里，裹着被子诵念经文，瑟瑟发抖。他被吉冈的举动惊动，怪叫一声，跳了起来。

两人的动作搅乱了房内的气场，窗前的鬼火也散了。见此，男人裹着被子冲了出去，他撞开了吉冈、重兵卫，撞倒了阿音，被子也在碰撞中掉落了。

“他没有头发？”吉冈问道。

重兵卫道：“你没看错，那是个和尚。”重兵卫扶起了阿音。

桐子的情夫居然是个和尚。

阿音补充道：“而且还是个漂亮的和尚。”

男人和女人的着眼点，有时候就是这样不同。

三人追出去，和尚已经跑远了，拐角处，桐子出现了。三人远远地看到桐子的魂魄逼近和尚，和尚还未察觉鬼魂的靠近。

吉冈他们惊讶得发不出声来。他们之前就已经见过桐子了，但在知道她已经去世的事情后，再次见面，心境早已不同。再者，桐子的移动方式很奇怪，一般人行走，腿部、胯部、腰部都会相互协调配合，但她没有。桐子的双脚没有动，她是飘着的！

想象一下，一个美丽的女鬼深夜飘向白嫩的和尚，和尚即将成为一团模糊血肉……这是多么可怕、阴森的事啊。

终于，和尚发现了背后的鬼影，转过了身……

等到他们三人赶到拐角，桐子的魂魄与和尚已经消失了。

“那个和尚被害了吗？”阿音问。

重兵卫静下心来，仔细聆听夜风中的声音：“和尚应该是逃走了。”夜风中夹杂着和尚一刻不停的诵经声。

不过桐子的幽灵已经缠上他了，他又能逃去哪里呢？

重兵卫他们也只把这当作旅途中的逸闻，没有放在心上，第二天便上路了。

但和尚和桐子的事却如阴魂一样缠着他们不放。殉情和闹鬼的事情早已被传得沸沸扬扬。无论去哪儿，他们都能遇到有人说起这些事情。拜此所赐，重兵卫他们也对整件事有了大概的了解。

和尚法号无尘，是某大寺的和尚，外出修行；桐子则是当地花街的娼妓。两人身份地位相差悬殊，本不该相遇，但命运偏偏让两人相恋了。

关于他们的邂逅，有几种不同的说法。有人说，桐子去寺庙参拜时就见过无尘，她早已芳心暗许。无尘出寺，桐子故意在水边与他相见，诱惑了他。也有人说，不谙世事的无尘和尚是被花街拉客的小厮骗了，缺德的小厮灌了无尘几杯酒把他拉进花街，想骗尽无尘的钱。无尘被塞进了桐子的闺房。桐子可怜无尘，便照料无尘直到他醒来，又藏起了无尘，瞒过老鸨。无尘逃过一劫，但桐子却受了罚，无尘过意不去，又去见了桐子。一来二去，两人竟真的生出了情愫。

无论开头如何，结局都是一样的。

玩乐也有上中下等之分，上等指的是不去花街玩乐的，中等是白天来当天回去，下等就是留宿一晚第二天早上才走的，再下等就是长住数日，甚至不走了的。

无尘和尚就属于最下者，情到深处就在花街不走了，日日夜夜和桐子在一起，耗光了钱财。由于沉迷酒色，无尘和尚赖着不肯离开。老鸨不乐意了，三番五次赶走无尘。另一方面，寺庙还不知道无尘的近况，只是催促他回信，早日完成修行。

无尘和尚落得进退两难的境地，无尘痛苦，桐子也痛苦，于是桐子提出了殉情。

两人在爱得最浓烈的时候死去，也算成就一段美谈。

“勾引和尚的恶女人和耽于美色的和尚，我们一起死，多么相配。”桐子拂过无尘的面颊。

无尘正枕在桐子的膝上，点了点头。

只花了一日，桐子就准备好了毒药。两人痛痛快快地玩了一整天，享受完最后的极乐，洗干净了身体，取来了好酒，兑好了毒药。

老鸨打开门进来了。

“你怎么还没走？”她嫌和尚占着桐子，妨碍她赚钱了。

无尘和桐子从头到脚都发冷，桐子抱住自己的胸口，低声啼哭。无尘想走，桐子拽住了他。俩人单薄的影子，印在纸门上。室内没有一丝风，有些滞闷。

老鸨冷哼一声：“我也是为了你们好，和尚就该守清规戒律，桐子你也不该和他走得太近，他不是可托付的乔木。”

“妈妈不要多言了，无尘这就走，让我们再饮最后一杯吧。”

无尘和尚拿来了两只酒杯，桐子斟酒，两人交杯。无尘和尚先饮，饮完后，倒置酒杯示意喝完了。桐子露出惨淡的笑容，也喝下了酒。

这个时候，老鸨隐隐察觉到不对劲。片刻之后，两人伏在了铺席上，无尘缩到了桌下，桐子仰面微颤。老鸨忙给两人灌茶水，催吐，又请来了大夫。结果，桐子还是死了，只有无尘和尚活了下来，但第二天就传出言论说无尘和尚使诈。在殉情中使诈，这可以算是无耻到极致了，这么说的理由有二：其一，老鸨率先救治桐子，对无尘的救治并不及时，但无尘活了，桐子却死了；其二，大夫看过后发现桐子中毒过深，药石无灵，而无尘和尚中毒却不深。

真相不得而知，但这个言论不胫而走，无尘和尚的名声彻底臭了。也许还有不少人希望桐子的魂魄带走无尘。

“大人，你觉得这是怎么回事？”阿音问。

重兵卫摇了摇头，苦笑道：“不知道，我没见过物证也没询问人证，看不透真相，也许只是因为男子的身体比女子强健，所以无尘和尚才能幸存。”

不过无尘和尚过得并不轻松，桐子在黄泉路等不到无尘，又回到了人间，见无尘还活着，便化作怨灵缠上了无尘，无论无尘逃到哪儿都逃不脱，他入住的旅店无一例外都会闹鬼，逼着无尘继续上路。

这段时间路上的话题往往都是无尘，譬如无尘和尚又躲到了哪里、哪里又闹鬼云云。

重兵卫他们没在无尘的事上花过多的精力。可五天过后，他们又和无尘和尚扯上了关系。

缘分是这个世界上最为奇妙的事情之一。

替身

吉冈躺在榻榻米上休息。阿音在擦拭三味线。三人正等着女侍送上晚餐。

突然，旅馆内发生了一阵骚动。

阿音探出窗看了看院子，转过头说道："是无尘和尚，他居然到这家旅店来了。"

闻言，吉冈和重兵卫也往院中望去。果真，院内站着一个风尘仆仆的和尚，正在和旅店的老板协商着什么。

这是吉冈和重兵卫第一次看清无尘和尚的面容，他的确是个漂亮的和尚，唇红齿白，眉目有神，难怪桐子会喜欢上他。

无尘和尚想入住这里，但老板却不同意，因为闹鬼可能会吓走客人。这时有好事的客人对老板喊道："你就让他住下来吧，我们都在路上跑惯了，什么风浪没有见过，我们也想见识下闹鬼。"

不少客人都点了点头："没错，让他留下来，我们想看看女鬼。"

这帮人都是看热闹不怕惹事的无赖汉！

加上无尘和尚苦苦哀求，最后老板还是答应让他入住了。但奇怪的是，无尘和尚不要住房，他只想待在地窖里。

旅店的地窖里放了些杂物、酒坛和腊肉之类的东西，并不是贵重物品，对和尚也没特殊的吸引力。老板想了一会儿，同意了无尘和尚的要求。

无尘和尚担着他的行李，在众目睽睽之下，走进了地窖。

“奇怪，”吉冈皱了皱眉问重兵卫，“无尘不是比我们早走一夜吗，为什么会比我们迟到这里？”

“很简单。”重兵卫坐下来，蘸着茶水，用手指在桌面上画了一张简易的地图，“你看我们现在是沿着大道，走的几乎是一条直线。但是无尘和尚为了逃跑，他不可能堂而皇之地走大道，我想他应该是试图躲藏在一些小路上，尽可能地往偏远的村落跑了。可无论他逃得再远，也没能摆脱鬼魅。所以他又回到了大道上前行，一来一去，我们当然就走到他前面了。”

阿音道：“无尘和尚居然住到了地窖里，真不知道他到底要干什么。”

吉冈笑道：“等一夜就好了，到时候自然能知道他要干什么了。”

“也不知道是谁，上次撞见女鬼吓得发抖。”阿音道。

吉冈哼了一声，只道了一句“好男不和女斗”便不再说话了。

“阿音别戏弄吉冈了。”重兵卫出来打圆场，“那种情况下，其实我也在发抖，毕竟第一次与怪谈中的鬼怪靠得如此之近……”

但那真的是鬼吗？重兵卫心中还是抱有疑问的。

当天夜里，旅馆分外安静，好事的客人都想一睹女鬼的风采，蛰伏着。这样惊悚而香艳的经历，一生也许只有一次，谁也不想错过。

吉冈支起耳朵，听着外面的动静，阿音也强撑着精神等着女鬼，只有重兵卫安心地睡着，发出轻微的鼾声。

来了！

夜风之中，果然传来了女子哀怨的歌声。

“是女鬼，还是人在唱？”

阿音白了吉冈一眼："难道还有女子会蹚这浑水？"

我心且自不待言，散发烦乱亦无情。

无情却只是移情，天下男子皆恶性。

吉冈觉得这朦胧的词有些耳熟："这莫不是？"

重兵卫打了个哈欠，幽幽道："你没听错，这就是《京鹿子娘道成寺》，看来这次出现的妖怪还不简单。"

初次乃至及往后，不论夜露霜雪寒。

下在乡野上通途，此身唯伴君与共。

"那她为什么会唱《京鹿子娘道成寺》中的长歌？"吉冈问道。

"这还不简单，你忘了《京鹿子娘道成寺》的内容了吗？"阿音说道。

《京鹿子娘道成寺》，讲述的是悲恋。

一老一少两个僧人到熊野修行，年少的叫作安珍。途中，他们在一户人家借宿一晚。这户主人的女儿清姬对安珍一见钟情，当晚二人就发生了关系。

其后，已被佛祖遗弃的安珍对清姬产生恐惧，他对清姬说等到熊野修行的目的达成之后，会再回到这里。

然而，这只是安珍为安抚、摆脱清姬做出的假约定。

相信了这个谎言的清姬盼望着与安珍重逢的日子，但是安珍久久不至，清姬从熊野来的旅人口中探听到一点关于安珍的消息……

——安珍违背了自己的誓言，回乡去了。

又怒又悲的清姬千里迢迢追寻安珍而去，追到安珍时，她已受尽千般苦万般难，化身成了大蛇。惊恐的安珍藏身于道成寺的大钟中。清姬奈何不了安珍，只能缠绕住大钟，自燃起来，把自己连同钟、钟里的和尚都烧成了灰烬。

重兵卫低声说道：“桐子是在自比清姬，表明她虽死不休，一定会带走无尘和尚。唉，这是道成寺钟啊，无尘和尚怎么偏偏惹上了这样棘手的妖怪？”

吉冈不解道：“有什么棘手的，道成寺钟难道比座敷童子、雪姬、猫又还可怕吗？”

“道成寺钟的绘图往往是一条妖蛇在烈火中缠绕着一口大钟。”重兵卫说道，“提到道成寺钟，世人分化为两派，为爱而狂的清姬是妖怪，寺庙的钟是妖怪，会让人忘记自己以前的事，甘心成为和尚。”

“呵呵，前者大概觉得红颜祸水，清姬勾引和尚，破坏清规戒律，所以是妖怪。”阿音道，“后者同情清姬觉得俗世的条条框框可恶，不能让有情人在一起，所以把寺庙的象征视作妖怪。”阿音眨着眼睛，“不过啊，不单单只有两派，还有第三种解释，绘图上还有安珍啊，他躲在钟里，我们忽略他了而已。最可恶的妖怪应该就是安珍，始乱终弃，虚情假意，这样的和尚本身就是妖魔了吧，呵呵。”

幽怨的歌声只响了一刻便消失了。无尘和尚待在地窖中，没有丝毫反应。等着看戏的诸位都有些失望，关上窗，睡去了。

第二天清晨，挂着两个黑眼圈的无尘和尚出现了，他唤过旅馆的下人，请求对方拿个大木盆来。他想要洗澡，然后治退女鬼。

一听说他要治退女鬼，客人们又起了兴趣。洗完澡的无尘和尚只是带着一个不大不小的包袱只身一人踏入了地窖。

旅馆的下人只是把地窖的门彻底封住，再在门外撒上一圈盐，埋了几张符纸。

“这样就结束了？”

仆人点了点头：“这样就结束了，说是明天一早再见分晓。”

这和尚到底想干什么？该不会是被鬼魅逼疯了吧？

阿音提议道：“不如我们留下来看看无尘和尚耍什么花样。”

重兵卫思考片刻，他心中隐隐察觉到了一丝不对劲：“那就留下来看看！”

当天夜里，旅馆内又传来了歌声：

伪书谎言或真实，终究相逢并结缡。

假使不以分袂怨，女子何以为女子。

重兵卫叹道：“这种凄美、无奈又愤怒的心情，确实是百年难得一见啊。”

无数双眼睛正盯着地窖，地窖之中的无尘和尚没有异动。

新的一天到了，昨日撒的盐在晨曦下闪光。昨天那个下人跨过盐圈，带着几个人打开了地窖的门。

“无尘和尚呢？”其中一人问道。

下人伸手一指：“这不是在那儿吗？”

地窖的另一边，无尘和尚蜷缩在角落之中，一动不动，体形比正常人要大一些，总之有些不对劲。有人走了过去：“和尚，你吱一声啊。”他一推，那个黑影居然向前倾倒下去。宽大的僧袍下，不是人的血肉，而是木头。

“咦！”他惊叫起来，像老猫被踩到了尾巴，尾音拖得长而陡，“和尚居然变成木偶了！”

他的叫声引来了其他人，下人索性把木偶和尚拖到了地窖中间，叫外面的人也能看清木偶。

“无尘和尚怎么可能就这样变成木偶？”下人领着其他人拿着棍子在地窖的杂物中乱戳。

老板赶忙跑过来，喝止他们：“不要乱戳，小心我的谷子，小心我的干菜，还有我的老腊肉。你还想不想在这里干了？”

下人立刻停手。

场面虽然有些混乱，但没有人趁机混入地窖，也没人借机出去。

“还不都给我出去。”老板怒道。

下人却站在地窖中没动：“这恐怕有些问题，老板。无尘和尚之前已经付了十天的房费，你也答应他在地窖作法治退女鬼，他还吩咐我，要我替他做一些事情。现在无尘和尚不见了，这些事情也必须要做。”

“什么事情？”老板收了钱，没什么理由阻止他。

下人指挥着其他人把一个大箱子搬入地窖，箱子经过检查，确实只是普通的大箱子，没有暗门和暗格，里面也没装任何东西。下人让其他人都退出去，他一个人把箱子拖到了木偶旁边，然后阖上了箱子，用封条将其封起来。

最后，他又在地窖八方各烧了一张符箓，才走出地窖，郑重其事地把地窖门再关起来，扫干净了周围的盐粒。

吉冈看着这一切奇声怪调地说道：“还有模有样的，就看顶不顶用了。”他望向重兵卫，“不过头儿，你知道无尘和尚去哪儿了吗？他究竟如何从地窖逃脱的？”

“再等几日，现在说不好，这术式有些名头。”重兵卫离开围观的人群问道，“阿音呢，她怎么没下来，她对这事的兴趣可不一般啊。”

吉冈跟在重兵卫身后，忍不住笑道：“她毕竟还是个孩子，熬了几天，身体吃不消了。她现在还流着口水在睡觉吧，谁也叫不醒。”

这时，被褥中的阿音忽然鼻头发痒连打了三个喷嚏，“该不会是有人在说我坏话吧。”她嘟哝一声，翻身，蒙上被子接着睡。

既然治退女鬼的仪式还在继续，重兵卫一行人也不急着上路，转眼间，又到了晚上。这次，他们三人都没有睡，坐着等夜半时分的《京鹿子娘道成寺》。

朝诉生灭灭已道，夕白寂灭为乐事。

女声依然响起。

重兵卫叹了一口气：“没想到她的执念居然强到了这种地步。”

“为什么这样说？”阿音不解地问道。

“无尘和尚治退女鬼的方法很有趣。首先，无尘和尚变成了木偶，现在还躺在地窖里，如果你是他的仇人，你会怎么办？”

阿音摇了摇头：“我不知道，在回答你的问题之前，我必须知道无尘和尚在哪儿，他是还在地窖，还是已经逃跑了。”

“桐子也不知道。”重兵卫道，“她和你一样搞不清楚无尘和尚的所在，所以她只有两个选择，留下来静观其变，或者离开这里尽快去找无尘和尚。”

“但是万一留在这里，无尘和尚跑远了怎么办？又或者她离开了，但无尘和尚还留在这里，那她也会错失。但犹豫也于事无补，决定下得越晚，她就越被动。”

人和妖怪一样都会落入两难的境地，这也算是世间的无奈之一。

吉冈叹道：“那么现在又回到了一件事上，和尚是不是离开地窖了？有人能从地窖中逃脱吗？”

“假使无尘已经不在地窖了，那他又是怎么离开的呢？”重兵卫道。

阿音说道："再怎么不可思议的现象，答案也就只有那几种。我现在就提出几个猜想，第一，无尘和尚根本没有走入地窖。"

"一大群人亲眼看着无尘和尚走进地窖，就算他有什么障眼法，也逃不过那么多双肉眼。"吉冈说道，"无尘和尚绝对是进到了地窖的，而且他也没有打开地窖门偷偷出来。"吉冈笑了笑，"其实我偷着在门缝上插了一小片枯叶，如果有人开过门，我一眼就能看出来。"

"第二，无尘和尚在下人开门时混了出去。"

吉冈刚想开口反驳，却被阿音生生打断。

"当然不可能直接混出去，无尘和尚可以使些手段，比如最开始进去的几个人都穿着黑衣服，这样就会很显眼，无尘和尚蹲在角落也穿着黑衣，然后趁人不注意，其中一人脱下黑衣，发动骚乱，其他人拥入地窖。最显眼的黑衣人数量不变，外人难以察觉多了一个人。"

"哈哈哈哈，这确实是你这个睡懒觉的才能想出来的方法。"吉冈道，"没有这样的人哦，进出的人数，我们也数过，没有多出一人的可能。再者说了，无尘和尚是个光头啊，要是有男人戴着头巾不是更加可疑吗？"

"既然两次开门都不可能出来，那就只能正面突破了！"阿音一本正经地说着荒诞无稽的话，"这个旅馆的地窖说不定有暗道，没错，一定有暗道。无尘和尚和旅馆的老板早就认识。"

重兵卫在阿音的额头上拍了一下："少胡说八道，我们还是静观其变。"

离尘

夜色又降临了。

“什么时候了？”重兵卫问道。

“丑时了。”

阿音道：“今晚的歌声来得格外晚。”

“不，歌声很可能不会来了。”重兵卫说道，“我们该休息了。”

翌日，下人再度开启了地窖。在众人的围观中，他打开地窖门后，又扯掉了箱子上的封条，打开了箱子。

周遭的人皆倒吸了一口寒气，空无一物的箱子内竟然出现了鲜红的印子，就好像有人被困在箱子里，那人拼命挣扎留下了无数的抓痕。箱底的印子是一团模糊的人形，从身形上来看，应该是位身材娇小的女性。

“和无尘大师预想的一样，女鬼已经被抓住了。”下人说道，“她已经被封印在箱内了，现在我再把无尘大师的木偶放入箱内，也算是了却这个女鬼的一桩心事，将他们深埋地下，用不了百年就能彻底化去戾气。”

下人将木偶抱入箱内，让人把箱子抬了出去。

“就这样结束了吗？”吉冈问。

“看来桐子的怨灵比我们想象的还要执着，她直接闯入地窖一探究竟。盐有驱魔辟邪的作用，把盐扫走，就是在引诱桐子进去。”阿音说道，“等到桐子进入地窖就会被符箓的力量困在箱内。”

“那木偶又是什么？”吉冈再问。

“是无尘和尚的替身，在各种仪式和咒术中，木偶的使用很常见。比如我想要诅咒你，只需要做一个小木偶，上面写上你的名字和生辰八字，我折断木偶的四肢或者钉它，你就会受到相应的伤害。再比如你生了重病，我也可以准备一个人偶，让病魔、死神误以为人偶就是你，这样就能把病痛转移到人偶身上。桐子既然想要无尘和尚，那无尘和尚就给她一个自己的替身，安抚她。”阿音叹道，“看来这里的事情结束了，我们也该上路了。”

重兵卫摸了摸下巴：“我怎么觉得箱子内的痕迹像是人为画上去的？”

“头儿，开箱子的时候，大家都看着的，箱子上面的封条可是完好的。”

重兵卫笑了笑：“算了，我们还是收拾一下上路吧，不能这样随便地破坏人家的计划。”

“头儿，你看破什么了？”

阿音在一旁若有所思，嘀咕道：“我倒是知道几种药水，用它们写字、画画，要过一段时间才能显现。”

“你真的想知道吗？”重兵卫对吉冈说道，“附耳过来，我有几件事让你去调查。”

三人磨蹭着到了午后才上路。

“他们抬着箱子找了个合适的地方就埋了。”吉冈对重兵卫说道，“头儿让我查的事，我也查过了。那个下人在外面确实买过一些特别的东西。”

阿音好奇地问道：“是什么东西？”

吉冈道：“下人买了几副山鲸的下水，就在无尘和尚来的第一天。”

所谓的山鲸就是野猪。

“还有呢？”

“还有箱子和黄纸。”

“没有什么材料吗？”

“应该没了。”

“没有其他人替无尘和尚办事？”

吉冈摇了摇头。

阿音听得一头雾水：“大人，你到底想到了什么，快告诉我们。”

“我看破了无尘和尚的手法而已。”重兵卫说道，“这一切都是一场戏，之前我们就讨论过无尘和尚如何逃离地窖，我们没有得出什么结果，这很有可能就是因为无尘和尚根本没离开地窖。虽然有人搜查了地窖，但很快就被老板阻止了。再说，搜查地窖的人也是无尘和尚找来的人，仔细一想，就会发现疑点重重。今天早上，无尘和尚才在众目睽睽之下离开地窖。”

重兵卫给出的答案很简单，无尘和尚假扮成了木偶，被下人放进了箱子里，搬离地窖。

“木偶和真人的重量不同，抬箱子的人不会发觉吗？”

“就算发现又怎样？他们可都是无尘和尚通过那个下人找来的人。”重兵卫说道，“关于箱子里的痕迹，我还是觉得那是人为画上去的。阿音有个不错的想法，这个世界上确实有那种药水，但我觉得无尘和尚的手法还没有那么高明。他既然在地窖内，当然可以自己动笔画上去。”

“那箱子上的封条怎么办？难道箱子里有暗门？”吉冈道。

重兵卫笑道：“哈哈哈哈，吉冈你应该放宽你的思路，封条这种东西其实没什么用，你仔细想想封条的作用是什么？”

“为了不让人打开。”突然，吉冈想明白了，“对啊，如果说封条是无尘和尚准备的，那封条确实对无尘和尚无用，他撕下封条，画上痕迹，取出新的封条贴好就可以了。”

阿音质疑道："那木偶又是怎么回事，下人给我们展示过木偶，那确实是木偶，而不是人。再说了，如果无尘和尚假扮成了木偶，那原来的木偶又去哪里了？"

"你应该多问一个问题，最开始那个木偶是怎么来的呢？"重兵卫道。

阿音一惊，喃喃自语道："没错，那最初的木偶又是怎么来的？"

无尘和尚进到地窖的时候，只带了一个包裹，那个包裹不可能装下一个木偶。

重兵卫道："最开始那个确实是木偶，下人特地将它拖到了地窖中间，从四肢扭曲的方向来看，那个确实是无生命的木偶。关键就在于如何才能用一个包裹制出一个大木偶。"

吉冈明白了过来："和下人买的那些东西有关。"

"他购入的东西没有制作木偶的原材料，反而有些东西让人在意。"重兵卫突然发问，"什么东西能最为有效地填满一个空间？"

这一问来自一个故事，一个富商为了考验孩子们的智慧，只给了他们极少的钱，就算是买最廉价的稻草也不够，但要让他们买来能塞满一个房间的东西。这个故事的正确答案随着地域的不同也不一致。有的版本说的是光，有人买回一根蜡烛点燃后，光照亮了整个房间；但有的人认为光下必有影子，所以蜡烛是错的。有的版本说的是声音，有人买回了一个铜锣，只要敲响，房间里的人无论在哪个角落都能听到声音。也有版本说一个傻孩子肚子饿了就用钱买了一大把炒豆子吃，到了晚上，轮到他的时候，他一紧张居然放了个悠长的屁，臭味立刻充满了整个房间，熏走了其他人，完美地解决了这个问题。

那么此刻，重兵卫这样问的用意是什么？阿音陷入了思考，这必定和真相有关。

光不可能，声音也不对，那么是屁？哦，没错，就是屁，屁是肚中之气，谜底就是气。

阿音说出了自己的答案。

重兵卫赞许地看了她一眼："木偶的身躯是由气体充起来的。利用山鲸的内脏、膀胱和肚，做出充气块，支撑起了木偶。真正木质的只有木偶的头和露在僧袍外的四肢，放掉气，整个木偶的体积其实很小。"

阿音恍然大悟："第一次开门，他们就是为了演一场戏，让我们看到木偶就是木偶，而无尘和尚已经不在地窖了，搬入了箱子，麻痹局外人。第二次开门，就是为了把无尘和尚搬出来。"

"正是如此，那木偶本就比真人大，无尘和尚放了木偶的气，藏在僧袍下，就在我们眼皮底下出去了。"

吉冈惊道："真相居然这样简单，看来这个无尘和尚也是个心思玲珑的人，怪不得能引得美人为他而死。"

一个骗术做得如此面面俱到，在逻辑上毫无破绽，假的也变成真的了，看来无尘和尚能逃过一劫。

"嗯，这招确实巧妙。无论对方是鬼还是人都能治退。"

"头儿，你这是什么意思？"吉冈问。

"还不明白吗？"阿音嫌弃地看了吉冈一眼，吉冈的反应确实是慢了一点。阿音开导吉冈："如果众目睽睽下的女鬼治退是假的，那么女鬼也可能是假的。"

重兵卫说道："从心底，我是不相信有怨灵的。那天我们都累坏了，晚上突然被吵醒，判断难免会失误，临睡前又被人吓唬了一顿，有些先入为主了，以为可能真的是女鬼作祟。但是现在想来那些异象其实也没什么。窗外的鬼影，用竹竿或者丝线吊着衣服在外面转一圈就行了，鬼火就是磷火……"

“女鬼也好办，找个相貌差不多的姑娘假扮桐子即可。”阿音接过话头说下来，“只是那诡异的行走方式，哦，我倒是想到了一个办法，在木屐底装上几个小轮子，一推一蹬，腿不动，就能滑行好长一段距离。”

“嗯，这确实是一个不错的主意。”重兵卫点了点头。

阿音所说的确可以让活人如鬼魅一般行动。

“阿音已经说过那个仪式治退女鬼的原理了。”重兵卫接着说道，“它治退活人也是一样的道理。如果你要纠缠一个人，而他突然在地窖消失，你也会进退两难。第一夜，歌声还在证明对方还在，而第二夜，歌声消失了，也就证明那人已经离去了。”

可吉冈有他自己的疑惑：“如果说女鬼是假的，那么箱子内为什么要有痕迹，表明女鬼已经被降服了？没有鬼，何来治退？”

阿音说道：“一些法事最后会有特殊的仪式表示成功了，箱子是不是也是这个原因？”

重兵卫摇了摇头：“它有更加实质的作用。表面上，箱子的作用是囚禁女鬼，如果没抓住女鬼，那怎么有借口搬出箱子，搬不出箱子，也就不能运出无尘和尚。还有很重要的一点，无尘和尚必须使这件事情有始有终，这样他才能从风口浪尖上隐退，慢慢被世人所遗忘。”

“嗯，事件没结束的话，总会有人议论的。”阿音赞同道。

“那么无尘和尚会去哪里？”吉冈问道。

“没人知道。”阿音答道。

言者无意，听者有心。阳光洒在路上，人踏在碎石上，风在空中吹过，远处一只雀儿扑棱着双翅旋即飞上天。这一幅平和的画面在重兵卫眼中慢慢褪色，变成一片灰白，仿佛一触就会化作飞灰。

“大人，你怎么了？”阿音见重兵卫发呆，便拽了拽他的袖子。

重兵卫回过神来，对他们说道："我们马上回去，赶在无尘和尚离开前拦住他。"

吉冈忙问道："怎么了？"刚刚说得正开心，一眨眼，重兵卫已经换了一副模样。

"有几个疑点。"重兵卫带着他们往回赶，"第一，无尘和尚是什么时候想到这个诡计的；第二，那个木偶，他是什么时候制造好的？"

无尘和尚一直在路上奔波，短短几天很难准备好这些。因此，重兵卫怀疑也许有人在暗中助他。

重兵卫急着赶回去是因为"没人知道"无尘和尚已经人间蒸发了，若他遭遇什么，没人会注意到，尤其他还有仇人，假如这和他的仇人有关的话，那么无尘和尚就危险了。

吉冈带着他们到了埋葬箱子的地方，土还未压实，三人拿着工具很快就挖出了箱子，里面没有无尘和尚，只有一个木偶。木偶的构造如重兵卫说的一样，他的推理没有出错。

"没有无尘和尚，我们怎么办？"吉冈问道。

阿音咬着指甲道："先搞清楚无尘和尚有没有下葬再说。"

吉冈敢保证自箱子抬出来后一直在众人的视线中，那种情况下，无尘和尚不可能出去。他只能在下葬后被人挖出来。看来他们还是来晚了一步。

三人又找到了下人，在他们的逼问下，下人说出了实情，大致和重兵卫他们推理得差不多。但那个下人只是听从无尘和尚的话，陪他演戏罢了，其他什么也不知道。

阿音道："大人，会不会是你多虑了？"

"但愿吧。"

重兵卫随口敷衍，抓住了一个准备远行的路人。

“这附近有寺庙吗？”

“不知道，我只是个路过的。”

阿音和吉冈不解重兵卫的意思，但也分头询问。

终于，他们问到了一个见多识广的老人。

“这里有寺庙，往东走，就在山中。”

“人多吗？”重兵卫追问道。

“没什么人，是座早已废弃的荒庙，有几只狐狸在里面做窝。”老人道，“也就只有一些老人和常进出山的山民知道那座废寺。”

“这下惨了，无尘和尚真危险了！”

道成寺钟

重兵卫说道：“这就是豆腐泥鳅啊。”

阿音歪着头：“什么豆腐啊，这个时候别想着吃的了。”她急得快哭出来了。

重兵卫解释道：“这是一盘大棋，无尘和尚就是一条泥鳅，此处就是他的豆腐。”

吉冈道：“再说清楚些。”

“这一切都是有预谋的。还记得我曾画过无尘和尚的路线图吗？无论他去哪条小路都遇到了桐子，所以只能往这里走。换句话说，无尘和尚是被人逼到这里来的，就像泥鳅被热度逼进豆腐。”

“为什么？”

“多半是因为此地附近有废寺，犯人极有可能是想重现《京鹿子娘道成寺》的情景！”

话不多说，三人问清了废寺的方向立即上路。

先是假扮桐子施压，驱赶无尘和尚到达预期的地点，再献策让无尘和尚自己人间蒸发，最后再使些手段让无尘和尚到废寺去。

这个局已经到了最后关头，不得不说，布局者胸有沟壑，是个狠角色。

正如重兵卫他们猜测的一样，此时，无尘和尚强压下内心的恐惧，正在仓皇赶路。

仅仅是一念之差，就让他堕落到了地狱，桐子的魂魄纠缠着他。和尚也明白了何为爱，爱是猛毒，就像蛛网，管你是蚊蝇还是蝴蝶，一旦惹上便挣脱不了，只能等待死亡的来临。

但是无尘不想死，他退却了，可他也不想这样痛苦地活着。桐子的魂魄第一次出现在他面前的时候，他两股战战，牙床颤抖，什么话也说不出来。

桐子诘问他，为什么没能同死。他没能回答这个问题，只是一个劲地后退。

逃，可他无处可逃，直到有人善意地教给他一个秘法。

他睡在地窖中的第一夜，桐子的歌声传入耳中，他睁着眼睛熬过了黑夜。直到歌声没有出现的那一晚，无尘觉得自己重获新生。

但幸福的幻觉只有短短一瞬，绝望的现实便再次将他吞没。

他从箱内出来，收拾行装，准备离去。

“我爱你哟，最爱你了。”

——是桐子的声音。

啊啊啊，为什么她还在这里？无尘望向墙下的阴影，那是自己的梦魇。

“想走，那怎么行呢，我将一切献给了你啊。不，我现在恨你，所以把一切都还给我吧。我已经什么也不是了，都是拜你所赐。”

桐子斜倚墙边，露出半张脸，哀怨道。

无尘和尚也不分辩一句，拔腿就走。桐子没有被治退！她只停了一夜的歌，却引出了无尘和尚。

所幸那人告诉过无尘，如果治退没有成功，还可以去找他。如果是那人的话，一定能一劳永逸地解决这个问题。

无尘和尚坚定了信念，脚步也快了几分。

远山朦胧，笼罩着夜色，影影绰绰，近处的山却显得狰狞可怖，山投下幽暗的影子，几棵山松居高临下地俯视着他们，山上遍生杂草，随风摇曳，仿佛都是妖物一般，下一刻就会冲上来将他们撕碎。

重兵卫他们入山前，曾有人告诉过他们，废寺之中有一位老僧，应该是最近才来的，但不知道具体的时间。

再往前走一段路，废寺就出现在了他们面前，比重兵卫想象的要大得多，不知衰败之前，该是多么金碧辉煌、宏伟壮观。还算完好的厢房透出昏黄的灯火，重兵卫他们悄悄靠了过去。

“不请自来，是为客之道吗？”突然一个苍老的声音从屋内传出。

他们被发现了？

重兵卫脸色微变，但即刻就恢复了镇静。

“敢问大师法号？”

“觉空。诸位施主呢？”

“重兵卫。”

“吉冈。”

“阿音。”

三人自报名号。

“觉空大师，既然已经知道我们来了，想必也知道我们为何而来吧？”重兵卫说道。

“不知。”

“能否请我们进去喝杯茶？”

“不能。”

“这就是大师的待客之道吗？”阿音问道。先前觉空质疑他们，这次阿音反过来质疑觉空。

“既然客不似客，主又何须似主？”

重兵卫一招手，准备和吉冈强闯：“觉空大师真的不肯开门吗？”

“哈哈哈哈，你们是想闯进来吗？可别吓坏了老僧，万一手上不稳……”房内传出了疑似呜咽、挣扎的声音。

重兵卫苦笑道：“大师，你知道我们为何而来，请手下留情。”他又拉过吉冈，让吉冈从后面绕过去。

重兵卫在前面稳住觉空，等吉冈到了后面，两人前后夹击，定能拿下觉空，救出无尘。

不过这片破败的厢房连在一起，想要绕到后面，必须出寺，沿着墙根进到林子里再绕过来。

“原来是为他，你们是他的什么人吗？”

“只是路人罢了，但无意之中察觉了大师您的计划，这个世界上还是有法理的，无尘和尚虽有错，但错不至死。”重兵卫说道，“我自然不能坐视不理。大师可否也回答我一个问题，您与无尘又有什么仇？”

“出家人四大皆空，我和他无仇。”

阿音叫道：“你骗人，倘若无仇，你又何故设下这局来害无尘和尚！”

“贫僧与他无冤无仇，再者我不是要害他，而是要助他。”觉空道，“我只是想超度他罢了。”

阿音又叫了出来：“无尘和尚还活着呢，和尚念经一向超度亡者，怎么也超度生者。”

觉空压低了嗓子：“他还是活人吗？”

对了，最开始的那个女侍也说过无尘和尚是“死人”。

“这……”重兵卫不知该说些什么。

“无尘贪恋红尘，早就算不得出家人了。”觉空说道，“他既与人约好同死，又岂有苟且偷生的道理，作为活人的那个无尘也死了，现在在世间游荡的不过是他的执念而已。这个世上多是鬼魅，他们与常人无异，就在你们身边。犯下滔天大罪，失去为人的资格，但所谓的法理又无法惩罚他们，他们就这样心怀侥幸，半人半鬼地游荡……”

如果能毁灭他们，那么，为了世间的清明，即使粉身碎骨也会有人甘愿。罡风刮起，这股风会很冷，该凋谢的就会凋谢，这是慈悲的风。

吉冈拨开前面生刺的杂草，艰难跋涉。这里荒废多年，觉空虽在这里居住，却只清理了一隅罢了。这里没有路，想要绕过去，吉冈就要走出一条路来。他缓慢接近自己的目的地。

与此同时，觉空厢房后面，再深入一点，便是废寺的后院，无尘和尚一不留神便被一口大钟扣住了。

其实……也不能算是不留神……无尘和尚一身尘土地赶到废寺。觉空大师和颜悦色地迎接他，听他诉苦，宽慰他。

不知不觉间，天色已经暗了。觉空大师对他说，死灵的业力出乎意料，自己决心亲自出手，但有些担忧无尘和尚的安危，万一死灵全力反扑伤到无尘，那该怎么办？

忽然，觉空大师像是想起了什么，对无尘说道，后院有一口大钟，在寺庙中日夜聆听经文，有了灵气，你若藏身在钟下必能无事。

无尘没有多想，鬼使神差一般，走到钟下，让觉空放下钟，将他扣住。

钟一落下，觉空就笑了。

觉空一笑，无尘惶恐了。

“大师为何发笑？”

“笑你自投罗网。”

“什……什么？”无尘干笑几声，“大师你在说笑吗？”

“不说笑，若要让桐子安心成佛，满足她的夙愿即可，既然假的不行，那只能来真的了。”

觉空大师并不打算让无尘做一个糊涂鬼，三言两语便将整件事的来龙去脉告诉了无尘。

从来就没有桐子的魂魄，桐子已经香消玉殒了，那是由活人假扮的。他是桐子的至亲，分别多年，好不容易才能再会，结果看到的却是桐子的尸体。那人是个出色的伶人，对他来说男扮女装不是什么难事，用些戏法装神弄鬼也不在话下。觉空大师就和他一起布了这个局。

“大师，小僧是无辜的。”无尘在钟中道，“就算有错，也罪不至死。”

“修行者不守清规戒律当然罪不至死。”觉空大师说道，“桐子真心待你，她有死意，你不劝阻，反而顺水推舟，这是爱人所为吗？”

“小僧罪不至死！”

“这一点当然罪不至死，可你在殉情中活了下来。你又要说自己罪不至死了吧。”觉空道，“可惜啊，你不能这么说了。”

钟内没了声音。

“无尘，你贪图寺中的安逸，又在尘世饱受屈辱，早就想离去了吧，但桐子痴恋着你，你怕她继续纠缠你，反而对你不利。当她提出殉情时，你是想借机杀了她吧。倘若两人相约殉情，一人凑巧活了下来，受些白眼也就足以偿还了。可你却是在用殉情这件事杀人，从你答应和她同死起，你想着的就是‘她死己生’。”

“没……没有的事。”事到如此，无尘还在狡辩。

觉空将一样东西连同蜡烛塞进了钟内：“你有火折子吧，看看这东西吧。”

钟内的无尘点燃蜡烛。

“这是你的帕子。原本被你藏在袖中，大夫施救时，它掉了出来，被人捡到。”

那日，无尘喝了毒酒却没有下咽，他假装中毒和桐子一起倒下，然后缩在桌下将口中大部分的毒酒都吐到了帕子上，所以他中毒了却没有危及生命。

“你猜贫僧干了什么？贫僧将一尾金鱼放入帕子浸入的水中，金鱼挣扎几下便死了，真是好毒。”觉空又往钟内塞了一样东西。

“把帕子上的毒药提取出来后，贫僧制成了这枚药丸。无尘，你服下去吧，这样一切就结束了，这是你该得的，记住咬碎了再吞下去，药效会发散得快些，你也少受点折磨。”

短暂的沉默后，“好，好，好！”无尘像是看开一般，连说了三个好。

这时，重兵卫还在厢房前与另一个觉空斡旋。吉冈还在同灌木纠缠，他就快赶到了……

“这个时候说这句话或许迟了。”无尘道，“月色真美，我死而无憾。”

“不迟，迷途知返，从来不迟。”

“小僧吃了！”

钟内再无响声，无尘好像已经毒发身亡了。

觉空在钟外忙活了一会儿，他突然开口道：“不知道无尘尝出什么味道了没，是甜是辣？”

没人回答。

觉空又道："那我点火了，搬来这些柴薪也不容易……"

"且……且慢……"无尘的声音中已带了哭腔。

"无尘，你真是一个小人，同样的伎俩还妄想用两次。"

无尘是想装死，骗过觉空后，再设法从钟里逃出来，只可惜，觉空从一开始就没相信过无尘。

"知道吗，那颗药丸其实没毒，你要是咬碎了吃下去，说对它的味道，贫僧就会放你出来。"

是无尘和尚自己断送了生机。

"胡说八道，你们……你们从一开始就没打算放过我！"无尘怒道，"就算到了现在，还要说出这样的谎言来扰乱我的心！"

猫玩鼠不需要什么理由。

要想复仇，以觉空大师他们的能力太简单不过了，但他们却制出了桐子的死灵，让无尘在惊恐和绝望中奔波，这本身就是残忍的刑罚。现在又在无尘临死前，说些"放你出来"的话，鼓动无尘燃起希望又掐灭希望。

"哈哈哈哈，你说对了。"

觉空大师取出火折子，火星落到了柴堆上，燃起了火。

吉冈终于赶到了，他没去厢房，而是被火光和钟声引到了后院。出现在他眼前的是地狱一般的光景，只听无尘在钟内挣扎，不断地撞击大钟。人成了钟槌，寺庙的大钟发出沉闷的钝响。

重兵卫和阿音也发现了后院的异动，重兵卫像是意识到了什么，他当即破门而入，但厢房内空无一人，刚刚还在同他说话的觉空已经不见了。他们忙往后院跑去。

"吉冈，这里发生了什么？"

钟内的响声慢慢低了下去，只剩下木柴燃烧的"噼啪"声。

"不清楚，我来的时候，火已经在烧了，不光是钟周围，钟下也藏有易燃物吧，火势蔓延得太快……”

“这不是你的错。”重兵卫道，“觉空妖僧你在哪儿，这是你做的吧？”

觉空走了出来，站在不远处的山坡上：“重兵卫大人不要污蔑出家人，那时我在厢房和施主聊天，怎么可能跑到后院放火杀人？”

“有两个你。”

重兵卫意识到觉空绝不是单枪匹马一个人。当时一个人在后院对付无尘，另一个发声扮作觉空。想来真是惭愧，不是他们拖住了觉空，而是觉空拖住了他们。那人运用口技，让重兵卫误以为无尘被困在厢房内。

“世上只有一位觉空。”

“妖僧，你这凶手，我要逮捕你。”重兵卫道。

“若说凶手，这里倒有一位。”觉空手握着一条草蛇，“诸位接住。”他大喝一声抛出草蛇。

阿音捂眼，发出尖叫。她最怕蛇类。吉冈和重兵卫上前护住阿音。

那蛇却不是朝他们来的，草蛇在空中划出一道弧线，落在火堆中。它从火中挣扎而出，已是半焦，爬出几步远就死透了。

寺钟、焦蛇、和尚、大火……道成寺钟的所有要素齐全了。

“听两位的口音是江户那边来的吧？”觉空大师笑道，“我也正要往江户去，希望还能再会。”觉空趁机离去，声音远远传来。

“妖僧休走！”

待重兵卫他们过去，觉空妖僧已经消失了……此人不除，日后必定会搅起一阵血雨腥风。

晦暗的山间，两人疾行，一人身穿僧袍，慈眉善目，法相庄严；另一人身着青色和服，风姿绰约，雌雄莫辨。

“妹妹，哥哥替你报仇了。”

幽谷响、山姥与一诺

山 姥

万物皆有灵，所到之处皆有神，日本就有八百万神明，这是神道的一种说法，这里的“八百万”即指无限。

河有河神，山有山神。

崎岖的山路上，辰平摇摇晃晃地走着。他面露菜色，五官凹陷，发色枯黄，腰间缠着的一条破旧布带勒住了肚子，显得瘦长，似风中芦苇一般，摇摇欲坠。

人只有在绝境中才会来参拜山神，以祈求能够活下去。

尽管辰平已经半死不活了，但他还唱着歌，音量依旧不减。

每个音都像是从胸腔内挤出来的一般，带着苦痛的吐息。与其说这是歌，倒不如说它是哭喊——怪模怪样的哭喊。

天地尚未成形前，从哪里产生？
明暗不分，混沌一片，谁探究原因？
耕作的土地，产出的土地，来自天之琼矛。
辱骂上天，破坏禁忌，浪费粮食。
山姥，生气了。山姥生气，土地不再产出，猎物不再富足。
是我们的错。

山姥，山姥，不要生气，好不好？

我把最重要的宝贝献给你，好不好？

举世无双，生养我的宝贝，留在我这儿也没什么用，献给你好不好？

山姥，山姥，平息愤怒，好不好？

山姥，收下宝贝吧，山姥，好好对待宝贝，好不好？

我把最重要的宝贝献给你，好不好？

好好对待宝贝，不要让它们再回来，好不好？

…………

古怪的歌在山间回荡。诡异的是，明明没有人，但辰平的问题都会得到回应，那些“好”便是山姥的回答。所谓的山姥，是日本神话中居住在山里的妖怪，也是山神。

忽然，辰平像是发现了什么，停下歌声，靠了过去。

四个时辰后，疲惫不堪的辰平回到家中。

“我回来了。”

两个孩子听到是父亲的声音，打开了门闩。

“欢迎回来。”

辰平有两个孩子，一男一女，哥哥叫阿孝，妹妹叫阿袖。

阿袖扯了扯辰平，端上了晚餐，这是两个孩子省下来的食物。粗陶碗内，褐色的菜汤上漂浮着一些如同麸子一样的东西……

辰平心中一阵酸楚，端过碗放到一旁。他卸下背上的袋子，提着袋底，将里面的东西倒了出来，那是白花花的大米。

阿孝和阿袖张大了嘴，直愣愣地看着米。

辰平摸了摸儿女的脑袋，哑着嗓子道：“我们不用挨饿了。”

当两个孩子问起粮食是从哪里来的时，辰平的双手在胸前衣襟上蹭了又蹭，他压低声音：“我捡到了一只白狐狸，用它的皮毛换了一大笔钱，不要告诉其他人。”

阿孝又怯怯地问道：“父亲是哪里捡到的？”生性敏感的他察觉到了不对劲。

“难不成是山……”

“嘘！”

辰平紧紧捂住了阿孝的嘴：“就是在山上的禁区，千万不要把这件事说出去，会招惹到山姥的诅咒的。”

阿孝和阿袖看着大米的眼神不再贪婪，而是惊恐，仿佛其中就藏着致死的诅咒。

借宿惊魂夜

“啧啧啧……”吉冈有些得意。

阿音白了吉冈一眼，鼓起了两腮，接着踮起脚尖四处张望。

重兵卫苦着一张脸，解下水壶喝了一口水。

气氛有些微妙，吉冈得意是因为他们又迷路了，而这次把他们带上歧途的人是阿音。

“在我有生之年，我绝不会再让你们两人中任何一人带路了。”重兵卫痛心疾首道。

阿音说她幼时来过这里，清楚地记着路，所以重兵卫他们才会试着让阿音带路。这已经是这趟旅程中第三次迷路了，果然迷路之神是眷顾着他们的。

吉冈忍着笑没有回答，先前只有他一人带错路，现在又多了一人，终于不再是他一人被取笑了。

阿音咬着牙，腮帮子鼓鼓的，就像是被激怒的河豚：“我明明记得进山就会有路的。”

然而没有这么多“明明记得”，人的记忆原本就是模糊的。

阿音指向前方：“看，前面有人家，我们去借宿一宿吧。”

寄人篱下总比夜宿荒野要好得多。

吉冈上前叩门道：“请问主人在吗？我们是江户来的旅人，能否借宿一晚？”

屋主连门都没有开，断然拒绝：“对不住，我家不方便。”是个粗野的男声，有些沙哑，言语中透着不耐烦。

“麻烦……”吉冈还想再说几句，却被对方打断了。

“对不住！你们继续往前走，那里还有其他人家，不要打扰我。”

真是个无礼的人。阿音愤愤地想。

荒山野岭，暮色沉沉，对方连指路都不肯，找到村落谈何容易。三人心中皆有不快，就像是吃了苍蝇一般。所幸的是，他们沿着小路没走多远，就又发现了一户人家。这里应该是村落的边缘，所以零星分布着住户。

吉冈再次上前想要叩门，重兵卫拉住了他：“让阿音去吧。”

吉冈退下，阿音上前。夜晚，一个大男人突然在外叫门的确有些可怕，但换成一个女声的话，绝大多数人还是会开门的，更何况是阿音那种动听的声音。

果真，阿音说清了自己的来历和请求，门“刺啦”一声被打开了，开门的是个女人，普通的山民模样，大概十六七岁。她提着灯，光并不明亮，看到吉冈和重兵卫后，她迟疑了一下。

阿音只说她和两位同伴想要借宿一宿，里面的人没想到她的同伴是两个壮实的男人，好在看两人的打扮不像是什么坏人，应该是正经的武士。

“请问三位是从哪里来的？”她问道。

阿音指着来时的方向回答了她的问题。

“那就是说三位都没看到白石头喽？”

吉冈挠了下髻不解道：“什么白石头？”

看来他们没有见过白石。

“如此就好，请进吧。”她侧过身，让三人进屋了。

双方简短地介绍了下自己，住在这里的是阿孝和阿袖，是一对兄妹。与他们同住的还有他们的父亲辰平，只是辰平身体不适早已睡下了。阿孝见有客人上门，也起身来招待客人。

重兵卫他们只说自己是回江户述职的公差，阿孝和阿袖没有深究，殷勤地招呼他们。

后屋是阿孝他们的住所，三位旅人只能暂居前屋。

阿袖问道：“需要准备些什么？要煮些吃的吗？”

阿音笑着道谢：“谢谢，不用了，只需要给我们一些热水，我们自己还有些干粮。”

重兵卫他们想要洗去旅尘，再就着热水吃点东西，彻底消除困乏。

很快阿孝就端来了热水，吉冈倒了杯茶，挑了一个地方准备坐下。

可他刚坐下，就觉得碰到了一块诡异的东西，说硬不硬，说软不软，有嶙峋的骨感，吉冈不由得叫了出来。

在他叫出声的同时，那块东西也发出了叫声，如同年老的乌鸦叫一般。

“是谁？险些压死老身。”

吉冈立马跳开，原来他靠着的是一个老妇人，她蜷缩在墙边，身上盖着一条破旧的毯子，脸如枯树皮一般。昏暗的灯光下，竟没人发现这里还有一个人，吉冈忙道歉。

阿孝赶忙解释道：“这位也是从山那边来的旅人，先你们一个时辰左右，刚才忘了介绍，这才引发了不快，实在是对不起了。”

老妇人什么也没说，收紧自己的毯子，继续蜷缩在墙边。

重兵卫他们开始用餐，吉冈感到过意不去，特地给了老妇人一张饼子，老妇人把饼子揣入怀中，继续保持沉默。

屋内渐渐陷入微妙的死寂，令人有些尴尬。

阿孝别扭地眨了下眼睛。

“想要打哈欠就别忍着。”老妇人突然说话了，“你是想睡了吧，这里可以交给妹妹照看，自己先去睡吧。”

阿孝的表情很古怪，看来老妇人是说中他的心事了，既然对方这样说，出于兄长的尊严，他更加不可能去睡了。

阿袖出来打圆场，她捏着自己的袖子，说了几句客套话。

老妇人又开口了：“有些紧张啊，你是怕你哥哥事后怪你吗？还是说已经在琢磨旅人会留下什么谢礼了？”

阿袖一愣，也不说话了。

吉冈不满地咳嗽了一声。

这引起了老妇人的注意，她看了吉冈一眼冷冷道：“这个年轻人八成在想老身是不是有病，为什么要激怒屋主，万一被牵连着赶出去，那就太糟糕了。”

哎呀，吉冈藏不住心事，全写在了脸上，不消说，老妇人说中了吉冈心中所想。

阿音坐到重兵卫身边，在他耳边轻声说道：“那老妪简直就和山姥一样。”

有些传说记载了山姥的读心能力。

青年男子在山中迷失了方向，只能寻找荒山中的小屋来借宿，结果误入山姥家，当然，他并不知道屋主就是山姥。就在屋主同意借宿后，他才开始仔细端量屋主的相貌，其间屋主已烧好开水并为他备上了热粥，不过当男子看到屋主头上插着缺齿的梳子以及其不修边幅的打扮，再加上飘忽不定的灯光，他胆怯了，心想这模样的老女人，简直像个妖怪一样。

屋主冷笑着，露出满口黄牙："你一定是在想，这个老婆子不修边幅，穿着打扮如此怪异，看起来真让人害怕，简直像个老妖怪一样。"

男子吓了一跳，又想：也许她只是面目狰狞，不至于把我吃掉吧。

山姥又说道："你现在正在想我不至于把你吃掉，对吧？"

此刻男子已面色苍白，但还勉强装作若无其事的样子："我只是忽然感到劳累了，在想是否可以休息了。"但他的心里想的却是："那个老妖怪刚才用那么大的锅煮开水，一定是准备用来半夜吃掉我的。"

山姥继续笑嘻嘻地对他说："现在你心里想的是，我早就用大锅烧好开水，准备用来半夜把你吃掉，对吗？"

男子越来越害怕了，说："你干吗老找我碴儿呢？我走了一天的山路，累极了。深山里又这么冷，喝下了这碗热粥，我想趁热躺下早些休息，明儿一早还要赶路呢。"可心里想的是："这真是个让人毛骨悚然的老妖婆，一定就是传说中能读懂人心的山姥。"

山姥又立刻把男子的心里话复述了一遍。

此时男子的恐惧已经无以复加了，他战栗着站起来，对山姥说："那么，我就先去休息了……"

接着，他便爬着退回到里间，准备开窗逃跑。这时山姥的声音幽幽地传进了男子的耳朵里："你是想跳窗逃跑吧……"

山姥会读心，行动就永远比男子快一步，男子逃不出去，最后被山姥当成了夜宵。

阿音说得已经很小声了，但她那句话在安静的屋内格外响，几乎所有人都听到了，气氛更加诡异了……

惨了，惨了，必须说些什么，改变此时的氛围。

吉冈再度开口："那、那个，我们进门前，为什么要问我们的来处和白石头呢？"

此言一出，阿孝和阿袖的脸色越发难看了。

老妇人则突然低声唱起古怪的歌。

山姥，生气了。山姥生气，土地不再产出，猎物不再富足。

是我们的错。

山姥，山姥，不要生气，好不好？

我把最重要的宝贝献给你，好不好？

举世无双，生养我的宝贝，留在我这儿也没什么用，献给你好不好？

山姥，山姥，平息愤怒，好不好？

阿音听得浑身起鸡皮疙瘩，这里该不会不是住家，而是山上的暗之间吧，是妖魔们变出来害人的吧。

突兀的一声暴喝，打碎了可怖的幻想。

"别唱了，快点歇下吧。"

发出叫喝的应该是阿孝、阿袖的父亲辰平。

众人都沉默了，最后还是阿袖接着白石头的话题开口了。

"这是本地的习俗，北边的山上设有禁地，平时村人是不能踏入的，否则就会遭遇灾祸。外来人不知晓这个，踏入了禁地，我们村里的人也不敢收留，所以之前就问了下。"

"原来如此。"吉冈做恍然大悟状。

阿孝补充道："白石头就是设立禁地时标记的边界，一边是正常的山林，另一边就是彼岸的世界了，有时射伤了山兔，它蹿过白石头到了另一边，那就只能看它流血而死，不能越过去捡。”

“那还真是麻烦呢。”吉冈道。

阿孝正经起来，严肃地说道：“不麻烦，这是必要的礼节。”

重兵卫突然介入话题：“禁区到底是什么，为了什么设置的？”

“是为了本地的山姥。”阿袖答道。

唉，又提到了山姥，看来这个话题是避不开了。此刻，阿音和吉冈的内心几乎是崩溃的。

在主流观点中，山姥是妖怪，居住在山中如老婆婆一样的妖怪。

山姥的形象很多样，有赐予土地丰收和财富的传说，也有吃掉旅人和小孩的恐怖传说。现在有两种说法：一、山姥是山神或者是山神凋落所化成；二、山姥是怨灵所化专迷惑旅人的女性。

从阿孝和阿袖的态度上看，此地应该是把山姥当作山神来敬仰的，所以才会特地留出一圈山地作为禁地，但他们又好像很害怕山姥，这其中似乎另有隐情。

阿音没有接话。重兵卫随口说了几句，赶紧止住了关于山姥的话题。

“承蒙招待，两位可以去歇息了。”最后，重兵卫对他们说道。

时间确实不早了，阿孝两人说了一句请自便，回到了后屋。重兵卫三人熄了灯，连同原先在那儿的老妇人一起休息了。

三人长途跋涉，很快就睡熟了。睡眠是世上为数不多的上等享受之一，时间悄然流逝，在夜魔的黑袍下，人安稳地躺着，做着或甜美或绝望的梦。

突兀地，不知什么声音吵醒了屋内所有人。

声音是从后屋传来的。重兵卫和阿音已经清醒了，吉冈流着口水，翻了个身，还想继续睡。阿音揪住他的耳朵硬生生叫醒了他。

“去看看？”重兵卫问道。

“那个老妇人不见了，”阿音道，“我们还是去看看吧。”

吉冈跟在他们身后，小心翼翼地往后屋走去。阿音心中思绪万千，躲在重兵卫身后。

也许进了贼，也许闯入了动物，阿孝阿袖就在后屋但没有进一步动作，这时候屋主没有动作才是最让人不安的原因。

重兵卫把手放到刀柄上，便于随时都能拔出刀来。下一个转角，就有东西冒头了，重兵卫克制住了自己，尽管他不想让自己受伤，但他更加不想在黑暗中误伤其他人。

“你们都醒了吗？”是阿袖的声音。

“怎么回事？”重兵卫问道。

此刻，灯点着了，这么多人挤在拐角，反而有些诡异。

“是父亲。”阿袖说道，“近来，我父亲的状况有些奇怪，所以我起夜时就会来看看他，结果发现他的被窝是空的。”

然后，阿袖一着急，不小心碰倒了东西。她先去找了哥哥阿孝，阿孝从后面离开去找辰平了，因此重兵卫他们并不知道发生了什么。

现在阿袖过来就是想看看客人们的状况。

“那个老妪不见了。”阿音说道。

“我们要不要出门找找？”吉冈问道。

话音还未完全落下，老妇人咳嗽着出现了：“找谁？老身刚才起夜。”

阿袖急忙问道：“那你有没有看到什么人影？”

“老身在草丛那端没关注这里的事情，什么人影都没有看到。”

“这样啊。”阿袖看上去有些失望，“各位先别出去吧，等我哥哥回来，再看要不要出去找。”

重兵卫道：“能否让我们去看看令尊消失的房间？”

“当然可以。”阿袖在前面带路，山野之人的屋子不大，很快就到了辰平的房间。

重兵卫接过阿袖手中的油灯仔细看了看房间，房间很普通，并无出奇之处。当他就要结束查看时，阿音指出了一个疑点：在房间的角落，放着一条破旧但华美的腰带。

腰带有些年头了，所以显得有些破旧，但从质地和花纹上看，可以想象得出腰带原本的华美，这不像是山民会拥有的东西。

重兵卫把腰带拿到了手里。

“这是一个月前，别人送的。”阿袖急忙道。

“谁送的呢？”

“这个不清楚。”阿袖道，“我们也不知道它的来历……不过父亲好像有些害怕。但尽管害怕，他还是把这条腰带放在了自己房内。”

“这黑乎乎的好像是血垢？”吉冈突然指出了一点。

阿袖脸色开始泛白。

重兵卫点了点头：“确实是血污，不过请放心，这是陈年的血污，令尊应该没事。”

“我回来了。”是阿孝的声音，“父亲也在。”

阿孝进屋，后面跟着一个男人，应该就是辰平。

山民的灯实在是太昏暗了，灯油是自家制的劣质灯油，为了节省灯油，灯芯又细又短。阿孝和辰平大半个身子都在黑暗中，只能看出个大致轮廓。

阿袖怪道：“父亲，你这么晚出去干什么？”

辰平瓮声瓮气地答道：“我也不知道为什么，只是突然想出去走走罢了。”

这真是个奇怪的人，阿音暗想。

主人回来了，其他人退出房间，既然什么事都没有发生，他们也就回到前屋继续休息了。

千阵之风跑过屋脊，驱不散这里浓重的妖气。

山姥与幽谷响

夕阳西下，逢魔之时。

日村是一位商人，准确来说，是一个刚赚了大钱的商人。他怀中的包裹内放着足量的赤金。

正是因为这些金子，他才没有和人结伴而行。万一在路上同伴见财起意该怎么办呢，还是一个人行路来得安全。

只是现在他迫切地希望身边能有人和他分担这份恐怖。

山谷中回荡着声嘶力竭的歌声。

山姥，山姥，不要生气，好不好？

好……

我把最重要的宝贝献给你，好不好？

好……

举世无双，生养我的宝贝，留在我这儿也没什么用，献给你好不好？

好……

山姥，山姥，平息愤怒，好不好？

好……

山姥，收下宝贝吧，山姥，好好对待宝贝，好不好？

好……

我把我最重要的宝贝献给你，好不好？

好……

好好对待宝贝，不要让它们再回来，好不好？

好……

歌声本身有些诡异，但回应才是最恐怖的。每一句疑问都有回答，而且回答声相当奇怪，像是山本身发出来的。

—— 是山在回答问题。

《画图百鬼夜行上篇·阴》记载着一种妖怪或者说是灵异现象，被唤作“幽谷响”，传说幽谷响是山神或山妖出现后才有的事。

人在恐惧下往往会有两种截然不同的反应，一是飞速地离开，二是双脚发软动弹不得。很不幸，日村正是后者。

他蹲下来听着歌声越飘越远，才敢继续前行。

这片山很奇怪。他走着走着，发现前面好像没路了，山路荒废久了，长满杂草小树，有些地方只有狭窄的兽道。

日村的心还未放下，耳边又传来了奇怪的声音。

他出门前明明已经参拜过神社了，为什么还会遇到这样的事呢？日村想捂着耳朵离开这里。

可惜的是，他做不到。

出于好奇，他静下来聆听怪声，那怪声原来是哭声。

哭声来自山内。

“是谁在哭？”日村壮着胆子喊了一声。

“是谁？”对方没有回答，反问一声。

“只、只是个旅人。”

“那就快走，快走。”

对方这样说，日村反而循着声音找了过去，然后他震惊了。

“这是多么可怕的事情啊。”他由衷叹道。

日出而尸现

阿音花容失色，瞪大了双目，单手捂住自己的嘴，想把尖叫堵在嗓子眼。

吉冈没有顾虑，直接就叫了出来："头儿，发生命案了！"他的声音有些激动。

重兵卫读出了吉冈话语中的兴奋，他瞪了吉冈一眼。

此刻，房间内躺着一具无头男尸，正对着门口，导致每一个进来的人都会猝不及防地看到最富有冲击力的一幕。

尸体伤口泛红，可以看清里面的骨头、血管……不过现场没有什么血迹，这算是一个疑点。

男子体格高大，穿着粗布衣服，皮肤略黑，双手长满老茧，是典型的山民，年龄大概在四十岁左右。发现尸体的地方是屋主辰平的房间，而辰平不见了。这么一来，尸体就该是辰平了。但他的头颅为什么会被人割走呢，这是第二个重要的疑点。

重兵卫双手合十，低声道："南无阿弥陀佛。"

重兵卫蹲在尸体旁边，继续检查。

阿孝见他们对自己父亲的遗体不敬，想上前阻止，但被阿音拦住了。吉冈也借此机会表明了自己的身份，他们不单是旅人，也是破案无数的江户捕吏。

"死者为大，无论是谁都不能碰。"阿孝大声道。

最后还是阿袖深明大义。既然死者为大，那便更要查明真相，这毫无疑问是谋杀，自杀之人不可能割下自己的头颅。家中出了这样的大事，阿袖打发哥哥去村子里通知其他人。

“这具尸体是什么时候发现的？”重兵卫问道。

阿袖答道：“就是清晨的时候，三位客人还睡着。我起身走过房间，发现门开着，里面就是一具尸体。”

山里人家起床都早，和他们一比，重兵卫他们几乎就算懒汉了。

听到妹妹发出的动静，阿孝也赶过去了，然后是阿音、吉冈和重兵卫。

光从这些信息上，重兵卫想不到什么，但进一步的验尸却让他收获不少。

他按压了几下尸体的皮肤，通过皮肤恢复原状的速度来判断死亡时间。

吉冈在一旁道：“半夜我们醒来时辰平还没被害，那么他的死亡时间应该就是丑时到天明。”

“从尸体的状态判断，他死了至少有一个多时辰了，死亡时间就该是寅时前后。”重兵卫说道，“吉冈，我们办过多少起案子是斩首的？”

“不多，也就两三起。”吉冈答道，“没有多少凶手会选择斩首，哪怕是武士，很多时候也没把握能斩下人头，这可是一件技术活。真要杀人，还不如一刀捅过去，或者割开对方的喉咙。”

阿音问道：“那为什么还有人选择斩首？”

“斩首自有它特殊的魅力。战场相见，斩下对方武将的首级是无上的战功，所以现在武家还有斩下仇人首级的做法。当然，也有一些人是因为仇恨，对死者来说，能否留有全尸也是一件重要的事，首级是人体最为重要的部分之一，取走首级就是毁人遗体，多大的仇都报了。”

辰平只是一个普通的山民，大概不会有人用战场上的手法去对付他。

“你父亲有什么仇人吗？”

阿袖说道：“人生在世，谁都会有几个仇人的，好比前面有户人家就和我父亲不对付。不过我父亲应该没有真正致命的死敌。”

突然，吉冈道：“对了，有些人不选择斩首还有力气和清洁的原因，砍下首级是体力活，斩首时，鲜血会四溅，凶手浑身是血也不方便脱身。说起来，这里没有血迹啊。”

“这点并不奇怪，你仔细看这断口。”重兵卫道。

阿音比吉冈更快反应过来：“边缘有些焦黑，肉是熟的。”

“凶手用的刀八成在火中炙烤过，他用一把烧红的刀割下了辰平的首级。”重兵卫说道，“这样一来，血液就会快速凝固，所以现场就没有大量血迹了。”

“看来凶手心思缜密，是有备而来的。”吉冈叹道。

“不过断口并不齐整。”吉冈补充道，“应该是硬割的，表明凶手经验不足。”

吉冈的推理有几分道理。

“你带着阿袖姑娘去灶台火塘和屋子四周看看，看有没有烧火的痕迹。”重兵卫下令。

阿音拦住阿袖道：“你再看看他的体形和穿的衣服，他真的是你父亲吗？”

“我父亲身上并没有什么特征，看体形和穿着，他应该就是我父亲。他的每一件衣服都是我亲手缝制的，我绝不会认错。”

阿音点了点头。

吉冈和阿袖一起出去了。

重兵卫检查了辰平的衣服，没有什么特别的地方，腰带的位置和打结的方式都没疑点。尸体的衣服有些凌乱，但没有拖拽过的痕迹。

重兵卫起身再一次环视房间，这里的摆设和之前一样，没有激烈打斗过的痕迹。这是显而易见的，如果发生过激斗，他们在前屋就会被吵醒，惨案也就可能不会发生。

“大人，你没发现这里少了一人吗？”阿音对重兵卫说道，“那个像山姥的老妪不见了。”

“她难道不在前屋吗？”

重兵卫和阿音连忙赶回前屋。老妪真的不见了，她的来历不明，说话刻薄，但一直都蜷缩在角落，有时候不仔细看，还很难发现她的存在。

“老妪和杀人案到底有没有联系？”阿音道，“但她一个老人，又怎么能杀死一个健壮的中年男人？”

重兵卫想，有些时候杀人并不需要武力，死亡是结果，达成这个结果有数条途径。

嗒嗒嗒嗒，吉冈和阿袖回来了。

“头儿，房屋四周没有烧火的痕迹。”吉冈道，“但是阿袖吃不准屋内有没有人用火。”

“不，我有六成的把握，没有人在灶台、火塘等处用火。”

“你知道那个老妇人是什么时候离开的吗？”阿音问道。

“她？”阿袖想了一会儿，说道，“那位客人很早就走了吧。”

老年人的睡眠都短。老妇人比他们早醒、早离开也是可能的，但是不告而别实在是有些失礼。

“之前，父亲就和我们说过，不要限制那位老妇人。”阿袖继续说道。

咦，辰平对那位老妪的态度有些不同，这或许是案件的突破口。

“还有没有与那位老妇人有关的其他事情？无论是什么都请告诉我们吧。”重兵卫说道。

“那位老妇人确实有些奇怪，她来了之后，父亲还和她单独待了一会儿。”

“知道他们都说了什么吗？”

阿袖摇了摇头：“当时我没有在意，他们又特地压低了声音，所以我什么也没听到，但是……”

“但是什么？”吉冈急忙追问道。

“别急，阿袖不是正要往下说吗？”阿音埋怨道。

阿袖接着说道：“我也不知道这件事情重不重要。那个时候，我、父亲、哥哥还有她都在，父亲翻出了一个打包好的盒子放到老人面前，让老人离开时带走。父亲还说里面的东西会让老人满意的。”

“那个盒子大概多大？”重兵卫问道。

阿袖比画了一下大小：“长宽高分别是十寸、八寸、八寸。”①

这个盒子还挺大的。

阿袖说道：“我和哥哥并不知道里面放了什么东西，父亲把盒子放到了玄关处。你们没注意吗？”

“实不相瞒，我们确实没有注意到。”吉冈道。

阿音道：“这么说来，老妇人的确是提着那个盒子先离开了，还有与老妇人有关的其他事情吗？”

阿袖继续说道：“父亲还告诉我们，无论发生什么，都不要把老妇人的事情告诉村里人。”

重兵卫沉思着，这越来越可疑了，可他还是没有想通辰平和老妇人两者之间的关系。

刚问完话，阿孝也带人回来了。他领着一些村民，推开了重兵卫他们，开始收拾辰平的尸体。

村人们都用质疑的眼神看着重兵卫他们。

---

① 三十三厘米乘二十六厘米乘二十六厘米。

有人惨死，旅人的嫌疑自然最大。

重兵卫没有阻拦阿孝收殓尸体。他没有遗漏的地方，已经把尸体上的线索都找出来了。

因为是谋杀，阿孝他们在收殓尸体后，带着重兵卫他们到了村里。

之前拒绝收留他们的山民说的没错，这里果然有村子，阿袖他们家刚好在村子的边缘。山里的村子并不大，靠着山地为生，但氛围不错，如与世隔绝的桃花源一般。

村子里的大小事务由四位德行不错的中年人处理，他们类似于村民推选出的村长。重兵卫他们把自己的来历清清楚楚地告诉了他们，他们虽然有些怀疑，但也没太为难他们。

“这里的人也不是不讲理的嘛。”阿音感叹道。此时，他们还未意识到一场劫难正等着他们。

一些村民甚至还拿出了食物招待他们，山里的食物虽然粗鄙，但热食总好过干粮。茶也很有趣，山里应该不出产茶叶，村民们也不向行脚商买茶叶，他们用山上的一些花草代替茶叶。

比如重兵卫手上的正是一杯山樱茶。取山樱的蓓蕾，用少许盐腌制，再用来泡茶，干瘪的山樱在热水中舒展开来，颇为风雅，味道也不差。

村民告诉重兵卫一行人，在辰平下葬前，他们不能离开。

重兵卫和吉冈想，不能离开就不能离开吧，刚好可以留下来调查这桩案子。

重兵卫他们在村子里闲逛，问了不少事情。

辰平只是个普通的村民，没有什么特殊之处，也没听过他有什么特殊之举。他在村子里人缘一般，因为住得偏远，朋友也不多，同样仇人也不多。

有一个情况引起了重兵卫他们的注意，阿孝就快成亲了。去年年末，辰平就替阿孝说了一门亲事，再过几个月，阿孝就要成家了。

三人聚在一起讨论案情。

阿音道："说起来，和辰平私仇最多的就是拒绝我们的那一户人家。"

辰平一家并不富裕，他们有一块贫瘠的山地，种些粮食，辅以烧炭打猎为生。

拒绝重兵卫他们的人叫牛尾，他在村里就是个无赖汉，老婆死得早，没留下一儿半女，也没人愿意再嫁给他，他就一人独居混日子。同在村子边缘，两户人家因为烧炭打猎的事情有些矛盾。

"凶手会往哪里走？"重兵卫抛出了这个问题。

"应该没到村子里，这个村子这么小，昨夜没人听到奇怪的声音。"阿音说道。

"山上是村民们设立的禁地。"吉冈道。

"但是这个禁地只对村民有效，如果凶手是村外人，那他还是会闯入禁区。"阿音道。

吉冈笑道："可是去的人少，没有路啊，人走得多了才有路。"

"言之有理，那么凶手最可能是沿着我们来的路跑了。我们去问问那个牛尾吧。"

重兵卫沉着脸摇了摇头："我们恐怕不能一起去了。"

"为什么？"

"村民们还怀疑着我们，你们没察觉那股视线吗？我们在村里畅通无阻，是因为我们一直在他们的眼皮子底下。三人结伴去村子边缘，太引人注意了。"

阿音道："那我一个人去吧。"

吉冈叹了一口气："你一个女孩子去太危险了，还是我去吧。"

重兵卫没有异议，让吉冈去了。

“头儿，放心吧，我会带着线索安全回来的。”吉冈向重兵卫挥手喊道。

出门抬望眼，寂寞四周空。

吉冈转过身，换了一副神情，朝着远处走去。

染 恶

辰平唱了许久，声音已经低了下去，山姥的回应也消失了。

但前面好像出现了一个身影，难道是山姥吗？

辰平停下歌声，靠了过去。

那是一个人，他正在弯腰捡些什么，对辰平的靠近毫无察觉。等辰平看清对方在捡什么时，他倒吸了一口凉气。

是金子，而且数量不少，辰平的眼睛都看直了。多漂亮的金子，简直就像是绚烂的星光。

见到金子的辰平就如同久渴之人见到清泉，饥饿难耐之人看到美食，犹如色心大起之人正巧遇到绝世佳人投怀送抱！

无人能把持得住。人心就是妖魔成型的土壤。

待辰平回过神来的时候，那人已经满头是血了。辰平从可怜的被害人身上爬起来，开始捡散落在地上的金子。

他眼中没有人命，只有金子。

“我的，都是我的。”辰平疯了一般喃喃自语，“有救了，我们有救了。”

但是被害人还没死去，过了一小会儿，他醒了过来，剧烈的痛楚让他忍不住哼哼起来。

辰平下手狠毒，他手抓着一根枯木，朝着对方的脑袋连打了好几下，几乎招招都置人死地，颅骨都被打碎了。

被害人完全不明白自己为什么会突遭大难。他在山间走着，怀中的袋子松了，再加上山路崎岖，他步子不稳，动作太大，导致袋子中的金子掉了出来。结果，山林中就蹿出一人来杀害他。

不是说好人会有好报吗，不是说举头三尺有神明吗，为什么他刚做了善事就遭横死？

辰平听到了呻吟声，转过头，再次抓起枯木，准备彻底结果对方。

在他举起手的那一刻，辰平不自觉地对上了对方的眼睛。那人眼里进了血水，一片绯红，里面满是怨恨。

我将以大愿力投身于三恶道之中，此身化作邪魅。

他嚅动着双唇道："我、我要诅、诅咒你……"

"闭嘴！"辰平打了下去……

这一次，这个可怜的旅人必死无疑，他整张脸都被打变形了，如脑浆一般的东西从颅上的裂缝中流出来。

"诅咒你……"

辰平抱着抢来的金子飞奔而去，他先找了一条小溪洗干净了血衣，然后去买了些粮食才回到家中。

囚禁之祸

砰砰砰……

吉冈再度敲响木门。

"是谁啊？"

"我是昨天想来借宿的旅人。"

"哦，那你有什么事情吗？"门没开，他隔着木门和吉冈对话。

吉冈忍受不了这么无礼的行为，他又使劲砸了几下门。

“你再不开门，我就撞门了。”吉冈如此威胁道。

终于门开了。

牛尾只打开了一条缝，透过这条缝，他们也算是面对面了。牛尾是个壮实的山民，长着一张长脸，和很多人一样，他皮肤黝黑，结实得像一条绳子。

“昨晚，你有没有听到奇怪的响声或者看到奇怪的人？”

“除了你们，我什么也没听到什么也没看到。”牛尾道，“你还有其他事吗？”

“没——”

吉冈话音未落，门“砰”的一声又被关上了。门板差点打到吉冈的鼻子。吉冈大怒，转身骂骂咧咧地走了，他嘴上不停，回到了村子里。

吉冈把牛尾说的话都告诉了重兵卫。

阿音宽慰吉冈道：“像他这样的人，说不定火到了门前都不会扑救，直到烧进来，他才会动。”

“既然我们没有其他新线索，那还是安静地待着吧。”吉冈颇为无奈地说道。

午间，三人百无聊赖，阿音和重兵卫坐着不知道在思考些什么，吉冈躺下了，正在午睡。

“三位忙活了一天累了吧。”负责招待他们的女人对他们说道。

“才半天而已，谈不上累，请问我们什么时候才能离开？”重兵卫问。

“村里的人请三位过去一趟，正是要商量这件事。”

重兵卫叫醒了吉冈。在女人的带领下，他们前往村人集会的地方。

村子里的气氛很古怪，没有孩子在街道上玩耍，他们越往前走，村里就越安静，一路上也没青壮男子。

女人把他们带到了晒谷场，草垛和库房矗立在两边。

为首的四人微笑着，向他们挥手。

突然，重兵卫低声道："有埋伏，快走。"

重兵卫如同野兽一样察觉到了不妙，两人跟着重兵卫转身就跑，但他们还是跑得太慢了。几乎就在同时，草垛和库房后钻出一群村民，阿孝也在其中。

他们拿着长木棍和农具，气势汹汹。

"你们要干什么？"重兵卫大声问。

"我们要干什么，你们最清楚不过，快抓住他们。"

村民们一拥而上，为了对付武士刀，他们都拿着长棍一类的东西。械斗中有"长一寸、险一分"的说法。

重兵卫和吉冈边打边跑。

"拔刀吗？"吉冈问道，"要杀人了！"

在这种局势下，一旦动了刀子，必定会造成伤亡。

"拔刀吧，记住手下留情。"重兵卫说道。

手下留情也不过是客套话，刀剑无眼，真打起来根本顾及不了。

阿音发出一声惨叫，她的脚踝被一根长棍扫中，偏着身子倒了下去，受惯性的影响，又往前滚了一圈，脸上和手上都蹭破了皮。

吉冈赶去救援，打翻两人，想要拉起阿音，背着她一起走。

岂料村民竟以阿音为饵，撒下了一张网，将吉冈和阿音网了起来。这网是捕猎用的网，连野猪都挣不开。一时之间，吉冈也难以用刀割开。

"放下武器吧，你们这是在白费力气。"

重兵卫一边搏斗一边看着两位同伴陷入囹圄。

"你放了他们。"

“你们先放下刀。”说着，村民们收紧了网，吉冈和阿音被拖倒在地上。

“好。”重兵卫见状高高举起了刀，“我会放下刀，让你们处置，作为交换，你们不能难为他们，也必须要说明为什么要这么对待我们。”

村民的态度不会无缘无故地改变。

“我们不会冤枉你们的。”为首之人点了点头，“我们会把来龙去脉告诉你们，甚至还会听你们辩解。”

村民们小心翼翼地围住了重兵卫，重兵卫依言把刀归鞘，放到了地上。一放下刀，四五个村民就扑上来，狠狠地按住了重兵卫。

重兵卫苦笑道：“我都说了任由你们处置，何苦如此？”他的脑袋被按到尘土里，这一开口不知道吃进了多少土。

吉冈也不好受，他和重兵卫两人立刻被绑了起来。

“松点，松点，血都要勒出来了。”吉冈嘴里嘟囔道。

“缚虎不得不紧，对不起两位了。”

阿音也被绑住了，但她是女孩子，村民没下狠手。

“现在，你们该说明为什么要抓我们了吧？”重兵卫道，“在村子里，我们没做任何无礼的事。”

“杀人就是最无礼的事，我们不管你们是谁，山里有山里的规矩。”

“什么杀人？我们什么也不知道。”吉冈反驳道，“我们杀了谁？”

“牛尾。”

重兵卫问吉冈：“吉冈，牛尾是你杀的吗？”

“我没有杀人。”吉冈斩钉截铁地回答道。

“你听到了吧，他说他没有杀人，我相信他。”重兵卫道。

“事到如此，还不肯老实交代吗？所有人都知道他去过牛尾家，还和牛尾说了话……”

“你们果然在监视我们。”阿音道。

“闭嘴。”为首者喝住阿音，继续说道，“吉冈走后，牛尾就死了，不是他杀的，还有谁？再说，吉冈一路上骂骂咧咧，看得出来，他有杀牛尾的动机。”

“你胡说八道！”吉冈怒道。

这个时候，还是重兵卫可靠，他道：“带我们去牛尾家看看吧。”

“也罢，之前你我有过约定，带你们去也可以。”为首者说道。他一使眼神，余下几位村民就押着重兵卫他们往案发地点——牛尾家走去。

独居的牛尾不修边幅，家里也一团糟，但能看出有搏斗的痕迹，牛尾家中并没有尸体，只有一大摊新鲜的血液。

“你们把尸体搬走了？”重兵卫问。

“你应该去问吉冈，我们只找到这摊血迹，尸体不知道被他丢哪儿了。”

吉冈反驳道：“我说了多少次了，我没有杀人！”

牛尾家只有吉冈去过，吉冈去时，牛尾还活着，等吉冈走后，其他人再去，就只能看到乱糟糟的现场和一摊血迹，从血迹的新鲜程度来看，事件刚发生不久，如此一来，吉冈的嫌疑确实是最大的。

“我刀上身上都没有血迹，你们也找不到牛尾的尸体，怎么就能认定我就是凶手？”

“这不正是你弃尸的目的吗？”为首之人道，“再者说血迹，只要留神一些，不沾上衣服就可以了，刀可以擦干净。”

“欲加之罪，何患无辞。”吉冈怒道。

“或许辰平也是你们杀害的，自你们一来，村子的气氛就变得很奇怪。”

“太过分了，太过分了！”阿音气红了脸，大声抱怨道，“才不是我们干的。”

“我们确实有嫌疑，但来到村子里的人不单单只有我们而已。”重兵卫道。

阿孝站了出来：“难道你说是我们兄妹杀了父亲吗？”

“我指的是那个老妇人。”重兵卫说道。

阿孝接下来的一句话，将重兵卫三人投入了冰河之中。

“什么？什么老妇人？”阿孝严肃地说道，“昨晚，只有你们三人来我家借宿，根本没有老妇人。”

根本没有老妇人！

一股恶寒爬上了重兵卫的脊背，吸走了他体内的热气，让他不由得牙齿打战。仿佛有个无形的妖魔钻入了他的体内，大肆吞噬着血肉。

他们都被背叛了！

三人不可能都出现幻觉，那就只能是阿孝在说谎。阿孝是准备将所有的事都推到他们身上，他要他们带着秘密一同去死。

“你胡说八道！”吉冈看到了人群中的阿袖，他喊道，“阿袖姑娘，你告诉他们昨晚确实有个诡异的老妇人。”

阿袖也摇了摇头：“我不知道，什么也不知道。就和哥哥说的一样，昨晚只来了你们三人。”说完后，阿袖又替他们求情，“这一定是个误会，也许他们有苦衷呢。”

毫无力度的求情，只会让重兵卫他们的处境更加艰难。

三人脸色发白，失去了血色，他们被算计了。

重兵卫他们被村农押送回村，投入一间柴房内，关押了起来。

柴房又小又破，应该是一间废屋，堆放着些柴草。重兵卫和吉冈双手双脚都被捆紧了，绑在柱子上。阿音则被捆住四肢丢在墙角。

幸运的是，他们的嘴没有被堵住。重兵卫他们压低声音讨论着案情。找出真相，他们才能逃过一劫。

“阿孝和阿袖否认老妪的存在，这就说明老妪和阿孝他们有联系，也说明老妪和案件有关。”重兵卫说道。

“关键是这三者到底是什么关系？”吉冈道。

阿音歪着脑袋，摇摇头：“这就是最重要的问题。”

重兵卫接着说道：“被害人应该有两个，辰平的尸体和新鲜的血液，那不可能是辰平的血液，人的鲜血不能在体外保存那么久，所以有另一个人流了那一大摊血。”

“根据这些信息，我来说几个猜想吧。”阿音说道，“第一，从老妪的种种表现来看，她说不定就是山姥，就算到了现在，我一闭上眼睛还能听到她唱的那首怪歌，而且她还说中了我们的心事。”

“那歌应该是村子里的歌，我听村里的孩子唱过。”吉冈说道，“不过由老人唱起来显得格外诡异罢了，至于读心，我相信有其他解释。”

如果老妪真是山姥，那重兵卫他们的所作所为都将失去意义，山姥吃了两个人，然后篡改了阿孝和阿袖的记忆？这根本就是无稽之谈，任何妖怪都不过是人心的变异。

“那么会不会是仇杀？”阿音道，“正如我们所知，辰平和牛尾关系不好，牛尾可能就借这个机会杀了辰平，后来，阿孝查出牛尾是凶手。”

吉冈插嘴道：“阿孝就去杀了牛尾？他为什么不把真相告诉村里人呢，非要自己动手？”

“有时候人就是控制不住自己啊，他发现杀父凶手就在不远处，一时冲动就计划动手了。正好他看到你去了牛尾家，就特意选在你走后闯入屋内杀了牛尾。你成了他的替罪羊。”

“那我还真是倒霉。”吉冈自嘲道。

“倒霉的不只是你，还有我们，阿孝为了坐实你的罪名，索性就把他父亲的死也安在了我们头上。”

重兵卫发问：“那他为什么要隐去老妪的存在？”

“当然是为了诬陷我们，少了老妪，我们的嫌疑自然就大了。”

重兵卫点了点头：“这确实是个不错的解释，但你能解释盒子吗？”

“也、也许只是凑巧罢了。”阿音心虚地说道。

“对了！”吉冈像是想到了什么，“我有另一个推测，也许老妪是辰平的仇人，比如债主，辰平和老妪密谈了一会儿，还给了她一个盒子。但是就算辰平还债了，老妪也对辰平心生不满，所以老妪和牛尾勾结在了一起。他们一起杀了辰平。阿孝发现老妪是凶手，就抓住了她，问出了牛尾，然后杀了她。”

“然后呢？”

“然后，阿孝弃尸，又杀了牛尾。阿孝身上背着两条人命，如果有人顺着老妪这条线索，就能找到真相，所以他抹杀了老妪的存在。”

“言之有理。”阿音叹道，“没想到你也有这么聪明的时候。”

重兵卫的眉头依旧没有松开：“就算真是如此，我们也没有任何证据，村民不会相信我们，我们还是会被当作犯人。”

他们身陷囹圄，没法去求证自己的猜想。这里的私法刻薄到无情，如果不逃走，村民们大概会挑个好日子吊死他们吧。

时间慢慢流逝，夕阳的余光照入破柴房。有个村民站在外面抱着竹枪，看守着他们。

“啊啊啊啊啊，好饿啊，要饿死了。”吉冈大声抱怨道。

“安静！”

“啊啊啊，饿啊，什么时候送饭啊？”

“安静！”对方再次喝止道。

“肚子都饿扁了，怎么可能安静得下来！”

重兵卫也说道：“就算是死囚也得给顿饱饭，难道你们村子连这都不知道吗？”

阿音也说道：“我们也不吃你们村子的一粒粮食，我们的包袱里就有干粮，快送来。”

看守听他们吵得太大声，而且说得有几分道理，就去通报重兵卫他们的要求了。过了一段时间，柴房的门打开了。

来人竟是阿袖。这种时候，重兵卫他们正好想问问阿袖，但阿袖沉默不语，一句话也不讲。

阿袖提着篮子，篮内是几个团子和一壶水。

吉冈道：“你不愿和我们说话就算了，那至少解开我们身上的绳子吧，被捆着，我们怎么吃东西？”

阿袖开口了：“我不能松开你们，放心吧，我会喂你们的。”说着，她拿起了一个团子塞到吉冈嘴里。

吉冈每咬下一口，阿袖就让吉冈嚼一会儿，然后再喂点茶水。看来阿袖准备这样一个个喂过去。

既然不能骗阿袖松开他们，他们就只能继续套阿袖的话。

“阿袖姑娘，我们是无辜的，这一点你最清楚不过了。”

“我未婚妻还等着我回乡和她成婚呢，你哥哥也快成亲了吧，你怎么忍心让我们死在这里。”

阿袖不说话。

“阿袖姑娘，救救我们吧。”阿音恳求道，眼中饱含热泪，“我还只是孩子，世界那么大，我还有很多事情没尝试，很多风景没见过。”

阿袖还是不说话。

“看来我们必死无疑了，那么至少把真相告诉我们。”

“我们没有证据，就算说出去，他们也只会当我们是在胡言乱语。”

当你在恳求对方时，最开始不妨将要求提得高一些，对方拒绝之后，就可能会生出愧疚之心，这个时候，你假装退一步，再提出原本的诉求，说不定就能得到满意的答复。

重兵卫他们用的正是这个计策，阿袖是不可能放开他们的，重兵卫他们就把自己的要求一再降低，从放过他们到透露真相，最后再到透露一点点线索。

阿袖喂完了三人，但没有给出明确的答复，她打开门准备离开。正当三人绝望心凉之际，阿袖轻声说了一个词。

“金太郎。”

然后，阿袖离开了，宛如抓不住的沙子一般溜走了。

“头儿，金太郎是什么意思？”吉冈不解地问道。

阿袖不会毫无原因就说出这个名字。

“金太郎就是金太郎。”重兵卫说道，“金太郎和山姥也有关系。”

“是什么关系？”

阿音替重兵卫回答道：“他们是母子关系。”

阿音问道：“大人，这到底表示什么呢？”

一 诺

“来人，我有事。”阿音喊道。

看守进来问道："你又有什么事情？"

"我要如厕。"阿音红着脸说道。

"啊？"

重兵卫道："啊什么，不要难为一个女孩子。"

看守有些踌躇。

"你要是怕她中途逃跑，我可以教你一个法子。"吉冈道，"你解开她的四肢，在她身上多捆几道，她在解手时，你时不时地扯绳子，让她叫唤几声，不就能确认她逃没逃吗？"

"我快忍不住了！"阿音的脸更红了，她不安地扭动着身子，仿佛真的撑不下去了。

"快点决定，她这个年纪最怕羞，你要是让她出丑，比杀了她还残酷。"重兵卫催促道。

看守一着急，采用了吉冈的建议。

看守带着阿音出去了，阿音很配合，中途没闹出什么事，完事后，她又被五花大绑，塞到了角落。

"得手了吗？"重兵卫问。

阿音亮出手上的小刀，开始割起手腕上的绳子。阿音一个人生活这么久，还是有些本事的。这把小小的刀子，她一直缝在衣服里。之前四肢都被绑住，拿不到刀子，借着如厕的机会，她取出了刀子藏在手里。

有了刀子，阿音很快就解开了束缚。她一脱身，活动了下四肢后，就解开了重兵卫和吉冈两人的绳索。三人稍做休息，悄无声息地冲出了柴房。

吉冈一招就撂倒了看守。

"拿回刀和包袱就离开这里。"重兵卫道。

"反正我们也洗不清自己的污名，这破村子，我一刻也不想待了。”阿音道。

借着天色，三人在村内悄悄行动，终于找到了自己的东西。

“接着。”重兵卫将刀丢给吉冈。

武士配上了刀，心里才有底。

“好了，我们走吧！”

三人准备溜出村子，但刚要出村就被人发现了。

“来人啊，那三个杀人凶手逃跑了！”

这一嗓子，大半个村子的人都被惊醒了，村民立刻冲了出去。

“头儿，我们往哪儿去？”吉冈问道。

对方人多势众，又了解地形，他们极有可能再被抓住。

重兵卫一指山上：“我们上山。”人生就是一场赌博，赌对了，他们就能逃出生天，还能找出真相。

三人跌跌撞撞地上山，跨过了村民设置的白石头，到了禁区。

“怎么办？他们上山了。”

“止步，我们退吧。”为首者无奈地说道。

“万一他们惊扰了山姥怎么办？”有人质疑道。

“那么你率人追进禁区？”为首者冷冷道。

“不、不敢。我们还是撤退吧。”

没人敢有异议，因为没人敢踏入禁区，村民们退了。

重兵卫在山上看着下面的火把退去，松了一口气：“先别下山，这可能是他们的疑兵之计，留下一部分不打火把的村民待在暗处，等我们下山自投罗网。我们翻过这座山绕路走。”

两人赞同重兵卫的意见。

“吉冈唱歌吧。”重兵卫突然说道。

“啊，唱歌？”吉冈蒙了，“头儿，我唱歌不好听。”

“大人，你要是想听歌，我唱给你听吧，吉冈这个嗓子，唱出来一定不好听。”阿音道。

“不，就让吉冈唱吧。”重兵卫说道，“不需要好听，只要大声地吼出来就可以了，还记得村里那首歌吗？我问过村民，村民说山姥会答话，我想看看山姥的真面目。”

“好的，那我就唱了。”

吉冈吸了一口气，放声唱歌。

山姥，山姥，不要生气，好不好？

好……

我把最重要的宝贝献给你，好不好？

好……

举世无双，生养我的宝贝，留在我这儿也没什么用，献给你好不好？

好……

山姥，山姥，平息愤怒，好不好？

好……

山姥，收下宝贝吧，山姥，好好对待宝贝，好不好？

好……

我把我最重要的宝贝献给你，好不好？

好……

好好对待宝贝，不要让它们再回来，好不好？

好……

吉冈的歌声远比想象中难听，他唱了一段就停下来了，因为山姥的回答已经出现了。

歌里的问句都是吉冈唱的，而答复的“好”却是山姥发出的。

“原来如此，山姥的回答就是幽谷回响。”重兵卫道，“比起妖怪，幽谷回响更像是一种怪异现象，但不难解释。”

山中的地势导致声音折射，从而产成巨大的回响，这就是“幽谷回响”的起源。

“这么说来，村子里供奉的山姥只是一个笑话？”阿音问道。

“不，没有这样简单。”重兵卫道，“照我推测，歌是有特殊的意义，它的真相说不定就是案件的动机。我们继续往前走。”

三人继续在山上跋涉，重兵卫像是在寻找着什么，还时不时让吉冈再唱一段。

绵延数里、重峦叠嶂的山，像一座巨大的迷宫，仿佛一不小心就会走失。月色暗淡，晨光渐起，天终于要亮了。

由于他们一直在前进，山势也变了，吉冈再怎么唱歌，幽谷回响都不再出现。

“看，有条小溪。”阿音惊喜地说道。

准确来说，不是看，而是听，溪水不多，他们看不清楚，但那潺潺的水声确实传入了他们的耳中，顺着路，他们到了溪流边上。溪流相当清澈，一眼可以看到溪底，阿音掬起一捧水，喝了一口，清爽感顿时驱走了体内的疲惫。

重兵卫也喝了一点溪水，然后开始观察四周。

这一带是石灰岩地质，山体上有不少的钟乳洞，有些还如迷宫一般。过了一段时间，重兵卫发现了端倪。

“我们去南边看看。”

南边几处崖壁的颜色有些不同。他们走近了才发现这些地方是山洞，不过被人用石头堵住了洞口。

“打开来看看。”重兵卫下令道。

三人挪开了洞口的石头。

“做好准备，如果我的猜测没错，里面应该宛如炼狱。”他举着火把，踏入山洞。

尽管有重兵卫的提醒，阿音看到洞内的情况后，还是惨叫一声，跑出洞外，吐了起来。

山洞之中是层层叠叠的白骨。

吉冈捡起骨头查看了下：“几副骨架比较完整，没有骨折的情况，骨头上也没有伤痕，可能是困死饿死的，当然也不排除病死的可能性。”

“这些人骨的年份也不一致。”重兵卫道。洞底那些都已经发黑半朽了，少说也有上百年的历史。

“头儿，这些到底是什么？”吉冈问道。

重兵卫带着吉冈退出山洞：“要回答这个问题，就必须解读那首歌。”

天地尚未成形前，从哪里产生？
明暗不分，混沌一片，谁探究原因？
耕作的土地，产出的土地，来自天之琼矛。
辱骂上天，破坏禁忌，浪费粮食。
山姥，生气了。山姥生气，土地不再产出，猎物不再富足。
是我们的错。

“开篇很简单，大致就是收成不好，村民们活不下去了，然后责怪自己，认为是自己触怒了山姥。”

不过细想一下，在底层挣扎的山民们怎么可能不敬鬼神、浪费粮食？他们只是单纯地将罪责归到自己身上。他们是真正的弱者，无论什么情况下，弱者无法质疑强者。

天怎么可能错？错的只能是他们。

为了祈求山神山姥的原谅，他们会献上宝物。

山姥，山姥，不要生气，好不好？

我把最重要的宝贝献给你，好不好？

举世无双，生养我的宝贝，留在我这儿也没什么用，献给你好不好？

山姥，山姥，平息愤怒，好不好？

山姥，收下宝贝吧，山姥，好好对待宝贝，好不好？

我把我最重要的宝贝献给你，好不好？

好好对待宝贝，不要让它们再回来，好不好？

“你们知道这个宝贝是什么吗？”重兵卫问。

吉冈和阿音摇了摇头。

“突破口就是这句‘举世无双，生养我的宝贝，留在我这儿也没什么用，献给你，好不好’，什么宝贝是无用的，什么宝贝是生养你的，是年迈的父母啊。”

重兵卫突然直起身子，指着这片山，像战士用刀指着他的敌人一般：“这片禁地就是舍老山。”

舍老或者说弃老是古时的习俗，老人体力不支，不能耕种，成了家族的累赘，这时候，他的家人就会把老人带到偏远的地方丢弃，让他自生自灭。

“舍老不是早就被废除了吗？在引入儒学和佛教后，舍老这种陋习早就没有生存之地了。”吉冈道。

“吉冈，你想错了，舍老这个习俗还是能存活下来的。尤其是在山里。”重兵卫道。

山里贫瘠，靠着几亩山地，村民活得很艰辛，若是哪一年的年份不好，就极有可能出现饿死人的情况，孩子是村子的未来，成年人是劳动力，村民只能舍弃老人了。

“洞内的白骨正是村子数百年的积累。”接着重兵卫解释起了整个仪式。

一旦发生饥荒，子女就会把年迈的父母背进山洞，留下一两天的粮食和清水，然后用石头封住洞口，最后开始唱歌。

“由于山势的关系，这里没有回音。”重兵卫说道，“这里的答复应该是老人喊的，子女在外面唱歌提问，老人在山洞内回答‘好’。子女走远，到了下面，老人的‘好’就听不到了，这时候，幽谷回响也出现了，回音会答复子女的问题。”

“这有什么意义吗？”阿音问。

“有很微妙的意义吧，舍老发展变形到这副样子，已经接近术式。”重兵卫道，“舍老，第一是丢弃累赘，节省粮食；第二是将老人作为祭品讨好山姥。”

吉冈冷哼一声：“他们也真会算计。”

“这个仪式不是一朝一夕形成的，大概经过了无数代人的完善吧，所以处处都是心机。”重兵卫道，“重点还是在老人被封在山洞之后。你们不觉得奇怪吗？明明是要让山姥回答的，为什么会让老人回答？很明显这时候，老人成了山姥的化身。”

供品成为神的化身，这在民俗中也是一种特殊现象。

“从回答来看，先是老人回答，然后是山的回音，这里面其实也有很深厚的象征意味。”

“象征着什么？”阿音问重兵卫。

重兵卫答道：“老人等同于山，或者说，老人化作了山的一部分，无论老人还是山的答话都是山姥的回应，所以仪式的第三个作用，让老人化作山姥，那么死去的老人就能保佑村子。”

这就是真相，宝贝的真面目，山姥的真身，事件的真相远比想象中要惨烈，不，不是惨烈，是残忍。

“阿袖对我们说金太郎，就是暗指老妪和辰平是母子关系。”重兵卫道，“过去，辰平将自己的母亲遗弃在了这里，然后她回来复仇了。”

“那阿袖和阿孝为什么会认不出自己的祖母？”吉冈问。

“辰平遗弃自己母亲的时候，阿袖和阿孝还小吧，他们没有多少印象。但是老妪却很了解他们，从每个人的小动作中就能读出他们的心，有句古话不是说三岁看老吗？老妪照顾过小时候的他们，所以才这么了解他们。”

“她也读出了我的心里话。”吉冈反驳道。

阿音嫌弃地看了吉冈一眼：“就你的表现，稍有阅历的人都能猜出你在想什么。”

“总之，老妪回来复仇了，辰平不知道怎么应对，也许他不想再杀害自己母亲，于是就找了替身。辰平不是半夜出去过一次吗？其实他是去杀牛尾了。”

“不可能，我明明看到牛尾了。”吉冈道。

“我们都没见过牛尾，也没看清辰平的样子，如果两人身材相近，那完全可以骗过你。吉冈，你不是说牛尾还抱着头吗？他这是在故意遮掩自己的容貌，你看到的是辰平，而不是牛尾。”

他们借宿那晚，辰平半夜溜了出去，他杀了牛尾，然后烧烫刀子，割下了牛尾的头。所以吉冈和阿袖才找不到生火的痕迹，因为杀人现场根本不在辰平家，而在牛尾家。

用烧红的刀子割，是为了减少流血，更好地扰乱现场。

然后，辰平给牛尾穿上自己的衣服，把他背回了自己家。重兵卫找不到拖拽的痕迹，是因为运尸者是壮年，搬运尸体不用拖拽。

最后，辰平将牛尾的头放入盒子，让老妪带走。盒子的大小刚好能够装下一颗人头。

“老妪难道认不出自己的儿子吗？”

“也许牛尾和辰平面貌有些相近呢？再说死者面容扭曲，老妪出门时天还没亮，说不定就能蒙混过关。”

“那他为什么要诬陷我们？”吉冈又问道。

“他为什么不能诬陷我们？”重兵卫反问道。

吉冈哑口无言。

如果没有重兵卫一行人的出现，那牛尾就会替辰平而死，辰平也必须离开。牛尾和辰平的消失会成为一桩无头案，在村子里引起轩然大波，这时候，重兵卫他们来了，把他们说成凶手，能省去很多麻烦。

“但是我们借宿时阿袖和阿孝没有什么异样啊。”阿音问。

“可能是他们演技太好，也可能是因为他们确实不知道。”重兵卫道，“辰平一开始是瞒着他们的。不然他深夜消失，阿袖也不会叫出声来。我猜测阿孝出门寻找辰平时撞见了他杀人，辰平只能把事情都告诉阿孝。”

“那么阿袖是什么时候知道的呢？”

“应该是阿孝领着村民把我们带到村里之后，他怕自己的妹妹说得太多了。”

“头儿，我还有最后一个问题，为什么辰平会知道我计划去牛尾家？”

重兵卫皱眉：“我想他也不知道。他杀了牛尾，躲藏在牛尾家。可能阿孝知道你要去牛尾家，提前通知了辰平。辰平知道你没见过他和牛尾，也许这个时候辰平才想到自己可以假扮牛尾。”

一个庞大的诡计往往不是一蹴而就的，除了少数天才作案外，那些略显复杂的诡计都是一点点补充、完善而成的。

“等你走后，辰平就布置了牛尾家，洒了些鲜血，让人以为那里发生了搏斗，牛尾惨死。”

“那辰平现在会在哪儿？”阿音问道。

重兵卫苦笑道：“他自然是跑了，消失在这茫茫群山之中。”

这就是山姥杀人的真相，把奇怪和神秘混为一谈是错误的，最普通的犯罪往往是最神秘莫测的，因为它没有作为推理判断依据的奇特之处，而那些神秘的案件，剥离玄之又玄的外壳后，分析线索就能得出答案。

“呵呵呵呵呵……”

苍老的笑声自下传来，三人吓了一跳。

“是谁？”

一人拨开树丛走了出来，她就是已经失踪的老妪。

“你怎么来了？”吉冈问。

“我为什么不能来，这里是我的埋骨之地，我不过是过去的亡灵，自然要回到自己的墓地安眠。”老妪回道。

卸下了伪装，她的自称也变了。

她看着重兵卫说：“你很聪明，这里就是舍老山，是村子的禁地，只有抛弃老人时，村民才敢进来。村民害怕这里，他们怕山姥的诅咒，怕我们这些被舍弃之人的怨念。不过我没有多少怨念，你的猜测绝大部分是对的，但最重要的部分却错了。”

对于被抛弃，老人没有心怀怨恨。舍老能流传至今，并不是没有道理的，卑微的山民为了生存必须无所不用其极。

“父辈本来就是子女的踏脚石。只要是为了子女，被舍弃又有什么关系。你们见过虫子吗，为孕育后代，公螳螂会被母螳螂吃掉，有种蜘蛛，小蜘蛛一出生就会吃掉母亲。人和虫子也差不多。”

“那你是为什么？”重兵卫道。

“因为一诺。”老妪说道，“还记得那条腰带吗？是我送去的。这腰带属于我的恩人。”

十几年前，辰平将自己的父母送到山上，封进了山洞里。一位叫作日村的商人经过这里，他和重兵卫他们一样并不了解这里的习俗。

辰平唱着歌走远了，老妪和她丈夫在山洞中呜呜哭泣。日村发觉了不对劲，顺着声音找到了山洞。

老妪道：“他什么也不知道，就把石头挪开了。阳光再度照进山洞时，我和老头子都吓坏了，还以为又出了什么事。他说他只是个路过的旅人，问我们为什么会在这里。我们把来龙去脉告诉了他，他是个好人。”

日村把老夫妇救了出来，还掏出了一些金子送给了他们，让他们能渡过难关。

然后，日村离开了。大概是因为他从袋子里掏过钱，袋子没有放好，金子落了出来，接着他就被袭击了。

“他救了我们，我和老头子休息了一会儿准备下山，结果在山路上看到了浑身是血的恩人。那个时候，他已经快不行了。”

老夫妇看到日村后，立刻去扶，日村的伤势比他们想象的还要严重，但他就是撑着一口气不肯死去。

老头见恩人实在是太痛苦，就想结束他的痛苦。

日村发出断断续续的悲鸣，他昂起了头。

老妪拦住了自己的丈夫：“恩人应该是有什么心愿未了，我们听听他的遗愿。为了报恩，我们一定会尽力完成的。”

老妪和老头将耳朵凑到日村的唇边。

“诅咒……报仇，杀了他，替我、我报仇……”

老夫妇发誓："我们两人绝对会替恩人报仇的。"

日村闻言，终于闭眼。

两人却陷入了沉默，恩人的仇人到底是谁呢？尘世茫茫，他在哪儿呢？

突然，老头浑身颤抖起来，摔倒在地："老婆子，我知道仇人是谁了，他就是我们的儿子。"

没有村民会无缘无故地走入禁地，外来的旅人也很少经过这里，那么山上极有可能只有他们夫妇、日村、辰平四个人。

多么讽刺，前一刻，对方救了自己；下一刻，他就被自己的儿子杀了。

很快，他们就确认了自己的儿子就是凶手。辰平拿钱换了粮食回家。老夫妇可以闯进屋子出其不意地杀死自己的儿子，但是之后谁养育孙子孙女成人？他们已经老了，说不准什么时候就死了，不能守护孙儿成长，再说他们也不忍就这样杀了辰平，他毕竟也是为了自己的孩子才会犯下滔天大罪。

于是他们做了一个折中，在孙儿辈不能独当一面前，他们不会对辰平下手。这至少需要十几年的时光，在这十几年间，他们要是死了，那就没人会去找辰平报仇。

老夫妇靠日村赠予的钱度过了饥荒，但没过几年，老头就病逝了。自古以来，女性的寿命总比男性长一点，这意味着女性要担负更多的东西。

老妪靠着替人缝补衣物和乞讨，活了下去。然后，她打听到阿孝就要成亲了，她认为这就是独当一面的证明，是时候替日村报仇了。

老妪先送去了染血的腰带，那条腰带就是日村的，借此宣告有人知道辰平的罪行，要来报仇了，然后又以借宿为名出现在辰平面前。

老妪笑了笑："他以为我没发现他的小动作。那晚，我也出去了，看到他做了些什么。"

重兵卫指着老妪手上的盒子："这里面？"

"这里面不是牛尾。"老妪爱抚着盒子，"里面是我的儿子，我再怎么老眼昏花，自己的儿子总不会认错。他流了不少血，身体已经虚了，又以为我已经走了，所以没有防备。我杀他没花多少力气。我已经把全部真相告诉你们了，你们不准备把我送回山下洗清嫌疑吗？"

"我们不傻。"重兵卫道，"进过禁区的人都会被嫌弃，你这样的老人，在他们看来就是污秽之物，就是可怕的诅咒，把你带下山，对我们没有好处。再说，我们知道了这么多，回到村里，说不定就被灭口了。"

"你果然聪明。你们不想把我送下山，"老妪道，"也和我无仇无冤，没必要难为我一个老人吧。"

重兵卫点了点头。

"既然这样，帮我一个忙吧，把那边那个洞口的石头挪开。我已经很累了，没有力气了。"

重兵卫他们帮了老妪这个忙，洞内有个小骨灰坛，大概是老妪的丈夫，里面还有一具头骨破碎的尸体，应该是日村的尸骨。

老妪弯腰走了进去："我要睡了，麻烦你们再封起来吧，谢谢。"她靠着岩壁坐了下去，合上了眼睛。

重兵卫和吉冈抬起石头，封住了山洞。阿音在一旁看着没有动手，她有些抗拒这类似于谋杀的行为。

老妪最后的声音从洞内幽幽传出："人间猛于虎，不如早归去……"

无妄之火与高女

无 妄

无妄：平白受到的灾祸。出自《周易·无妄》：“六三，无妄之灾。或系之牛，行人之得。邑人之灾。”

觉空和尚做完早课，正在院里散心。

“最近的江户城很喧嚣啊。”

桐子的哥哥依旧是一副女性的装扮，不过以他的容貌和身段，没人能看出他是男儿身。他恭敬地跟在觉空和尚身后。

“珑姬，你去打探一下。”

觉空和尚称呼他为珑姬。

“这把火说不定又要催生出什么妖怪，呵呵，我们可不能错过。”觉空和尚说道。

归 乡

吉冈进了城率先大喊道：“终于回来了，一路上风餐露宿，我可受够了。”

“说得像你吃了多少苦似的。”阿音忍不住说道。

“又有道成寺钟，又有山姥，怎么不吃苦。”吉冈总是喜欢逗逗这个小姑娘。

“好了，好了。”重兵卫制止他们，他们一路上这样玩闹也算是一个乐子，但次数一多就显得聒噪了。

阿音和吉冈闻言噤了声。

说虽如此，重兵卫也感叹了一句：“终于回家了。”

在外千般难，在家百般好。

吉冈和重兵卫往前走，但阿音倒愣在了原地，她从未到过江户，见到这么大的城，一时之间，天不怕地不怕的她也有些踌躇。

重兵卫一眼就看出了阿音心中的不安。

她同吉冈拌嘴，也是想缓解这份不安。

“放心吧，既然带你回来了，就不会不管你，以后我家就是你家。”

吉冈也宽慰阿音道：“丫头，我告诉你，我最熟悉江户，别看在外边我经常迷路，但是在这里，我闭着眼睛，光闻味道都能找到路。”

听了这话，阿音不由得笑了：“你以为你是狗啊。”心头的阴霾也一扫而空。

重兵卫对阿音的安排很奇怪。

过了些日子，重兵卫请一些亲朋好友过来，宣布了一件大事——他准备收阿音做养女。

古畑比重兵卫早出发，虽然路上遇到了一些事情，但也要比重兵卫他们早回江户，所以收养阿音当天，他也去了。

吉冈端着酒杯，不解地问道：“头儿他到底是怎么想的，连亲都没成，就有了个女儿。”

古畑抿了一口酒：“大概是不想成亲吧，没想到那件事他还放在心上。”

重兵卫算是一表人才，想给他做媒的人不在少数。

其实，之前重兵卫有过未婚妻，二人青梅竹马，后来出了意外，不幸亡故，之后，重兵卫就再没有娶亲的打算，现在收养了个女孩，也能挡住一些媒人。

因为其中有种种的原因，席上的氛围很奇怪。

阿音觉得父亲这个词叫不出口，便还是喊重兵卫为大人。重兵卫也不以为意。

一群男人聊着聊着，聊到了时事上，最近火灾频发，有些不太正常。

“听说最近又有火灾，天干物燥，确实要小心走水了。”古畑道，“但半月四次就有些奇怪。”

“奇怪是奇怪，但好在规模都很小，烧掉的也不过是一些垃圾或者杂物，也许是有人在恶作剧。”

江户城多木结构的房屋，而且部分地区房屋之间的间隔很小。着起火来，倘若得不到及时扑救，火苗借助风势很可能蔓延开来，成为大火灾。

这样的大火在江户历史上并不是没有。

吉冈怒道：“不管是不是恶作剧，倘若真的有人在背后搞鬼，我一定把他揪出来，叫他好看。”

吉冈幼时见识过火灾，漫天的浓烟和火光，妇孺和老人的哭喊，甚至还有拼命逃窜被踩踏而死的人。地狱一般的情形给吉冈留下了深刻的印象，导致他一直尿床到了十一岁，他极其痛恨纵火犯。

“现在都还难说，救火队正在查找火灾原因，初步估计，可能就是自燃。”古畑一向消息灵通。

如稻草这样的杂物，在外放置太长时间，风吹日晒，气温一高，就可能发生自燃。

“无论如何，现在还不到捕吏该出场的时候，火灾确实增多，但没有证据显示是人为，你们也不必杞人忧天，说不定只是凑巧。”

高女

重兵卫说了这句话之后，接下来的一个月中火灾数量果真回到了以往。

比起火灾，更让重兵卫和吉冈感到棘手的是阿音。

“为什么？之前我们就能在一起破案？！”阿音问重兵卫。

重兵卫停下擦拭刀具的手，叹了一口气：“在外是没有办法。再者说了，我那也不算是带着你一起破案。在外面，我们干什么都不方便，我总不能把你丢下不管吧。”

重兵卫的意思是，当初带着阿音纯粹是带，绝无要和她一起办案的意思。

“但我是真心喜欢。”

“你一个女孩家喜欢什么不好，为什么偏偏喜欢案子、尸体、血、死亡，这些东西有什么好的？”

“就是喜欢啊，人喜欢上一件东西，哪有那么多为什么。”

重兵卫第四次驳回了阿音的提议。

阿音不满地嘟着嘴，还暗中搞来了一根捕棍。重兵卫没有办法，就让吉冈带着阿音四处逛逛，希望江户城这个花花世界能诱惑住阿音，让她少想这些事情。

阿音蹦蹦跳跳地走在街道上。

吉冈头都大了，这哪儿有一点大家闺秀的样子。当然，这也不能怪阿音，她双亲早逝，一个人挣扎着活下来，怎么学规矩？就算学了，阿音也嗤之以鼻，那些东西能换吃的穿的吗？

“那是什么？”

“棚子啊。”吉冈笑道，“你可以去看看。”

阿音拿了钱，就和吉冈混到了人群中，棚子外画着各种古灵精怪的东西。

外面还有人在招呼客人：“快来看看啊，此物绝对稀罕，此人绝对有趣！看一眼，这是一生的谈资，都进来瞧瞧吧，进来了，绝不会后悔！不进来，绝对后悔一世！”

吆喝的人，从身材上看像个孩子，但声音却是成年男人。

走近了，阿音才发现此人皮肤粗糙黝黑，喉结凸出，胡子拉碴，是个成年人。

阿音这才意识到对方是个侏儒，不过阿音并不知道座敷童子的案子，所以她没什么特别反应，只觉得有趣，吉冈看到侏儒先是愣了一下，然后也恢复自如。

棚子门口有这么多人排队，也正是因为侏儒在招揽客人，一般的棚子侏儒已经算是不错的资本了，这让人对里面的东西更加好奇。

棚子就像一条小龙，老板像是怕人偷看影响自己的生意，于是挂了红色的幕布，还专用白色的帐子把缝隙都遮住了。这反而激起了客人的兴趣。

你越不让我看，我就越要看。

没过多久，轮到阿音和吉冈了。最前面是色彩鲜艳的画布，画着各种稀奇古怪的东西，鼻子长长的天狗，剥人脸皮的白粉婆，还有三个头的狗，最让阿音感到惊奇的是人面犬——狗身人头，那张脸就是绝世美女的脸，她莞尔一笑绝对会让所有男人挪不动步子，但脖子以下却是一条黑狗的身子，这样一来她的媚笑反而显得可怕。她所待的地方也让人玩味，那是个大池子，池内无水，只有森森白骨，还有墨绿的毒蛇在白骨间钻来钻去，仿佛在告诫世人，美色是穿肠毒药。

阿音看呆了。

“往前走吧，这里都是虚的，前面的才好玩。”吉冈催促阿音。

棚子分成好多小间，每间都有展出，每个人待在棚里的时间是有限的，客人源源不断地从入口进来，里面的客人就必须不断往前走，只能走马观花一般地看。

阿音依言往里走，看到了双头蛇、三足蛙，还有长着鸡翅的狗。吉冈在阿音耳边嘀咕道:“这都是江湖艺人自己做的，活不了几天。”

阿音仔细一看，果然，那些怪模怪样的动物都病恹恹的。

“真缺德。”

“他们也是为了生计。”吉冈道。

再往前走，阿音就忘了刚才的不快。前面的人表演的杂技让人眼界大开。操蛇的手拿着小拇指粗细的蛇，放进嘴里，不一会儿，蛇就从鼻子里钻出来了；还有吞剑喷火的，让人看着觉得又恶心又好玩。

最有趣的还是吉冈，看到人家喷火，一条火龙直奔而来，把他吓得躲到了阿音身后。

“等等。”吉冈竖起了耳朵。

“吉冈，吉冈！”

“有人在外面叫我。”吉冈皱眉道，“这个时候有人来找我一定有要事，这些钱，你拿着随意逛。”吉冈像是想起了什么，“你还记得回来的路吗？”

阿音也是一个路痴，吉冈不放心。

“记得一半。”阿音脸一红。

“唉，你就在这里等我，到时候我回来接你，你千万不能乱跑！”

说完，吉冈挤开人群就跑到了外面。

阿音虽然也想去破案，但她现在玩心正起，就没跟出去。前面的隔间里还有上半身是人下半身是蛇的蛇女，一个半裸徐娘躲在轻纱后面，做出各种妖娆的动作，时不时摆动她的蛇尾巴。阿音都看出是假扮的，但有些男人却乐此不疲地说着一些下流话，逗乐子。

阿音急忙跑到了下一个隔间。

下个隔间里是一个身材高大的女巨人，她站起来足有八尺[①]，光坐着就让人感觉到不小的威压。这个女巨人五官还算周正，眉及双颧隆突，巨鼻大耳，唇舌肥厚，总体上有些丑。她的脑袋和普通人差不多大，但长得太高大，脑袋就显得与身体格格不入，给人一种诡异的感觉。除此之外，她手脚的关节特别粗大。

客人们连连惊叹。

“该不会是假的吧。”有客人说道，“下面踩了高跷。”

“不。”女巨人道，“我可是真的。”她的声音有些含糊。大概是怕其他人不信，她站了起来，撩起下摆，露出脚。

她指了指前面的盒子：“你们可以买糖，买了糖就能摸摸我的脚，看看是不是高跷和假腿。”

糖的价格不算贵，不少人都买了，不过女巨人长得丑，买糖去摸脚的大多都是妇孺。阿音也摸了一下，软的，暖的，确实是真脚。

最后一个隔间用黑布遮得严严实实的，阿音刚想进去就被人拦住了。

“我给钱。”

---

① 两米四左右。

“小姑娘，给钱也不行，最后一个隔间，普通胆小者都不能进去，只有胆子大、想见识见识的成人才能进。”

没有办法，阿音只能出去。她看到从最后隔间出来的人，大致分成两种，一种面色发白，像是受到不小的惊吓，一种则神采奕奕，很兴奋的样子。

看来，里面的东西并不简单……

另一方面，吉冈被叫走后，火急火燎地赶到重兵卫那里：“头儿、头儿，这么急，到底发生了什么事情？”

重兵卫阴沉着脸：“还记得上次我们说的火灾吗？”

“记得。”

“可能真的是人为。”

“啊？”吉冈惊得合不拢嘴，纵火可是大罪，没想到还真有人敢犯。

重兵卫说道：“火灾现场，我已经去过了。半片房子都已经被烧毁，人也死了一个，幸好今天没风，不然扑灭的难度还要更大。”

“谁死了？”

“那户人家的一个老人，本来身体就不好，先是吓坏了，后来又呛了烟，一口气没上来，就过去了。”

“可怜，太可怜了。”吉冈感叹道，“那头儿你们怎么知道这次是有人纵火的？”

重兵卫道：“之前不是火灾频发吗？救火队也没闲着，为了防患于未然，他们在几个火灾高发区，一户一户地排查火灾隐患，这次着火的地方就是排查过的地方。负责排查的队员是阿一，他说那里堆着杂物，虽然能烧，但不容易自燃，而且有些背阴，只有小半天的太阳可晒。所以他不相信是自燃。”

阿一在救火队待了近十年，他的话还是很有分量的。

重兵卫继续说道：“那地方也没有用火点，谁会靠墙用火？所以也没有用火不慎引起火灾的可能，剩下的只可能是纵火了。我这次回奉行所是为了招呼人手，安抚附近的街坊和寻找线索，都需要大量的人手。”

重兵卫和吉冈理了理头绪，带着人手，又返回了火灾现场。

看着一片狼藉的现场，吉冈不由得打了个寒噤。

吉冈又有了新想法：“这火会不会是从别处起的？”他害怕火灾，所以不想相信这是人为纵火，天灾好办，人祸难办啊。

虽然杀人放火都是滔天的大罪，杀人排在放火前面，但有时候，放火比杀人恶劣多了。

这时，救火队的阿一出现了。“不可能。”他斩钉截铁地说道，“起火点可以通过地势、风向和灰烬的情况来判断，火烧得越久，东西就烧得越彻底。综上来看，起火点就是这里。”

重兵卫问手下：“人都找齐了吗？”

“找齐了，但都说没有看到可疑人物，也没注意到有人到过起火点。”

如果周围的邻居有人目击了犯人，那接下来的事情就好办了。

“不过有人说见过几个孩子在附近玩耍。”

重兵卫脸一沉：“那几个孩子都找到了吗？”

“都找到了。”

闻言，重兵卫立即带着吉冈前去询问。毕竟他们不能排除几个孩子恶作剧引起火灾的可能性。

重兵卫过去的时候，那些孩子还在逗弄一条野狗。重兵卫皱了下眉头，为防止这几个孩子说谎糊弄，最好是分开询问才对。

但事到如今，他们也没什么办法了，只能一个个问过去。

“今天下午你都在哪儿啊？”重兵卫一脸和蔼地问。

“我就和孝太郎他们在一起玩。”

重兵卫问道：“都在哪儿玩？玩了些什么？”

“后面的那条小巷子里，踢毽子。”

吉冈插嘴道：“千万不要说谎，我们都已经问过其他人了。”

“我才没有说谎。”那个小孩反驳道。

“小子，你胆子不小啊。”

吉冈揪住小孩的衣领子，就像抓起一只小猫一样，把他提了起来，佯装要打。

那小孩突然被吓到，一下就哭了。

重兵卫忙拦住吉冈：“他还只是个孩子。”他又对小孩说道，“放心，有我在，你好好回答问题，他不会打你的。”

小孩止住了哭，哽咽着回答道：“我们就玩了半下午的毽子，然后就去抓虫子了。”

“你们都去了吗？”

“嗯。”

“有没有看到什么人到巷子里？”重兵卫问。

吉冈恶狠狠地说道：“敢有一句谎话，我就把你丢牢里去，在牢里面都是可怕的坏人，他们最喜欢小孩子了，饿了，就把小孩子的心肝挖出来吃掉。快说，是不是你们玩火了？”

“哇哇哇哇……”小孩哭道，“我们没玩火，我们也没有看到其他人。”

重兵卫无奈道：“来人，把这个孩子带下去。”

号啕大哭的孩子被带走了。

“吉冈。”重兵卫开口道。

“头儿，有什么事吗？”

重兵卫狠狠拍了吉冈脑袋一下，骂道：“你也太狠了，这些孩子都要做噩梦了！有你这样吓唬小孩的吗！”

“我错了，下次我一定把握好分寸。”吉冈说道。

两人审问时，习惯一个扮作黑脸，一个扮作红脸。

“不过被你这样一吓唬，我觉得他说的应该是实话。”

“那我们还问剩下的那几个孩子吗？”

重兵卫答道：“问，为什么不问。”

问完这几个小孩，得到的答案都是统一的，看来这个纵火犯很狡猾。

吉冈看着愁眉不展的重兵卫道：“也许这只是一个孤案，和之前频发的火灾没有什么关系。”

“就算只是孤案，我们也要抓纵火犯。”重兵卫道，“也不清楚纵火犯放火的目的是什么，这案子没有一丁点头绪。”

他们调查过后发现着火的这户人家没有多少仇敌，况且结仇的程度也没深到放火。重兵卫也命人调查过嫌疑人，结果，他们一个个都没有问题。

蓦地，吉冈一拍脑袋，急道：“不好了，都这么迟了，我忘了阿音还在外面。她不认得路。”

“走，我和你一起去接她。”

“希望那个小姑娘不会被吓哭吧。”吉冈道。

事实证明，阿音非但没有被吓哭，还玩得很好。吉冈走后，阿音在附近又逛了一圈，最后才回到棚子附近。正是饭点，进棚子的客人也少了，里面一些杂耍也停了。

由于阿音是第二次进，里面的江湖艺人也少了一半，门口的侏儒只收了她三分之一的门票钱。这次阿音可以慢慢看了，她靠近那些畸形的动物，发现吉冈说的没错，动物身上的针脚都还在。

阿音看着看着也厌了，艺人几乎都出去了，只有女巨人还在，穷极无聊的阿音开始向女巨人搭话。

聊天中，阿音知道了女巨人的真名，她叫作阿丰，看着高大，其实只有十九岁。

阿音也曾是艺人，靠弹琴和讲故事生活。而阿丰跟着戏班子走南闯北，搭棚子赚钱，也经历了不少。

两人相谈甚欢，很快就成了朋友。

小姑娘喜欢吃零嘴，阿音准备再在阿丰那里买一些糖果，阿丰直接抓了一把糖果塞到了阿音手里。

“安心拿吧，反正也不值钱。”

“这怎么好意思？”

“没什么不好意思的。”阿丰笑着，说道，“我告诉你一个秘密吧。”

“什么秘密？”

“其实那个说我是假巨人的人就是戏班子里的。”阿丰道，“这里的糖果价格可比外面贵多了。他说我是假的，引起你们的好奇心，然后我再卖糖让你们确认我的脚。既能买到糖果，又能满足好奇心，你们八成还觉得很实惠吧，但我们靠这个赚了不少钱。”

“这招不错，厉害！”前江湖艺人阿音由衷地赞叹道。

两人又聊了一会儿，阿丰有些累了，连连打哈欠。

“我身体不太好，所以很容易累。”阿丰说道。

阿音不解，大个子给人的印象往往是力大无穷、身体健壮。

“我也只是普通人，不是神话传说里的人，我的骨骼和血肉同你没有什么不同。普通的骨骼、血肉要撑起这样一副身子，负担很重，所以我很容易累，也不能跑动。”

“哦。”阿音想转移话题，“你能告诉我最后一个隔间里放了什么吗？”

“如果你不怕晚上做噩梦的话，我可以偷偷告诉你。”

“不怕。”

阿丰凑到阿音耳边，刚想说出秘密，棚子外面就响起了呼唤声。

“我家人终于来找我了。”阿音对阿丰说，“我要走了，下次我能不能再来找你玩？”

“可以啊，我们不忙的时候，你直接进棚子就可以了。戏班会在江户待一段时间。”阿丰回答道。

阿音出去后就看到了重兵卫和吉冈。

“没着急吧？”重兵卫问。

“不着急。”

吉冈笑道：“下次还敢出来吗？”

“真是的，我为什么不敢，你以为我真是路痴吗？这样的路，我走两遍就记住了。”

阿音没有说谎，上次她迷路只是因为太久没走忘了路。她的方向感不好，但记性不错，来回一趟就能记住路了。

“下次，我就自己来这里。”阿音道。

无妄之火

绝不是孤案。

上次的火灾过去没多久，又发生了几次火灾。救火队调查后，觉得不是自燃起火。而且这几起火灾都有共同点：第一，火灾发生时都没有人看到犯人的踪迹；第二，起火点都是相对易燃的杂物堆；第三，杂物堆靠近住家，犯人意图不轨。

吉冈揪着自己的头发，苦恼地说：“头儿，我们该怎么办？”

“一步一步稳扎稳打地来，阿一来了吗？”

“已经叫过他了，应该快到了。”吉冈起身给重兵卫倒了一杯茶。

四盏茶过后，重兵卫捧着胀鼓鼓的小腹去了趟茅房。回来后，阿一已经到了。

“怎么样？”重兵卫问阿一。

“我们救火队已经把近三个月发生的火灾做了一个整理，剔除全部有明确起火原因的火灾，剩下的几起都是可疑的。”换句话说，可能是纵火案。

“一共有六起啊，太多了吧，能不能再筛选下。”吉冈看了看，说道。

“我们也想，但这已经是极限了。”

“好，我知道了。”重兵卫点了点头，“阿一，对于这些案子，你有什么看法？”

阿一想了一会儿，开口道：“起火的人家没有共同点，这可能是最可怕的地方，我们不知道犯人到底想干什么，也没办法做出防范。”

“如果真的有人单纯因为好玩而放火，那直到抓住他前，这样的火会一直放下去，放火这种事是会上瘾的。”阿一叹了一口气，“干了几次都不被抓，他真的会一直干下去。”

吉冈一拍桌子：“这种恶棍，我一定要亲手将他绳之以法！”

“哦哦哦，原来你们在谈论案子啊。”阿音闻声赶来，“让我也加入呗。”

重兵卫挥挥手，想把阿音赶出去：“你管好自己的事情就可以了，我不会让你加入的。”

阿音笑道：“我又不参与搜查，就动动嘴皮子而已，讨论的时候多一张嘴，说不定就能早点破案。”

“阿音说的有几分道理，就让她参加讨论吧。”吉冈道。

最后，重兵卫点了点头，同意让阿音加入讨论。

“刚才说到哪里了？”阿音问。

吉冈答道：“刚刚说到纵火犯是为了玩乐才放火的，他纵火可能没有明确的目的。”

“啊，其实这也难说。”阿音仔细了解情况后说道，“他也可能是故布疑阵，他烧了这么多家，掩盖自己真正要烧的目标。”

“嗯，所以之前我告诉吉冈要一步一步稳扎稳打地进行调查，仔细调查每一户起火的人家，找出他们所有的仇家，寻找共同点。”

“那可就太麻烦了。”阿一道。

阿音说道：“麻烦也必须做，其实这事的干扰实在太多，有些案子可能就是自燃起火，有些案子也可能是别人趁机犯下的，反正已经有连续纵火犯了，有些居心不良的人说不定也会趁机犯案，这样一来，难度就变大不少。”

“阿一，你们救火队能不能把火灾隐患都排除？”重兵卫道。

阿一摇了摇头：“这不太可能，但我们会尽力去做。”如果真能排除掉隐患，江户也不会有这么多火灾了。大户人家还好，一般的居民区，堆放杂物很常见，尤其是一些屋后的小巷。

“头儿，你这样也只是治标不治本，我们还是该抓住犯人。”

如果犯人继续犯案，他们就可以找到更多的线索，但受灾的人数会增加；反之，受灾的人数少了，犯人却可能逍遥法外。

世上多得是两难之事。

话说定了之后，重兵卫就带着吉冈出门了，阿音被留下来看家。

重兵卫他们按照顺序一家家地走访。

“汪汪汪！”一条黄狗见是陌生人来，朝他们乱吠。

“滚开。”吉冈一脚将狗踢开。

“是谁踢了我家的狗？”一个老头子从里面跑出来。

重兵卫狠狠瞪了吉冈一眼，然后对老人说道：“对不起，老人家，我们不知道这是你的狗。”

“哼。”

“我们是来了解之前起火的情况的。”

由于重兵卫态度不错，老人也没有难为他们：“之前不是已经问过了吗？”他家的损失不大，所以他不想多费工夫。

“事件有些不太对劲，我们想再详细了解一下。起火的地方在哪儿，平时又堆放了些什么东西？”

“着火的就是我家偏院，那里不住人，胡乱堆了些旧家具、废榻榻米，本来就是准备当柴烧的。幸好，我家的狗闻到烟味叫了起来，它后腿处的毛都被火烧掉了一些。全靠这只狗，不然我家可就遭殃了。”

“那近年来，你们有没有得罪过什么人？”

“没有，我家就在街边开个茶摊，卖点小点心。茶摊是我父亲传下来的，我已经交给儿子了，几十年的买卖做下来，和周边的关系一直不错，再说，小本生意也得罪不了什么人。”老人道，“至于家里，我的脾气不好，和周围邻居偶有口角，不过我觉得他们也不会放火。”

“为什么？”吉冈多嘴问道。

重兵卫无奈地看了吉冈一眼：“没事的时候多动动脑子，来时没看到这里的房子都连在一起吗？火势万一大了，这一片都要出事。”

老人赞许地看着重兵卫：“不错，你比他聪明多了。”

老人在骂吉冈傻，看来刚才那一脚，老人已经讨厌吉冈了。

谣言四起

阿音也是一个闲不住的人，没多久，她就在家里待厌了。

阿音本就是自由自在、散漫惯了的人，她可学不了大家闺秀。整天都窝在家里，阿音才受不了。

重兵卫的府邸不小，不光只有重兵卫和阿音，还有下人，不过重兵卫不习惯被人伺候，所以家里就一个管家的婆子和跑腿的小厮。阿音和他们说了一声，就出门去找阿丰了。

棚子的生意正热闹，阿音和之前一样，等到饭点，才进到棚子里。

阿丰依旧坐在棚子里休息，不过这次她戴了一顶古怪的大帽子，看起来很好笑。

两人又聊到了一起。

阿音无意中提到了最近火灾频发的事情，阿丰的脸色立即就变了。阿音马上就抓住了这个细微之处，“怎么了？”阿音问道。

阿丰对阿音没有隐瞒的必要：“知道高女吗？”

《画图百鬼夜行中篇·阳》中记载了妖怪“高女”。在百鬼夜行中，排行十七。

——生前一直嫁不出去的丑女，怀有怨念死后化成高女，引发火灾。

阿丰苦笑道：“有人说从我们戏班来江户后，火灾才开始多起来，所以都说我是妖物，说我就是高女。”

“太过分了，你是活生生的人，怎么会是妖怪。”

“他们也只是随便说说。我们戏班还要感谢他们，最近棚子的客人也多了，看来我们还可以在江户多待一段时间。”

阿音仔细打量着她，发现她的帽子有些古怪，像是遮盖了什么东西。

“你的头怎么了，好像有伤？”

阿丰笑道：“没什么事情，就是小伤。”

“这是有人打的？”阿音就爱较真，再三追问了下去。

阿丰摇了摇头：“不是，他们把我当作妖怪，又怕我，不敢打我。前几天，我摔了一跤。”

阿音又感到奇怪：“怎么摔的？”

“你也知道我身体不太好，有时候站一会儿都会头晕，平衡感差。”阿丰道，“我的身体又和你们不同，你们只是碰破点皮，我可能就要骨折了。”

为了转移阿音的注意力，阿丰又提起了最后一个隔间的事。

“对啊，上次你刚要说，我就被叫走了。那天晚上，我想着这事都睡不着。”

“里面的东西也不好玩，其实就是戏班成立到现在收集的怪物。”

“还有比那些动物更加怪的？”

“动物都是假的，可里面的那些都是真的。”阿丰压低了声音，“而且都和人有关，比如长了七根手指的断手，三条腿的死人，还有脑袋连在一起的死婴……”

“咦，你们这样做，难道不怕惹事吗？”阿音打了个寒噤。

“不怕，每件东西都有文书，说明白了来历。”

另一边，重兵卫和吉冈继续走访人家。所幸，第二户人家就在两条街外。

刚走到门口，他们又听到了犬吠声。

“这地方怎么这么多狗？”吉冈怨气冲冲地说道。

养狗的人多，街上的野狗也多，一路上，他们也看到两条了。

“别再抱怨了，快叫门。”重兵卫说道。

吉冈上前叫门，不一会儿，一位姑娘来开门了，这位姑娘五官精致，美而不艳，肌肤吹弹可破，身若杨柳，一双眼睛大而润，仿佛里面有一汪清泉。

“咳咳。”重兵卫不得不轻咳几声，让吉冈回过神来。

“你家老爷在吗？”重兵卫表明了自己的来意。

“在，我领你们去见他。”那位姑娘说道。

等到他们进去，犬吠声就更加多了，空气中还有一股狗的味道。这家的主人茂七就坐在狗群里。

房间里有七八条狗，茂七让它们坐在身边，而他怀里还抱着一只小奶狗。

“你们有什么事情要问我吗？”茂七把小奶狗放到地上，一拍它的屁股，小奶狗就乖乖坐到一边了。

“我们想了解下火灾的情况。”重兵卫道。

茂七拍了三下手，屋内所有的狗都安静下来了。

他说道：“这事情都过去快两个月了吧，怎么又要问？”

“最近又有新情况，所以想再来问一下。”重兵卫道。

“请问，我知无不言。”茂七大方地说道。这时，那位姑娘也给他们上了茶。

“着火之前有没有奇怪的事情发生？”重兵卫问道。

“没有吧，着火之前，就是好多天没下过雨而已。”

“那你都损失了些什么东西？”

茂七说道：“都是些没有用的垃圾，不然也不会堆在外面了。”

重兵卫喝了一口茶，颇为严肃地问道：“那么你有什么仇人吗？”

听了这话，茂七哈哈大笑起来，他一笑，他身边的狗也跟着叫了起来，仿佛它们也在跟着主人一起大笑。

“大人，我是放贷的，你觉得我的仇人会少吗？不过我觉得应该不是他们放的火，他们要想杀我，至少该朝着我的卧室放火，烧掉垃圾又有什么用？”

茂七是这一带出名的放贷人，他的钱就是毒药，害死了不知道多少人。

重兵卫又问了一些问题，茂七老老实实做了回答。

“大人，你要问的问题都问完了吗？”茂七道。

“问完了，叨扰了，我们这就离开。”重兵卫道。

“阿势，送两位大人出去。”原来那个女孩叫阿势。

阿势只把他们送到门口，就回去了。

“没想到这个茂七老头居然会有阿势这么漂亮的女儿。”吉冈叹道。

“哈哈，你的眼神太差了，做父亲的怎么可能让自己如花似玉的女儿抛头露面。茂七是放贷的，他养一个美人也正常。别再怜香惜玉了，我们还得去下一家。”

光询问当事人还不够，他们还要询问邻居，所以这是一项浩大的工程。斜阳跌落到地平线下后，两人才回家。重兵卫和吉冈获得的消息杂而乱，需要筛选和整理。

阿音早就回去了，正等着他们用晚饭。

阿音将高女的传言告诉了重兵卫和吉冈。

重兵卫和吉冈在外怎么可能不知道这个流言呢。重兵卫只淡淡说了一句：“谣言止于智者。”

不过吉冈对此却很好奇：“这个说法，我也听过，原来就是那个棚子里的啊，当时我只逛到一半就被叫走了，不然我就可以见识一下高女了。”

阿音的脸色不好看了："阿丰才不是高女，其实她长得不丑，就是高大了些。"

"身材高大就是丑。"重兵卫叹道，"江户的街道和房屋都是薄暗建筑，日本人是阴柔的一族人，对于女性的要求，往往是娇小。据说我祖母是出了名的美人，身材矮小，还不满五尺。极端来说，她们好像都没有肉体。在晦暗的室内，只有白粉衬出的一张小小的脸，纸一样薄的乳房、平坦的胸部、比胸脯还瘦小的蜂腰般的腹部，无任何凹凸的笔直的背脊、腰及臀部的线条，全身没有一点厚度，这与其说是肉体，不如称其为飘忽的灵魂。"①

重兵卫下结论道："哪怕她的五官不丑，光是那巨大的个子就已经可以被称作妖怪了。"

阿音问道："阿丰不会是妖怪的，不过为什么高女会和火灾联系在一起？"

"对于高女，其实我也不是很清楚，毕竟她在百鬼夜行中的存在感极弱，而且相关传说也不多。有些人可能只是从字面意思上去理解，当然，我也是从字面意思理解的。因为高大的女子死后化成怨鬼，也可能是这个女子名字中有高，或者她在某个叫作高的地方，所以才会被叫作高女。然后她因为自身样貌的原因无法出嫁，对于女子来说，一生大致可以分成两个阶段，出嫁前和出嫁后。不能出嫁，不光会被周围的人看不起，她自己内心也会有极大的压力，过不了完整的人生，最后就会变得扭曲。"

"我才不要出嫁，我的人生分成遇到大人前和遇到大人后就好了。"阿音道。

重兵卫没有理会她："高女看着身边的女子一个个出嫁生子过

---

① 此段改写自谷崎润一郎《阴翳礼赞》。

着幸福的生活，你觉得她会如何？”

“会嫉妒？”

重兵卫蘸着茶水，写下了两个字“妒火”。他在“火”字上又画了一个圈，说道：“妒忌是以火焰的形式表现，所以高女这个妖怪会引发火灾。”

“哦！”阿音恍然大悟，“但是火灾和阿丰没什么关系。”

“这个说法不会空穴来风吧。”吉冈道。

“绝对和她无关，就像吉冈被叫走那一天一样，她绝大部分时间都待在棚子里，怎么有时间去放火。”阿音说道，“阿丰又那么显眼，怎么可能神不知鬼不觉地放火。”

“看来你和她的关系不错啊。”吉冈饶有趣味地说道。

重兵卫对阿音说道：“如果你有空，可以查查这件事，说不定有人故意散布谣言，准备对阿丰下手。”

让阿音去管阿丰的事，总比让她查纵火案来得好。

阿音点了点头。

过了几天，阿音再去找阿丰，把这些事情告诉了阿丰。

阿丰苦笑道：“你别看这个戏班小，龌龊事可不少，说不定，真的有人要害我。前不久，我喝茶时感觉茶水有问题，立刻就吐出来了，我还以为是茶水放坏了。现在想来，也许是有人下毒。”

“到底是谁，我替你把他揪出来。”阿音义愤填膺。

这时，戏班里的蛇女过来，和阿丰耳语了几句就走了。蛇女当然是假的，她表演时套着特殊的袋子，遮住双腿，伪装成蛇人，但她表演了这么多年的蛇女，也沾染了一些蛇的姿态，用双足走路时都扭着腰，有种说不出的别扭感。

“她找你有什么事？”阿音问道。

“她是来传班主的话的，班主说我风头正盛，让我准备几个节目，门票也就可以涨价了。”阿丰道。

阿丰口中的班主就是那个侏儒。

“你还会表演节目？”

“我当然会。”阿丰解释道，“我十岁的时候，饭量惊人，个子已经比普通的青壮男人高了。当时戏班经过那里，班主就用三石粮食向我爹娘买下了我。”

“你爹娘就这样同意了？”阿音问道。她最渴望家庭的温情，不敢想象有人会出卖自己的子女。

“嗯，他们也没有别的办法。”阿丰说道，“家里除了我，还有一个哥哥、两个弟弟、一个妹妹，他们养不活我，还不如卖了我，这样也算是给了我一条生路。那时，我还没像现在这样高，所以必须学些把戏，才不会被赶走，不过很多把戏我现在做不来了，只能做这个了。”

阿丰拿起面前的球，抛接起来。最开始是三个球在阿丰手中轮番过，在空中划出一圈圈的圆弧。这还只是个开始，后续还一个个地加球，一直加到了八个。

开始的时候，阿音还能看清阿丰的手法，等到了第六个的时候，阿音光是看着阿丰的手，眼睛都花了。

“没想到你还有这一手。”阿音叹道。

“你不知道的还多着呢。”阿丰像是想到了什么，神色有些落寞，“我有件事不知道该不该和你说。”

“告诉我吧，我嘴最紧了，不会告诉别人的，也能为你出主意。”

“如果说有人要害我，我觉得蛇女的嫌疑最大。”

“为什么？”

阿丰紧闭着嘴，像是在进行激烈的思想斗争，过了好一会儿，她才开口小声说道：“你不会讨厌我吧？”

“你快说吧，我不会的。”

阿丰终于下定了决心，说道：“其实，我和蛇女都是班主的女人。”

“啊！”阿音确实被吓到了，“你们一点也不配。”

侏儒班主买了阿丰，阿丰就是他的人了，哪有什么配不配的。

阿丰道：“我们都很可悲，我因为个子高而自卑，他因为矮小而自卑。也许，他就是因为我的个子，他做梦都想成为一个正常人。”

这也是侏儒心理变态的一种体现，他渴望巨大，希望下一代能摆脱自己身上的诅咒。

“之前，他和蛇女在一起，所以蛇女嫉恨我吧。”

“这种事情应该怪你们班主，是他变心了，和你有什么关系。”

阿丰苦笑道：“她巴结班主还来不及，怎么会怪他，所以只能怪我了。”

这不仅牵扯到感情，还涉及了利益。一个侏儒男人的吸引力并不大，但若他是戏班班主，这就难说了。

“以后你再察觉到不对劲，一定要告诉我。”阿音道。

阿丰不觉得阿音一个女孩子能帮上什么大忙，但也应下了。

随后，阿音也拿出了自己的琴，这是她们上次就说好的，阿丰得知阿音会弹琴后就想听听，所以这次，阿音带了琴过来。

阿音试弹了几下。伴着如泣如诉的琴音，阿音也开口唱了一小段：

侧闻辞世常堕泪，遥想孤身袖不干。
先凋后死皆朝露，执念深时枉费心。
为雨为云皆漠漠，不知何处是芳魂。
芳魂化作潇潇雨，漠漠长空也泪淋。
饱尝岁岁悲秋味，此日黄昏泪独多……

重兵卫带着吉冈继续走访。

“真的没有和人结怨吗？”

“没有，之前我确实有些无赖，跌了大跟头，借了高利贷，我才一步步摆脱绝境，前年又还清了欠款，我早就改过自新了，没有和人结怨。”

“你一小半房子都被烧没了，你确定没人和你结怨吗？会不会是你之前的仇人？”吉冈问道。

“没有吧，我都亲自登门致歉了。再者说，都过去这么久了，他们报仇也太晚了。”对方道，“我听说这是连环纵火案，如果是我的仇人，那他们恨的应该只有我而已，牵扯太多人，太不正常了！”

重兵卫点了点头。

两人告退。

吉冈有些气馁：“都第五户了，我们还是没有找出共同之处。”

“我也觉得我们的方向错了。”重兵卫摸着下巴说道，“也许这些人以前坐船出海过，然后船翻了，他们对某个人见死不救，那个人的亲人就来报仇了，这是他们心底的秘密，所以不会告诉我们。”

“头儿，我们查过了，这些人之前没有交集，更别说一起出海了。”

“我只是举例罢了，也可能是这些人都吃过某个摊子的丸子，而且都说不好吃。像这样不起眼的小事，所有人都没有放在心上。”

吉冈道：“头儿，照你这样说，我也有了新想法。犯人会不会是小贩或者大店的学徒，送货的时候到过这些人家，然后他就选择在这些人家纵火。”

总而言之，要验证这些猜测，他们需要做的事又多了。

“怎么回事，有股烟味？”重兵卫抬头远眺。

远处冒出了浓烟，也不知道是普通的火灾还是纵火案，重兵卫准备赶过去帮忙。

“你怕的话就不用过来了。”重兵卫对吉冈说道。他不是瞧不起吉冈，而是想保护他。

吉冈一咬牙：“我也去。”

救火队已经在火灾现场救火了，现场浓烟滚滚，风声和燃烧的噼啪声混在一起，热浪扑面而来，让人难以靠近。

“阿一呢？”重兵卫随手抓住一个人问道。

“不知道。”

火场太乱，重兵卫暂时找不到阿一。

“找不到人，我们先帮忙救火！”重兵卫挽起袖子，对吉冈说道。

重兵卫没受过专门的救火训练，不敢太靠近火源，只是帮着运水。吉冈嘴硬，但真正置身火场，他脚已经软了，这样的火灾就是他的梦魇。

他一下子瘫坐在地上。

“不要添乱，快滚。”一个救火队员跑过，见吉冈瘫在那儿，嫌恶地说。

吉冈听了这话，心中燃起怒火，挣扎了半天总算是站了起来。这时，他看到围观的妇孺中，有个老婆子想往里面冲，周围的人都死死拉住她。

吉冈走过去问她有什么事。

老婆子哭着说，她的一个小孙女还在里面，她哀求吉冈救救她的小孙女。吉冈问了一声她孙女在哪儿，老婆子指着一个刚被大火波及的地方。

吉冈返回火场，扯着嗓子找人帮忙。但大多数人都忙着救火，而且这边情势不算危险，人不多，再加上火场嘈杂，没人听见吉冈的声音。

可孩子在里面多待一刻，危险就多一分。

“死就死吧！”

吉冈找了条被单，打湿后披在身上，怪叫一声，冲了进去。

吉冈是闭着眼睛进去的，他隐约听到有小孩子的哭声，灼人的热浪从四面八方袭来。吉冈能感受到被单上的水分被一点点地蒸干。

终于，他默念一声佛号，睁开了眼睛，顺着哭声，踢开了门。屋子里有一个孩子缩在角落，面色苍白，正在呜呜哭泣。

吉冈也不多说，拦腰抱起那个孩子就往外面冲。火舌乱舞，饶是吉冈小心翼翼也被火舌舔到了好几次，他能走的路越来越少。吉冈只能抱紧怀里的孩子，硬着头皮往外冲。

等他冲出火场时，他感到周身上下都火辣辣地疼，仿佛自己的皮都被剥得一干二净。他松开孩子，自己倒了下去，身上升腾起了火焰。

吉冈的衣服被烧着了。

“快点把他身上的火扑灭！”一群人围在吉冈身边，手忙脚乱地帮他灭火。

火灭了，吉冈也不会动了。

重兵卫闻讯赶来：“吉冈又怎么了？”

“这位大人冒死冲入火场救出了一个孩子。”

“是啊，出来时，他全身都是火！”

“我们会永远记着这位大人的。”

街坊们就差说万古长青、永垂不朽了。重兵卫忙从地上扶起黑炭似的吉冈，探了探他的鼻息。

“都让开！”重兵卫怒道，“他没死，力竭受惊晕过去了而已，都让开，让他多吸几口新鲜空气！”

夜行人影

夜色茫茫，风声猎猎。

天上缀着七八颗星，一轮皎白的残月挂在天边，路上洒着淡淡的月华。一个影子踩着夜路到达一座小寺庙的门口。

咚咚咚。

影子敲响了寺门。

没有人来开门。

咚咚咚。

影子又敲了一遍。直到第三次，寺门才打开。影子没有任何不满，因为这是觉空大师事先就告诉过他的，也是因为觉空大师如此小心谨慎，所以影子才敢来找他。

开门的是觉空大师的弟子珑姬。珑姬长得极美，无论男女都乐意多看他两眼。不过，能跟在觉空大师身边的绝不是寻常人物，影子也不敢多看珑姬，乖乖跟在他身后。

“师父，客人来了。”

房里的木鱼声停了。

“请他进来吧。”觉空和尚的声音庄严肃穆。

影子诚惶诚恐地进去了，珑姬安静地守在门口。

过了一个时辰，影子心满意足地离开了觉空和尚的房间。

珑姬送走影子，又折回来。

“师父，我们真的能养出‘高女’吗？”珑姬问道。

“珑姬，你以为‘高女’还没出现吗？我们的计划已经成功了一半。”觉空和尚说道。

“可他也太傻了，三番五次都没有得手。”

“傻不要紧，重要的是，他已经是‘高女’了。”觉空和尚道，“对了，为师从他口中得知了一件事，那个戏班的侏儒班主不是天生的，是有人故意将他制成那副模样。”

珑姬眼中流露出了凶狠的神色。

“放心，有机会，为师会让你出去走一遭。”

“多谢师父。”

“不用谢，为师也只是想在有生之年多看看人生百态，多见识些妖物。”

意外之得

“疼疼疼……”吉冈惨呼道，“头儿，你轻一点。”

吉冈救出了孩子，但身上也添了不少烧伤，此时正在涂药膏。

重兵卫帮吉冈涂好背后，就把药膏丢给他：“觉得疼就自己涂吧。”反正难涂到的地方，重兵卫都已经涂好了。

吉冈拿起药，自己涂了起来。现在回想起火场一幕，吉冈还是会出一身冷汗，凭着一时之勇，加上一个孩子的生命，他才敢冲进去。

“吉冈，你这次做得不错，该给你记一大功。”重兵卫道。

“这是应该的。”吉冈还以为指的是他救出孩子的事。

重兵卫一拍脑袋：“我忘记告诉你了。”

“什么事？”吉冈晕倒后就被送离火场了。后来，重兵卫又去忙其他事，吉冈确实什么都不知道。

“阿一已经和我谈过了，他说今天的这场火也是纵火。而你救下的那个孩子看到了一些东西，当时她在起火处玩，说是看到了火苗。火苗的状态很奇怪，它在一团东西上，又紧贴地面。”

捕吏们都在调查纵火案，犯人还敢再度犯案，可见他的猖狂。

“这是什么意思？”吉冈觉得自己没听懂。

“一个四岁的孩子，又受了惊吓，能说出这些已经很不容易了。”重兵卫遗憾地说道，“只可惜，那个孩子看到火苗没意识到那是什么，又跑开去玩了；不然我们就能避免这场火灾，把损失降到更低，还能获得更多的线索。”大火过后，就算现场留下了线索，也被烧得干干净净了。

“唉，知道这个又有什么用，充其量只不过知道纵火犯用了一些引燃物。”吉冈认为那一团东西应该是犯人用的引燃物。

“我觉得应该还有别的解释。”

“阿音呢？”

“她还在掺和她那个朋友的事，说是去找谣言的源头了。吉冈，你先休息两天，走访的事情，我找其他人陪我一起去吧。”

“我可以的。”

“好好休息两天。”重兵卫执意不让吉冈出门。

昨天想到了新的思路，所以重兵卫打算重新拜访之前的人家。

还未走到茂七家门口，重兵卫就听到了打骂声。顺着墙头望进院子里，重兵卫看到茂七正在打骂阿势，婴儿胳膊粗细的藤条劈头盖脸地打到阿势身上。

阿势躲也不躲，任由茂七打。

从茂七的骂声中，重兵卫知道了阿势被打的原因。原来有条小奶狗病了，茂七认为是阿势照顾不周才会出现这种情况，所以大发雷霆。

茂七也是个怪人，对狗比对人还好。

重兵卫不想蹚这趟浑水，转身去了另一家。

“没想到火灾还有这种内情。”被询问者道。他沉思了一会儿，开口道：“那些鸡毛蒜皮的小事，我实在是记不住了。”

“没关系，能记起多少就说多少。”重兵卫说道。

“不过我绝对没有和人一起谋害过什么人，你要相信我。”

重兵卫点了点头。

对方把诸多琐事都告诉了重兵卫，其中有一条引起了重兵卫的注意：他向茂七借过钱。这样的话，两个人算是连在一起了。

出来后，重兵卫转头便对属下说道：“我记得之前也有一个人说自己借过高利贷，你去确认一下，他的高利贷是不是也是向茂七借的。”

没过多久，属下就回来了：“确实是向茂七借的。”

重兵卫调查发现，近一半的起火人家都向茂七借过钱，但是他们早就还清欠款了，所以就没把这件事告诉重兵卫。

落魄到去借高利贷，说出去也是件挺没面子的事。

“都还钱了，茂七没什么理由纵火。我看是其他还不上钱的人嫉恨这些还上了钱的。茂七也受了难，所以那些穷鬼更有可能纵火。”属下道。

“你说的很有道理，但无论如何这个茂七都很可疑，我们要多加注意。”茂七本来就是一个怪人，他的想法异于常人也是可能的。

重兵卫回到家时，阿音也回来了。阿音累了一天，但脸上有着笑意，看来找到了一些线索。

“发现什么了？”重兵卫随口问道。

“就是戏班的事，我问了一整天，嗓子都快哑了，总算找到了谣言的源头。”

“这事并不复杂，就是有人争风吃醋，然后利用火灾的事情抹黑人而已。”

“嗯，其中一个就是同戏班的蛇女，她一直就不喜欢阿丰。”阿音顿了一下，“另一个，我就觉得奇怪。”

“是谁啊，怎么会让你感觉奇怪？”重兵卫随口问道。

“是和戏班没什么关系的一个人，好像是个放贷的。”

重兵卫感到自己的心脏剧烈地跳动了一下，他抓住阿音的肩膀问道：“那个放贷的是不是叫作茂七？”

阿音吓了一跳，回过神后，她说道：“好像是叫这个名字。”

“哈哈哈哈哈——”重兵卫情不自禁地笑了起来，真是踏破铁鞋无觅处，得来全不费工夫，阿音阴差阳错地就找到了这么重要的线索。

“头儿，发生什么事情了，你怎么笑得这么高兴？”吉冈循着笑声赶过来。

由于烧伤，重兵卫留吉冈在自己家休息。

三人再度聚在一起讨论案子。

阿音率先说道：“那个茂七应该就是纵火犯了。蛇女散播谣言是因为她讨厌阿丰。茂七都不认识阿丰，他散播谣言只可能是为了影响调查。”

“但是他家也着火了。”吉冈道。

“这有两个可能。”重兵卫分析道，“第一，犯人是欠钱者，他仇恨债主和还得上钱的，所以放了火；第二，犯人就是茂七，他烧了自己的家，让我们把他当成被害人，以减少对他的怀疑。”之前，重兵卫还倾向于前者，现在则倾向于后者了。

“那我们要不要抓了茂七，好好审问？”吉冈道。

重兵卫摇了摇头：“无凭无据，光靠猜测，就算抓了他，他死不承认，我们也没有办法。我的想法是先派人监视他。这个纵火犯太猖狂了，最近这几天还在犯案。如果茂七真的是纵火犯，他总会露出马脚。届时我们可以抓他一个现行，这样他就不能抵赖了。”

“这个主意不错，头儿，让我陪你一起去吧。”

“好好养伤。”

阿音说道：“大人，那我陪你一起去吧。”

“你还是去戏班那儿忙活吧。”重兵卫冷冷地说。

犬吠连连

汪汪汪汪汪汪……

“是六郎在叫吧？”茂七问道。

茂七家一共有十条狗，分别叫作大郎、二郎、三郎、四郎……十郎。茂七光凭叫声就能分辨出是哪条狗，可见他对狗的用心。

“是六郎在叫。”阿势回答道。昨天，阿势被茂七痛打了一顿，现在她带伤继续伺候茂七。

“不是生病了吧？”

“没有生病。”

茂七不放心，唤了一声六郎。六郎就摇着尾巴，跑到了茂七跟前。茂七逗着六郎，把它逗高兴了，才让它回到院子里玩。

狗比人可靠，人会背叛他，而狗永远不会。茂七放贷这么多年，和他打过交道的人越多，他就越喜欢狗。

六郎一离开，茂七的脸色立马变了。六郎比其他狗敏锐，它发现了不对劲，而其他狗没有发现，说明敌人应该是在暗处。茂七不难想到是重兵卫他们在暗中监视他。

“监视吧，反正你们什么也发现不了。”茂七对着屋外冷笑道。

重兵卫带着属下就在不远处，注视着茂七的一举一动。

“怎么还没动静？”

重兵卫道：“才半天而已，若茂七这么容易露出马脚，我们也不必来这里监视他了。”

两人寸步不离，吃饭、如厕都是轮换着去的。

日头渐渐斜了，一天过去，什么也没有发现。

第二天，晴，天气有些闷热，给人一种滞胀感，在阳光下待一会儿，头脑就混沌起来。

茂七给狗添了水，回到屋内，对阿势说道：“天气这么热，他们也怪不容易的。昨天不是有人送了点心过来吗，你泡壶茶，把点心和茶都送给他们。”

“他们在哪儿？”阿势问道。

茂七指着不远处的一间屋子说道：“就在那里，他们可能会假装不在，你要多敲几次门啊。”

阿势听从了茂七的吩咐，把慰问品送到了重兵卫那里。

重兵卫的属下见到这个，眼睛都快瞪出来了。待阿势走后，他想砸了茶壶和点心：“真是太狂了！岂有此理！”

重兵卫在阿势敲门的那一刻，脸色微微一变，但现在已经恢复正常了。他伸了个懒腰，淡淡说道：“也没什么不好的，监视对象慰问捕吏，这样的事情，我也是第一次遇到。”他打开点心盒子，为自己倒了一杯茶，“这点心挺甜的，味道不错，你也来尝几个吧。”

“茂七已经知道我们在监视他了，我们还有必要继续吗？”

“继续，不能半途而废，我们再监视他两天，看看情况。”

“不如这样吧，茂七送东西来就是想告诉我们，他已经察觉我们的存在了。”属下建议道，“我们就从这里撤离，然后换个地方继续监视。茂七以为我们已经走了，说不定大意之下就会露出马脚。”

“可以！”重兵卫大喜，“这个建议不错，我们就这样办！”

重兵卫他们虽然转移了地方，但茂七依靠狗的敏锐，仍然找到了他们的所在。对此，茂七也只是笑了笑，不再理会。

重兵卫一直没有回家，一连两天都守在茂七家外。

后半夜是人的精神头最差的时刻，重兵卫靠着一杯接着一杯的酽茶提神。就在这个时候，一个熟人到了。

“头儿，不好了。”吉冈赶来。

“慌慌张张的，又有什么事情？”

“着火了，西面着火了。”

“火势如何？”

“据报信的说，火势不大，刚起火没多久就被发现了。”

“那就好。”重兵卫仿佛想起了什么，沉下脸，披上衣服，“走，去茂七家看看。”

等他们闯入时，茂七还在床上安睡。

茂七醒来，揉了揉眼睛，有些不满地说道：“诸位大人深夜到访有什么事情吗？”

“你一直都在这里？”重兵卫问道。

茂七狡黠地一笑，说道：“这一点诸位大人应该很清楚。”

重兵卫拂袖而去。

他们监视茂七是为了抓住茂七的马脚，谁知道，最后成了茂七无罪的人证。

“头儿，我都能从家赶过来，茂七也可能是在火场放火后，再回来的。”吉冈道。

重兵卫无奈地摇了摇头，吉冈这是跑半途，从重兵卫家到这里而已，但茂七要放火的话，就要从这里跑到火场，再从火场跑回自己家，时间或许来得及，但体力就难说。

更何况，重兵卫一直监视着茂七家，如果连茂七一出一进都不知道，那他可以剖腹了。

吉冈也想到了这一点，他又提出另外一个猜测：“也许茂七有同伙。他是放贷的，平时有那么多可怜人进出他的院子。他只需要对其中一个这样说——某某，你只要去某某地方放把小火，我们之间的账就一笔勾销。”

“有这个可能。”重兵卫打了个哈欠，“进出茂七家的人，我都有记录，都去调查一下吧。现在，我想要回去休息一下。”

再监视茂七也没什么意义了，重兵卫准备回家休息。他这一睡就睡到了第二天下午。

“走了，该去调查了。”

“头儿，我们已经查完了，这几天共十八人和茂七打过交道，其中四人有纵火嫌疑，我们都仔细询问过了。”

“怎么这么快？”

“这事这么重要，我不敢磨蹭。”

“你把所有的人手都调去做这事了？”

吉冈点了点头。重兵卫抚着额头：“罢了，你先说说调查结果吧。”

“没有发现，他们都是无辜的。”

重兵卫长叹一声：“这个茂七比我想象的要狡猾啊。”

吉冈问道：“会不会犯人不是茂七？”如果犯人不是茂七，茂七自然就有胆子对抗他们。

重兵卫不是没有想过这个可能性，但理智和直觉都告诉他，茂七极有可能就是纵火犯。

“我在想他是不是之前就找好同伙了。等到我们监视他的时候，他就让自己的同伙出马。”重兵卫道，“这个人心思很深，他找的同伙一定也不简单。”

“阿音，阿音，你过来下。”吉冈扯着嗓子喊道。

“有什么事吗？”阿音急急忙忙地跑来。

“戏班里那个蛇女有没有异动？”吉冈问道。

最近阿音把注意力都放在了“高女”上：“有异动，我发现那个蛇女经常鬼鬼祟祟地出去，我跟踪了两次都跟丢了，不过她应该和茂七无关，起火点在西边，她去的好像都是东边。”

蛇女和茂七都散播过“高女”的谣言，吉冈怀疑这不是偶然，两人可能在背地里达成了什么交易。但阿音这么说，他的猜想又被推翻了。

“吉冈，你还记得年初的那个案子吗？”重兵卫突然问道。

“头儿，你是说座敷童子和一寸法师吗？”

“没错，我记得犯人是利用猫来盗窃的。”重兵卫道。

阿音没听过这个案子：“什么座敷童子？快告诉我。”

重兵卫和吉冈把案子的大致经过告诉了她，说到南芥惨死、白鹤自尽，两人还唏嘘不已。

阿音听完后，一转眼珠子：“大人，你的意思是说，茂七也利用了动物？但是放火和其他事情不同，偷东西的话，只需要让动物打开箱子叼走宝物即可，但生性怕火的动物能放火吗？”

“是啊，头儿，如果说猴子能放火，我还相信。狗连手都没有，怎么放火？”吉冈道。

“茂七家有这么多狗，我也是突然想到的。”重兵卫自顾自地摇头，“确实不太严谨。”

突然，阿音举起了手。

“你想说什么就直接说。”

“我想提一个要求。”阿音说道。

“什么要求？”

“给我一两个人手吧。”

没等重兵卫开口，吉冈就说道："荒唐，为了破获连环纵火案，人手本来就不足。怎么可能浪费在戏班。"

吉冈认为戏班的事不过是两个女人争风吃醋而已。

重兵卫也点了点头："我们确实没有多余的人手。"他说的也是实话。

见此，阿音也不再强求了。

茂七

"哈哈哈，二郎，我的乖儿子哟。"茂七揉着二郎的狗头，欢乐地笑着。群狗围坐在他周围，奋力摇着尾巴。

茂七看了看窗外。

茂七知道监视自己的人都已经撤走了。

"那些蠢货，就算知道犯人是我，就算知道我是利用狗来纵火的，可他们不知道我的手法，又有什么用？"

他有这个自信，这个纵火手法全江户只有他一个人能想到、能做到。

高女之死

天气越来越闷热，街上的行人也越来越少。

棚子也改成只在傍晚时分天气稍凉的时候才开门。

蛇女有了空闲，又在外面转悠。阿音悄悄跟着她。街上，人不多，这给跟踪增加了不少难度。阿音不敢跟得太紧，所幸她有前两次的经验，不至于跟丢蛇女。

蛇女走路有特点，她喜欢像蛇一样摆动腰肢。只要看准这一点，阿音就不会跟丢。

蛇女挑着小路，连着拐了好几个弯，到了一个偏僻的地方。

上次，阿音就是在这里跟丢蛇女的。蛇女停了下来，四处张望。确认没人后，她突然加速，开始跑动。

阿音也只能跟着她跑了起来，半刻钟之后，蛇女到了自己的目的地。

“觉空大师，您、您怎么亲自来了？”蛇女吃惊地问道。

“贫僧不是为施主而来，”觉空和尚说道，“而是为施主你身后的尾巴。”

看到觉空和尚的一刹那，阿音就察觉到事情不对。她想赶快回去，通知重兵卫。但是觉空和尚已经发现她了，阿音一惊，转身欲跑，可她刚转过小半个身子，脑袋就挨了一下，倒了下去。

“这是那个‘高女’的朋友，好像叫阿音。”蛇女说道，“我不是故意带她过来的。”

珑姬冷冷道：“放心吧，师父没有怪罪你。”

蛇女恭敬地对觉空和尚说：“大师，要不要我替您把她给——”她做了个抹脖子的手势。

觉空和尚双手合十：“阿弥陀佛，出家人慈悲为怀。施主只要做自己想做的就可以了，这个小姑娘，贫僧自己会处理。珑姬把东西给蛇女施主。”

珑姬拿出了一小包药：“这就是无色无味的剧毒。”

蛇女连连鞠躬：“谢谢大师。”

“去吧。”觉空和尚道。

蛇女欢喜地离开了。

珑姬踢了踢昏迷的阿音："师父，我们怎么处置她？"

"拖进院子，捆起来吧，别捆太紧，要挣扎一个时辰能够挣开的那种。"

"不杀了她吗？"

"珑姬，你的煞气太重了！她还只是个孩子，我们应该放过她。"觉空和尚淡然道，"即使我们暴露了也只是损失一座破寺庙，一条人命比数百间禅寺都要宝贵。"

珑姬低头："师父教训的是。"

"你还有什么事吗？"

"师父，那个蛇女就是一个蠢货，她连毒都不会用。"珑姬道，"之前的猛毒，她居然直接下在茶水里，如果下在药里，对方不就尝不出怪味了吗？我觉得就算又给了她无色无味的毒药，她也不能成事。"

"这又有什么关系？"觉空和尚笑了笑，"你知道火灾为什么会这么可怕吗？因为风势。火借风势能席卷天地。我们是火，但也需要蛰伏，积攒实力。这次我们不过是借了连环火灾的小势，能有这样的结果已经很不错了。"

"我们不是还能制造犬神吗？"

"茂七算什么犬神，犬神是执念。别以为他养着这么多狗，就和犬神扯上关系。他纵火和执念没有太大关系。"觉空和尚解释道，"茂七纵火是因为他扭曲的控制欲，你从他喜欢狗而不是猫就能看出来。那些还清了欠款的人脱离了茂七的控制，茂七想烧毁他们的财物，让那些人再次向自己借钱，这样他就能再度控制他们。再说，茂七觉得他们能还清一次钱，那也能还清第二次，这样也能为自己带来更多的利益。而那些狗对茂七这个主人，则是爱。你看，在这样的情况下，犬神会出现吗？"

珑姬摇了摇头。

“就这样吧，有妒火中烧的‘高女’，贫僧已经很满足了。”

中午，雨终于下了，连日的气闷也一扫而空，连带着让人心情大好。

“有这场雨，连环纵火犯的气焰也该被打压下去了吧。都湿透了，我看他还怎么放火。”

这场雨来得急去得快，只下了半个时辰，但下的时候，乌云蔽日，风如怒吼，雨点又大又重，不知掀翻了多少屋顶，冲垮了多少房子。

“吉冈，你高兴得太早了。”重兵卫说道，“这雨势，到了明天就都干了，不能指望靠一场雨挡住罪犯。”

两人聊着天，突然有人赶到了他们面前。

“头儿，着火了，有人看到雨里着火了！”他说道，“我们挖出了一样东西，可能和案子有关。”

一听和案子有关，重兵卫和吉冈踩着水洼立刻赶了过去。

他们在一堆旧物下挖出了一个布包。

“先说说当时的情况。”

发现雨里着火的是一位妇人。

妇人战战兢兢地说道：“当时天色突然暗了，雨落下来了，我跑到院子里收衣服。就在这个时候，我看到门外杂物堆下冒出了白烟和火苗，但是很快就被雨水打灭了。我记得最近有高女作祟，所以立刻把这件事告诉了其他人。”

“捕吏得知这件事后就来这里查看，结果发现了这个布包。”

重兵卫道：“把包拿来给我看看。”

布包不是很大，就普通的点心盒子大小，上方有烧焦的痕迹。里面大部分是稻草、棉絮一类的易燃物，还有一些白色的粉末。

重兵卫拈了一点在指尖仔细地磨搓，又放到眼前看了看，他道："我弄明白犯人放火的手法了，这是熟石灰。但在雨前，这里面是生石灰。"

吉冈恍然大悟："生石灰遇到水会生热，接着会点燃布包里的易燃物，这就是多场火灾的源头。"

居然用水来点火，这犯人也真是聪明！

重兵卫懊悔地说道："之前听过那孩子的话，我就该想到纵火犯把起火的机关藏在地下，用浮土盖着。"他下令道："你们立刻召集人手和救火队合作，去其他杂物堆下面看看有没有类似的装置。"

吉冈和另一个属下得令，立刻去办了。

重兵卫则陷入了思考，他虽然搞明白了起火方式，但对于如何控制纵火，还是一头雾水。

要想触发装置，必须要有适量的水，露水的水量太少，和生石灰反应后不能产生足够的热。而雨水的量又太多，好不容易燃起来的火苗又会被浇熄，就像这次一样。

不解决这个问题，案子依旧破不了。

大多数的人缺乏将已知事物联系起来的能力，所谓的真相绝不会一整块一整块地呈现出来，现实就像一片海，浩渺无垠，蕴藏无穷秘密，里面的信息全都是碎片化的，查案到最后就是将碎片拼凑成真相。

重兵卫闭上眼睛，回忆从开始到现在的点点滴滴。

"头儿、头儿——"吉冈摇了摇重兵卫，"头儿，你怎么在这里睡着了？"

天已经黑了，只余下一点点夕阳和彩霞还挂在天边。

重兵卫摆了摆手："什么叫睡着了，我只是低头沉思。怎么样，你们找到什么了吗？”

“头儿，我们和救火队找到了四个类似的布包，它们都被雨水浇过，有烧灼的痕迹。”

吉冈把东西递给重兵卫。重兵卫又仔细查看了几遍，这几个布包都有一股怪味。

“我已经有大致的想法了，但是还不能肯定。”重兵卫说道，“我要去找人核实一下，你们先带人包围茂七家。茂七八成就是这一系列纵火案的犯人！”

吉冈见重兵卫这么有把握，心中大喜，这个大案终于要破了。

阿音从昏迷中醒来，她头疼欲裂，仿佛脑浆被人用铁棍搅过一般。

“该死的妖僧也不知道怜香惜玉！”阿音见没人看守就大骂了一声。

阿音发现自己被绳子捆住了。

她挣扎了一会儿才直起身子。这是一间破旧的禅房，除了一个破蒲团和一盏灯外，什么都没有。

阿音爬到灯边，她叼住灯狠狠砸向墙，这样连续几次后，阿音终于得到了一块合适的碎片。她把碎片拿在手里，开始切割绳索。

费了一番工夫后，阿音逃出生天。她能这么快出来，也归功于没人看守。

阿音一路狂奔回到棚子。在她昏迷时，下了一场暴雨，街道一片狼藉，棚子也被冲垮了。阿音找到了戏班的暂居地，可是气氛有些奇怪。

一问之下，阿音才知道阿丰死了。

据说，大雨之中，阿丰仓皇避雨，一不小心落入井中。阿丰的尸体才刚被打捞上来。

“让开，”阿音挤入人群，“让我看看尸体。”

在场的人大都知道阿音和阿丰的关系，所以没有阻拦阿音。阿音看到阿丰直挺挺地躺在井边，浑身湿透，衣服上沾满污泥，手上和脸上有不少擦伤。阿音蹲到阿丰身边，仔细检查了一遍，连口腔都没有放过。

“阿丰她不是坠井溺死的。”阿音说道，“你们应该把蛇女抓起来，然后报官。”

“为什么这么说？”

“首先阿丰在坠井之前就死了，而且是死于剧毒。凶手毒死阿丰后，怕引起大家的怀疑，于是就趁大雨，把尸体丢入井里，伪装成失足坠井。阿丰喉咙处有红肿，应该是受到了毒物的刺激，而且她肺里也没有积水。”阿音又举起了阿丰的手，“如果坠井时阿丰还活着，那她一定会剧烈挣扎，四肢乱舞。指尖、指腹都会留下伤痕，甚至指甲也会剥落。我在阿丰手上没有发现类似的伤痕。她身上的伤痕应该都是坠落过程中尸体碰擦井壁形成的擦伤，手掌的边缘和脸上比较多。”

阿音继续说道：“在这个戏班中，蛇女一直对阿丰抱有敌意，她已经不止一次向阿丰出手了！”

蛇女确实愚蠢，阿丰身体不好，她可以趁阿丰生病，在她最虚弱的时刻，在药里下毒，这样疑点就会少很多。而不是像现在这样，一个稍有见识的小女孩都能看破她的诡计。

“诸位大人，有什么事吗？”茂七笑着说道。

“你应该清楚。”吉冈冷冰冰地说道。

“小人一直安分守法，不明白自己会有什么事。”

吉冈看着自己眼前的这张脸，怒火中烧。茂七要是安分守法，那天下就没有恶棍了。但重兵卫还没有赶来，吉冈没有证据不能向茂七动手。

等了好长一段时间，重兵卫终于来了。

茂七在屋内逗狗，仿佛毫不在意。

“茂七，你认罪吧。”重兵卫对他说道。

“我有什么罪？”茂七再次反问道。

真是不见棺材不掉泪。

重兵卫把一个布包丢到了茂七跟前。

“这是什么？”茂七装作不知道。

“这就是纵火犯放火的机关。”重兵卫说道，“只要在上面浇一定剂量的水就会起火。”

“然后呢？”茂七抬了抬眼，说道，“我没看出有什么特别的地方，浇水起火和用火种起火，都需要人的操作。你们应该最清楚这几天我没有离开这里，又怎么去各地浇水？”

“茂七，你不要太猖狂。你确实很会养狗，也很懂狗，但这里是江户，人才汇聚的地方，有人比你更懂狗。”

将军要举行狩猎活动，猎犬和猎鹰是必需的，所以幕府中有专门负责驯狗和驯鹰的人。这种职务可能是世代相传的，因此，他们的专业知识只会比茂七更精通。

“你利用了狗的领地感。”重兵卫一字一顿地说。

茂七的脸色终于变了。

“狗和很多动物一样，都有领地感，它们为了保护自己，免受外来侵犯，不得不做出记号以规定自己的势力范围。它们通常是以自己为中心，先利用肛门腺的分泌物使粪便沾上一种特殊的气味，然后用粪便、尿液或是趾间汗腺分泌的汗液，再加上用后肢在地上抓划从而在地上做记号，标出自己的地界，并且还会经常更新。”

重兵卫道："外来狗如果不小心闯进了本地狗的领地，它的行动就会非常谨慎，尽量避免和领主冲突。狗通常会在固定的路线上活动。而且，公犬在外出时，总是往固定的一些树干上或是角落里撒尿做记号。"

说到撒尿，在场的人就明白了，茂七很有可能就是利用狗尿来点火的。

"一只狗的气味可以使另一只狗知道它的领地、性别、年龄和健康等状况。比较胆小的狗或是幼犬之所以不敢在外面小便，就是因为怕侵犯到大狗的领地范围。比如，一只小犬经过大型犬留下痕迹的领地时，会尽量抬高它的后肢撒尿来盖住大犬留下的痕迹；而大犬在路经小犬留下的痕迹时，会尽量以更低的姿势排尿，以覆盖住小犬留下的痕迹。依靠这样的方法，狗相互抢占地盘，宣示自己的主权。"

"你在布包上洒了些狗尿，那块区域的狗巡视到那里时，它发现外来者的气息，觉得自己的权威受到了挑战，它会用自己的尿液抹去外来者的气息。茂七，你养了这么多狗，收集狗尿、狗粪轻而易举。"重兵卫道，"一旦起火，狗必定会被吓跑，而且用不了多久布包也会烧成灰烬。要不是这场大雨，我们也找不到这些证据。之前我们走访第一户人家时，据说他家的狗后腿被烧掉不少毛。我想应该是你在附近做实验吧，狗撒尿是要抬起一只后腿的，你把生石灰和易燃物放得太多，一开始的火苗太大，燎到了狗的后腿。一般来说，普通的火很难烧到那个部位。后来为了避免意外，你又在自己家实验了一次，成功后，你才开始在各地放置机关。"

"你有什么证据？"茂七道，"照你这样说，所有养狗的人家都可疑才对。"

"布包上有怪味，那是狗的分泌物。专业人士告诉我有办法分辨是哪些狗的分泌物。在你家狗从未去过的地方，却有它们的分泌物，你说这是不是证据？”

茂七站起身子，狠狠拍了四下手：“都给我上，咬死他们。”

话音刚落，茂七家的狗一拥而上，包围了重兵卫、吉冈等人。

汪汪汪汪汪汪！

狗是群体性动物，拥有与生俱来的团体意识和保护主人或家族的本能。

它们会不折不扣地执行主人的命令。

茂七趁机溜了出去。

重兵卫欲追，可惜被十条恶犬挡住了去路。

“别杀它们，这些都是证物。”

一时之间，众人面对犬牙无计可施，只能靠拳脚、木棍击打冲上来的恶犬。大家身上都挂了彩，尤其是吉冈，他伤上加伤，痛得直吸气。

大部分狗也被他们打伤、打晕，从而失去了战斗力。

不过这么长时间，足够茂七跑远了。

“你们不用去追了。”阿势拦住欲出门的重兵卫。

她明媚得像一轮皓月，之前重兵卫仅仅觉得她漂亮而已，而现在她仿佛活了过来，变得更有光彩。

“为什么？”

“因为他就在这里。”阿势挪开了身子，茂七躺在她身后，头上全是血，生死不知。显然，阿势偷袭打晕了茂七。

阿势的家人欠了茂七很多钱，阿势为了还债只能忍受折磨，伺候茂七。现在，茂七案发被捕，她自由了。

江户的连环纵火案到了这里，总算结束了。

重兵卫和吉冈处理完一些琐事，回到家中，已经是子时了。

他们看到阿音坐在门前哭。阿音见他们回来了，边哭边说："觉空妖僧又出现了，阿丰死了，蛇女也死了，如果当初你肯给我一些人手，那这些人就都不会死了。"

重兵卫一惊，忙问觉空妖僧是怎么回事。想起道成寺钟的事，重兵卫仍旧心有余悸。

阿音并不理会他，两只手握成拳头，一下一下地捶打在重兵卫身上。重兵卫明白阿音正在气头上，需要发泄。

阿音打累了，才把事情告诉重兵卫。

——阿丰死了，是被蛇女下毒毒死的。

——蛇女畏罪自杀，她用剩下的毒药结束了自己的性命。

——觉空妖僧住在破庙，他诱惑了蛇女，同时给了蛇女毒药。事后，阿音曾带人回到破庙，但觉空妖僧早就走了。

"是我的错，我应该重视你的想法。"重兵卫认错。

觉空妖僧绝对是大患，他利用火灾间隙制造了这桩惨案。阿音说的没错，如果他肯多注意戏班那里的情况，惨剧就有可能避免。

"觉空这个人，我看不透，但是必须要除。"重兵卫道，"下一次，下一次我们一定能抓住他。"

作为补偿，重兵卫允许阿音介入相关的案子。

一桩案子了结了，另一桩案子又开始了，重兵卫来不及高兴，眉头又锁住了。

戏班要离开江户了，这种戏班就是不断移动的，等一地的居民看厌了他们，他们就启程换个地方。等游遍全国，已经三四年过去了，再回故地，又能激发人们新的兴趣。

阿音一直想祭拜阿丰，但她没找到阿丰的墓。戏班的人不肯告诉她。

阿音觉得戏班大概是在怪自己，好像一切纷争都是自己带去的。她是戏班的灾星。

戏班离开的那天，阿音站在街边送他们。

戏班的零碎很多，足足装了三大车。阿音在戏班玩了这么久，早就摸清了戏班的底牌。她光看箱子就清楚里面装了什么。

只有一个箱子，长约九尺，阿音皱着眉头，她想不透里面会是什么东西。直到她想起阿丰的话——最后一个隔间收纳了畸形人的尸体。

她忽然明白那个大箱子里面装的是什么了。

那里面是阿丰的尸骸！展出时箱子上会写明“女巨人的裸尸”，香艳而惊悚，绝对吸引眼球。

“哇！”阿音弯腰吐了一地。

注：巨人症，系腺垂体分泌生长激素过多所致。青少年因骨骺未闭形成巨人症；青春期后骨骺已融合则形成肢端肥大症；少数青春期起病至成年后继续发展形成巨人症。本病早期，体格、内脏普遍性肥大，垂体前叶功能亢进；晚期，体力衰退，出现继发性垂体前叶功能减退。

河童之夏·补

河 盗

波光粼粼的水面之上，漂浮着什么东西。

“是浮木吗？”有人问道。

不太像啊，轮廓比浮木更加柔和一点。

“我看是只死兽。”

“不对，那是个人。不信，我和你们打赌。”眼神最好的老三说道。

它渐渐漂到船边。

果真是一个人。

“没想到这条河上，还有人和我们做一样的生意。”老二笑道。

这一伙人没有名字，分别以老大、老二、老三和四郎称呼。时间一长，他们都忘记了自己的本名。这群人不是亲兄弟，不过是搭伙过日子的流人而已，没有土地，也没有资产，偷了几条小船，藏到湖心一处芦苇地上，做起了无需本钱的买卖。

“他的收尾可不干净。”老大说道。

四人作为河盗，实力不是最强，但却是活得最久的。他们平时装作渔夫在水面游荡，也打打鱼，在市场上也同人讨价还价，与普通的渔夫一模一样。只是当他们在水面上时，除了打鱼之外，还会仔细寻找猎物。一脸穷酸相的过路人，他们是不会下手的，抢到的钱没准还抵不上花费的功夫；大富大贵者，他们也不会下手，富贵者太引人注意，稍有不慎便会招来灾祸。只有平庸之辈才是他们的目标，这些人有点小钱，失踪之后又不会引起太多的注意。

四个河盗得了钱财，也不张扬，权当贴补家用，破落的样子被别人看去，但肚子里的白米大肉却是实在的。

外人自然不知道他们在过什么好日子。钱还未用完前，他们也不急着继续犯案，减少了犯案次数，自然就降低了被捕的可能性。而且四人心狠手辣，寻常时候不留活口，尸体也都装进麻袋沉入水底。

不贪，只做最适合自己的活计，手脚干净些，这是最浅显的道理。但世上绝大多数人都没这四个河盗活得通透。

“没有臭味，还没烂。”老二说道。

没腐烂又怎么会浮在水面上？老二用船桨戳了一下尸体。

“居然抱着根木头，看来不是尸体。”

“动了，他眼皮动了，不是尸体！”老三说道，“四郎，去把他拖上船。”

“为什么是我？”四郎有些不太情愿。

“因为你最小，快点拖！万一他是个落水者，身上还有些钱呢？”

没办法，四郎只能忍着恶心，将半死不活的人拖上了船：“不是落水者，看看他脖子上和身上的伤。”

伤口已经被水泡烂，部分还被鱼虾啃食，留下骇人的痕迹。

老大急道：“别管那些了，快摸摸，有钱吗？”

“没钱。”

“呀，没钱啊。”老大摸摸光秃秃的脑门，“那就丢下去吧。”

四郎正要把人丢回水中，还在昏迷中的人仿佛听到了这些，赶忙做出了反应。他发出一声惨烈的呻吟，张开了嘴，如同一条打哈欠的蛇。

“有趣。”

“有趣。”

“有趣。”

三个人都发出同样的感叹。

“哈哈，太凑巧了，这家伙和我们有缘。”四郎笑着说道，“反正我的人刚好死了，我会留下他的。”

“随你，不过不要惹事，也不要花太多钱。”

“哈？花钱，我为什么要花钱？”四郎一脸难以置信地看着老大。

病 人

“来，阿音过来。”

邻居家的大妈对着大槐树下的阿音招了招手，阿音便不再看树上的蚂蚁，跑了过去。

“真脏，来，我先给你洗把脸。”

五岁的阿音正是最惹人怜爱的年纪。粉嫩的小姑娘，一张粉嘟嘟的小脸，如同晚霞一样泛着红晕，像嫩叶一样柔软的黑发，还有白玉似的肌肤，两只手臂就像是白藕一样。

但现在，阿音却像个破旧的布娃娃一样，脏乎乎的。她的父母不再管她了，或者说顾不上她了。

“刚才你在干什么？”大妈牵起阿音的手。邻家大妈的手很大很温暖，有些粗糙，和阿音父母的手都不同，父亲的手满是老茧，又有伤痕，握起来就像一块石头，而母亲的手则柔软光滑得像豆腐一样。

“阿音刚才在干什么呢？”大妈替阿音洗脸、梳头发、编辫子。

“看蚂蚁。”

“蚂蚁有什么好看的？”

“好看，树上有一只大肥虫。”

“阿音不怕虫子吗？”

“怕啊。”阿音扭头说道，“但是有蚂蚁在，我就不怕了。蚂蚁在咬虫子，虫子对蚂蚁来说就像山一样大，但蚂蚁还是一只只扑上去。一开始虫子扭动着身子还能把蚂蚁甩下去，但后来它就没有力气了，虫子身上全是蚂蚁。”

“那蚂蚁还真是勇敢呢。”大妈学着阿音的口气说话。

“嗯！”

“阿音饿了吧，有茶泡饭哦。”

大妈端出茶泡饭，阿音接过碗筷，立即吃了起来。看来她真是饿了。

正巧，外面有人找大妈，她便出去了，倚在门口，两人闲谈中提到了阿音和她的家庭。

“真可怜，阿月那么漂亮、那么好的人怎么会生那样的病呢？”

“唉，老天爷没长眼睛。其实信吾也不错，他不离不弃一直照顾阿月。只是苦了阿音。”

“这点就不对了，妻子是亲人，女儿就不是亲人吗？真不知道他是太痴情，还是太傻。”

阿月和信吾夫妇去年才搬到这里。邻居们只知道阿月以前是某户人家的小姐，阿月漂亮温柔，阿音可爱俏皮，只有信吾骨瘦如柴，神色阴郁，又是个哑巴。周围的人大多对他们抱有善意，只是隐隐有些瞧不起他，又惋惜阿月怎么会嫁给信吾，一朵鲜花插在了牛粪上。

后来，阿月患上了肺痨，先前只以为是受了风寒，整日咳嗽，找大夫开了几服药。一服药下去，阿月的咳嗽就止住了，但没过多久，又开始咳嗽，来来回回多次，阿月竟然咳出血来。

这是种可怕的病，可以说是绝症，无治愈的可能，只能养着、吊着命。信吾悉心照顾，让不少人对他有了改观，一些人觉得信吾有心，另一些人则不满他忽视了阿音。

真可怜，真可怜，真可怜。

这样的话听了一百遍，阿音也觉得自己可怜了。她已经很久没见到自己的母亲了，也很少和父亲接触。信吾不会说话，但至少会摸摸阿音，带着阿音四处玩，但近来父亲有些顾不上她，有时给她几个饭团，有时给她一些钱，有时则忘了。阿音过得不好，落在其他人眼里，当然会有微词。

肺痨是会传染的，小孩子体质弱。阿月确诊的那天，她就明令禁止阿音再接近她。

阿月搬进了一间小屋子，对阿音关上了门。

咳咳咳……

里面隐隐约约传出了母亲的咳嗽声，这是阿音能感受母亲的唯一方式。每当父亲端着药进去，阿音就能听到母亲绵长的咳嗽声，其余时间她都沉沉地睡着。

以前，阿音喜欢闻母亲的衣服，上面有淡淡的香味，闻着母亲的气味让她感到安全。阿音的这个行为被发现后，阿月收走了自己所有的衣服，锁进了小屋里。

后来，阿音也悄悄打开过小屋的门，想扑进母亲怀里。阿月看到后，硬生生地推开了阿音，然后喊来信吾带走阿音。小屋有了锁，阿音再也进不去了。

阿月有多爱阿音，就会表现得有多严厉，这本来就是无可奈何的事。爱她，才不愿置女儿于险地。

听着门外的议论声，阿音静静地吃完茶泡饭。

“我吃饱了。”阿音轻声说道。她悄悄溜了出来，回到树前，虫子已经不见了，只剩下几只蚂蚁在树上徘徊。

阿音以为是蚂蚁们把虫子拖走了。

而真相是，一只雀鸟飞经此地，看到了虫子，便将那条大虫子和上面的蚂蚁都吞入了肚内。

芦苇地

河盗们的据点位于一处湖心岛上，四周是密密麻麻的芦苇，故而此处又被称作芦苇岛。这是块偏僻的贫瘠之地，加上每年春潮来临，大部分土地都会被淹，所以没有多少人对这块地有兴趣，也鲜有人知道这里还有住民。

四位河盗在不会被淹没的区域盖起了三间棚子，被人伺候着。

谁会伺候这些河盗，他们的妻子吗？不，他们都未娶亲。伺候他们的是掳来的奴隶。四位河盗犯案后会剥光人的衣服，将人杀死沉到水底。但他们偶尔会留下顺眼之人，带回芦苇岛，开始训练。

第一步便是割去他们的舌头。就算他们侥幸逃出，也说不出秘密。

第二步便是打。打得他们什么也不敢表示，打掉他们的骨气和脊梁，让他们听到河盗的声音、看到河盗的样子就会不自觉发抖，让他们怀疑自己存在的意义，否定自己的思想，只看河盗的眼色而活。

第三步便是给一些小小的恩惠。奴隶偷吃一点不属于他的东西，一定要往死里打；但河盗们偶尔也会丢给奴隶一点不错的食物或者一件御寒的衣服，借此告诉奴隶，东西只能由主人给，主人不给，千万不能碰。

训练人和训练一条狗或者一只鹰，本质上没有不同。

四个河盗各有一个奴隶，鉴于他们糟糕的品位，奴隶的名字也不怎么好听。对应老大、老二、老三、四郎，奴隶的名字分别是阿犬、阿鸭、阿鸡和阿助。

四个河盗用最有限的资源过着最舒适的生活，在家有人服侍他们，每日洗衣做饭，端茶送水，帮着做活，修补渔网，地里种些蔬菜，乃至放养些鸭子。日子好不自在快活。

信吾从昏迷中醒来，肺部火辣辣地疼，像是有火在里面烧。在水里泡了太久，他的心肺受损不少，周身酸痛无力，仿佛刚在油锅里炸过一样。

他想要喝水，张嘴想要喊人。这时候，他才发现自己最大的问题——他的舌头不见了。

凉介居然割掉了他的舌头！

为什么凉介会如此恨自己，不光将他打晕推入河中，还割去了他的舌头。

不是恨，而是恐惧。凉介害怕信吾会化作怨魂进入阿月和三池师父的梦中，说出实情，所以割去了信吾的舌头。

四郎正是发现信吾的舌头被割掉了，才愿意收留他。前不久，阿助死了，四郎正少一个伺候他的人，现在直接送了他一个被割舌的年轻人，河盗们自然觉得他与自己有缘。

于是河盗们把他带回来，丢给其他奴隶照顾，让他们找些草药灌下去，能活下来最好，倘若不能活，再丢进水里就是了。

信吾醒来，发现自己被割舌，从喉咙里发出“嗬嗬”的怪声。照顾信吾的奴隶来了，他是个鬼魅一样的人，又黑又瘦，皮肤如同死蛇一般，贴在骨头上，头发又稀又黄，眼中蒙着一层薄薄的翳，就像一具行尸走肉。

——他是谁，是救了我的人吗，为什么是这副样子？

信吾心中满是疑问。但对方没有解答的能力，他也没有舌头是个哑巴。他打着手势问信吾要做什么。

信吾强撑起身子，也比画了几个手势——他渴了。

对方离开。等他回来时，手里端着一碗鱼粥，里面有些碎鱼肉和一些米粒，量不是很多，比起粥，更像是鱼米汤。

身体虚弱的信吾此刻最需要的就是营养，他顾不上道谢，急忙吃了起来。粥又腥又咸，绝对算不上美味。但那个哑巴看信吾吃着粥，不由得吞咽口水，喉头动了动。作为河盗抓来的奴隶，他平时很难吃到这样的鱼粥。

就这样，信吾开始养伤，透过棚子的缝隙，他知道自己身处一大片芦苇内，除了他和哑巴外，还有固定的几人，没再看到其他人。

这地方定有诡异之处，然而信吾只能待在这里。

这天，哑巴弯着腰，像一条狗似的走在前面，后面跟着一个健壮的男人。男人的头上包着一块蓝色的头巾，肤色是古铜色的，肌肉分明，长着一对三角眼，仿佛是毒蛇的蛇眼，透着凶狠。

“你能站起来了吗？”他趾高气扬地对信吾说道。

信吾虽不满他的态度，但心想对方应该是自己的救命恩人，于是起身向他表示感谢。信吾站在他面前。

“谁准你挺着腰杆站在我面前的？”那人绕到信吾身后，一脚踹中信吾的膝窝，让他跪了下去。

“是我救了你，从今天开始，你就和他一样是奴隶，而我是你的主人四郎。”四郎说道，“你叫阿助。”

从此信吾不再是信吾，他是阿助。

“无论你在做什么，只要听到我喊你，你就必须跑过来听我吩咐。”四郎贴近阿助的耳朵，一只手捏住阿助的肩膀。

四郎的手就像是铁钳一样，一点点施加力量。阿助吃痛，挣脱不开，又明白自己现在的处境，只能跪得很深，向他求饶。四郎很满意阿助的顺从，松开了他。

又过了两日，尽管阿助还没完全康复，但四郎已经开始折磨他了。阿助要做很多事，四郎稍有不满，就会对他拳打脚踢。

活下去，活下去，活下去。

他想再见到阿月，还想报仇。这些念头支撑着他，让他忍耐下去。

也全亏他忍耐下去，才没有成为水底的尸骨。阿助渐渐搞清楚这里有哪些人，他们又是谁。

老大、老二、老三、四郎是杀人不眨眼的河盗，阿犬、阿鸭、阿鸡，包括自己，则是河盗掳来的奴隶。先前照顾他的人，叫作阿犬，是老大的人。

而且他相信以前有很多个阿助，因为奴隶居住的棚子里，很多东西都是四份的，并且有些年头了，不是因为他来而新布置的。

如果先前他反抗了，四郎很有可能会杀死他，然后再找一个阿助。

想明白这点后，他更加顺从了。阿助可以有很多个，但信吾只有一个。他希望以信吾的身份再回到琴坊，取回他失去的一切，所以他要活下去，寻找机会。

或许是因为阿犬曾经照顾过他，他对阿犬有好感。他有时候会通过手势向阿犬打招呼，但阿犬从来没有回应过他。阿犬并不是忙，他只是在躲避阿助。

在这里待久了的奴隶都这样，脊椎越来越弯，眼神越来越懦弱，身形越来越小，干瘦得和枯黄的芦苇秆没有什么区别，如同死了一般，没人叫他去做的事，他绝不去做，因为多做容易多错。

有时候，错误就等于死亡。

阿助有太多问题想问了。

“你知道怎么出去吗？”

“船呢，船在哪儿，你会划船吗？”

“河盗们的作息习惯又是如何？”

…………

阿犬没有给他问的机会。况且，阿助也不知道该怎么问，他做哑巴的时间还很短，搞不懂如何用手势表达相对复杂的话语。

阿助现在也只能看懂最简单的几种手势——“吃饭”“休息”“干活”“某某在找你”……

所幸这些事情很多都可以自己摸清，等他搞清楚的时候，一年已经过去了。但阿助还是只会几种简单的手势。两个哑巴之间交流，一开始只能靠猜，毕竟每个人的手势都有不同，只有花大把时间才能相互理解。但是河盗们并没有给阿助这个时间，他们禁止奴隶之间有过多的交流。

为此，阿助还被四郎用木棍好好地教训了一顿。

然而阿助还是奴隶之中的特例，因为他不是被河盗掳来的，来时体弱，没有受到无休无止的毒打。所以他的本心还在。

半夜时分，阿助会突然睁开眼睛，眸子闪着光。这么久过去了，琴坊怎么样了？阿月和三池师父是不是还在找他？他们是不是已经认清了凉介的真面目？或凉介欺骗了他们？

阿助对琴坊、阿月、三池师父满是忧虑，而对凉介则是浓浓的恨。每一夜，就是这些信念支撑着他。

时间是最可怕的刀，它能击败这世上绝大多数东西。一年后，他的想法就变了，凉介一定瞒住了阿月和三池师父，说不定阿月已经变心了，她已经和凉介在一起了。

阿月躺在凉介怀里，忘了自己。喜欢的人和仇人在一起，一想到这点，阿助就怒火中烧，恨不得将凉介寝皮食肉。之前是爱，现在则是恨支撑着他。

又一年过去了。阿助迎来了转机。

四个河盗打“鱼”归来，这次有些不同，除了财物，船舱里还有一个年轻女人，阿助看了一眼，她的脸形和嘴唇有点像阿月，姑且算是一个美女。

看来河盗看上了她的美貌，觉得杀了过于浪费，于是掳来了芦苇岛。她被捆得紧紧的，躺在船舱里呜呜哭泣，看来她的同伴都已经被杀了。

她的舌头没有被割掉，嘴上绑了条布带，所以只能发出呜呜声。

“阿犬你们还愣着干什么，快点把她抬到我屋里。”老大说道。

“等等，之前不是说好，先把她送到我屋里吗？”老三不满道。

女人眼中露出一丝绝望。

“好好，那就先送到你屋里，反正都一样，我们都会尝到她的滋味。”

四郎率先笑了起来，而后其他三个河盗也都笑了。

河盗们的笑声，张狂而无耻。

当晚，阿助就明白河盗们留下女人舌头的原因，她的声音其实很好听，哪怕发出的是惨叫。随着夜风，她的求救声传到了奴隶的棚子，阿助只能捂紧耳朵。

对于这些恶棍来说，受害者的惨叫是最好的催情药。第二天早上，阿犬和阿助进到屋里时发现，那个女人浑身是伤缩在角落，嘴唇已经被打肿了，老三克制着自己，没打伤她的脸。

阿犬和阿助送上了食物和伤药，然后立刻离开了。她挺可怜的，但他们自身难保，谈何救助其他人。

接下来，女人就在四个河盗之间流转。女人的呼喊慢慢变得沙哑，最后变成了痛苦的呻吟。

阿犬一个人去为她送饭，她头发散乱，眼中布满血丝，已经不像前几天那么美了，但却更加愤怒。她瞪着阿犬就像一匹受伤的狼瞪着猎人一样，没有求饶，只有决然。

就在前一天晚上，老二嫌弃她身上的味道太大。她身陷囹圄，又怎么会主动清洗身体。于是老二让阿犬提来了一大桶温水。他掐住女人的脖子，把她提起来，抵在墙上，然后用另一只手舀水，一勺勺地浇到女人头上，女人很快就湿透了，衣服紧贴着她曼妙的身躯，让人发渴。

她睁着眼睛，哪怕水进到了眼里，也不眨一下，她看着河盗，看着阿犬。

对河盗来说，女人和奴隶是不同的，奴隶只要听话，女人要有“活力”。

在女人眼中，阿犬这样的奴隶也是仇敌。

这四个河盗不是人，而是妖怪。传说中，水中栖息着名为“河童”的妖物，河童是日本特有的水怪之一，形似猴子，手脚似鸭掌，背上有一个龟壳，皮肤表面则附有溜滑的透明黏液，头顶凹陷，潜伏在水中，会将人拖入水底吞掉，死难者的魂不得解脱，会化作另一只河童。

因为阿犬替河盗们办事，所以他也是一只河童。

这样的想法合情合理。

就在阿犬送饭、靠近她的时候，那个女人突然动了，她被拴在柱子上，但还是有一定的活动自由。她如一头恶犬一般，扑到阿犬身上，又抓又打，咒骂他。

阿犬仓皇出逃，身上还是留下了不少伤痕。

他简单地清洗了一下伤口，又去芦苇地里捡鸭蛋。

“阿助。”

远远的，有人在喊阿助。既然不是喊自己，阿犬就继续低头做事情。

“阿助,阿助,我让你过来。”是四郎的声音,他已经有些不满了。

阿犬也希望阿助早点过去，不然自己将面临一顿毒打。然而他没有想到，四郎竟然大步走到了自己面前，一拳打中鼻梁。

是四郎错将阿犬看成了阿助，他不承认是自己看错了，恼羞成怒的四郎选择了最简单的做法——狠狠地打阿犬一顿。

啪啪啪啪啪！

连续的几个耳光，打得阿犬头晕目眩。

“我叫你，你敢装没听见？”四郎一脚将阿犬踹翻，阿犬手里的鸭蛋掉在地上，碎了。清澈的蛋液糊在泥土上。

“爬起来，吃干净，连壳都不要剩下。”四郎冷冷地说道。

阿犬跪趴在地上，伸出舌头，开始舔舐。四郎却还嫌不够，用脚把鸭蛋踩得更碎，让它们混在泥土之中。

“就这样，用舌头把它们都吃干净。”四郎道。

他单纯以施虐为乐。

阿犬依言，将泥土、蛋液、蛋壳都吃进了肚子。他抬起头，看着四郎远去的背影，眼中多了一些不一样的东西。哪怕是奴隶，也还存留着一点脾气。

痛苦会永远存在，积攒在人心中慢慢发酵，酿成一壶毒酒。

晚上，他干完活没回到棚子，而是到了河滩，拿着一根芦苇不知道在画些什么。阿助发现阿犬不在，偷偷溜到了外面。

他在河滩上找到了阿犬，而河滩上是密密麻麻的字：杀了他们，杀了他们，杀了他们，杀了他们……河边的字很快就会被波浪抹去。阿犬听到了阿助的脚步声，慌张地回过头，匆匆用脚擦掉地上的字。

只是字这么多，两只脚怎么抹得干净。

阿犬开始后悔了，仅仅为了宣泄不满，他就被人看到了秘密，倘若被告密给河盗，他就会和其他人一样，被割喉，然后沉入水底。他忍受着虐待，仅仅是想活下去而已。

——杀了他，杀他灭口，你就可以活下去了。

阿犬瞥见河滩上的一块石头，如佛祖用过的铜钵，大小正合适，能打烂一个人的脑袋。

当时幽蓝的天际挂着一轮下弦月，芦苇投下连片的阴影，并在夜风中私语。珍珠沫似的月光洒下，照着两人苍白的脸，一人因恐惧，嘴唇紧紧抿着，另一人因震惊，微张着口。

阿犬的全部注意力都在阿助身上，如果阿助转身就跑，阿犬就能拾起河滩石头，如果阿助朝他冲过来，他绊倒阿助再捡起石头也一样。

阿助必须死，因为阿犬想活。

出乎阿犬的意料，阿助就近折了一根芦苇，也在河滩上写字。

“你也识字，我也会。”

这表明他们两人可以交流。

这回轮到阿犬吃惊了。他遇到的不是敌人，而可能是朋友。

“你想杀了他们吗，你想逃走吗？”阿助继续写，“我也想，我不会把你的事说出去的。我是信吾。”

阿犬犹豫了一会儿，写道：“我是阿胜。”

简单地交换了名字，约定便达成了，他们已经是盟友了。奴隶之中，只有阿犬和阿助识字。光靠手势，只能表达简单的意思，如何取信他人，如何商讨复杂的计划，只能依靠文字。

阿犬没有表现出自己识字，因为河盗们控制奴隶，依靠的正是限制奴隶相互间的交流，他们不会留下识字的奴隶。但现在有了阿犬和阿助，河盗们的统治管理就出现了漏洞。

“我们该怎么办？”

“怎么样才能逃出去？”

“我已经等了两年，已经受不了了。”阿助不停地写。

他有太多的问题要问，有太多的事想和阿犬商量。

他太想逃离这里了。

琴弦故梦

三年，信吾失踪了三年，这三年足够让一个人改变了。

夜深了，暗黑中是铁一般的静，但在混沌的梦里，却是无与伦比的喧闹。

汪汪汪……

喵喵喵……

呱呱呱……

等等，在众多声响中，好像混入了奇怪的东西。那是什么声音，好似鬼魅一般。哦，那是河童的叫声。

信吾感到自己躺在一片烂泥之中，四周都是水，浑浊而腥臭。他憋住了气，无法呼吸，无论怎么挣扎，他都陷在泥潭里，浮不到水面上。他快憋不住了，胸腔就快要爆炸一般。

砰！

信吾突然掀开被子，直起身子，大口喘气。

原来只是一场梦……太过真实的梦，信吾身上的衣服都被汗水打湿了。他身边的阿月也醒了过来。

“怎么了，做噩梦了吗？”阿月起身，安抚信吾，为他倒了一杯水。

阿月和信吾成亲已经有四年了。当初信吾及时赶到阻止阿月和凉介成亲，凉介见事情败露，在琴坊自杀。凉介死后，他们并不想将事情闹大，于是编出了河童的故事，掩盖了过去。二人不懂经营，信吾的手也废了，不能再制琴，琴坊的传承已断，单靠几个小工匠也撑不起琴坊。

于是他们变卖了琴坊，搬迁到别处，开始新的生活，不久便生下女儿阿音。

一个哑巴的女儿，居然起名叫阿音，这本身就是一件很值得玩味的事情。他希望以这样的方式让声音重新回来。他会这样做，就说明心里始终没放下一些事。

无论阿月怎么照顾信吾，他依旧骨瘦如柴。他的变化实在太大了，被凉介谋杀，浑浑噩噩过了三年，足以改变很多事情。以前爱琴成痴的信吾再也不碰琴了，乃至听不得琴声。阿月教阿音弹琴都只能去外面。

信吾的脾气和习惯也发生了变化，他变得沉默，不再爱笑，如同一块石头似的，不过阿月也能理解，出了这么多事情后，一个人性情大变也有可能。

阿月只能尽量适应信吾的改变。

信吾喝下半杯水，点燃灯，看着阿月。

“你有什么事情想和我说吗？”阿月知道信吾这副样子就是想说些什么。

信吾用手指蘸了些水，写下两个字“搬家”。

信吾的梦魇一直存在，安稳的生活压制住了他的不安，但随着时间流逝，梦魇又开始蠢蠢欲动，信吾也越来越憔悴。

他需要一个新环境。

阿月点了点头："好，我们搬家。"

如果能让信吾好受点，搬家又有什么关系。

逃离

芦苇如屏风将外面的世界与芦苇岛隔开。外人不了解芦苇岛，便会在大片的芦苇丛里兜兜转转，迷失方向。

阿助和阿犬要逃离芦苇岛，至少需要做到两步：第一步得到一条船。河盗有三条船，都拴在河滩的石桩上，上了锁，而钥匙由河盗亲自保管；第二步则是驾船离开芦苇岛。第二步比第一步简单，河盗们在芦苇岛来来去去这么多趟，已经开出了一条小路，只要沿着那条路走，一定能离开芦苇岛。出了芦苇丛，找准一个方向，到岸边即可。

如何才能拿到河盗贴身保管的钥匙，这才是最关键的地方。

"我们要不要找其他的人，阿鸡，阿鸭？"

阿犬摇了摇头，他知道的远比阿助多："我能和你交流，因为都识字，但其他人不识字。我们很难和他们交流，而且他们在这里待的时间比你我都久。"

"他们已经死了。"阿犬在死字下画了一条线，做奴隶太久，作为人的部分就会死去。

"而且你知道之前那位阿助是怎么死的吗？他试图逃跑，然后阿鸭告密。阿鸭得到了奖赏，阿助死了。"

现在，阿鸭的待遇比另外三人好一点。

河盗们一直在使一些小手段，不让奴隶们团结起来对抗他们。

有人逃走，对其他奴隶来说，应该是好事。他会带人过来，剿灭这些河盗，救出其他奴隶。

“我不明白。”

“你想得太简单了。”阿犬写道，“你小看了人心的险恶。作为奴隶，我们好歹活着，比其他人幸运太多。如果有人逃脱，河盗们也明白这很危险。”

“他们会离开芦苇岛，其他人怎么办？”

“河盗不会珍惜奴隶的性命，转移奴隶也可能会出意外，所以最万无一失的做法就是杀光奴隶。而逃离芦苇岛的奴隶最后还是没能活着出去，或者说他没办法把这里的情况告诉其他人。他是个哑巴，所以救援也可能不会来。”阿犬继续写，“但奴隶逃了，河盗们一定不会高兴，他们说不定会把其余的奴隶都杀死，以绝后患。所以你会怎么选择？”

一个奴隶逃跑了，对其他奴隶来说，并没有实质性的好处，而坏处却是看得见的。阿鸭的选择就显得很正常了。

经历过一场谋杀的阿助立刻想清楚了里面的症结。

“只有你不会背叛我。”

“没错，我不会背叛你，我们已经是同伙。”

尽管不能拉其他人入伙，但却可以利用其他人。

阿犬写道：“我们现在只缺一个契机。”

两人相知之后，时常这样溜出去笔谈。谈的最多的，当然是如何逃离这里，有时也会谈及过往的经历，阿犬原名阿胜，是一位武士的近侍，自小跟在武士身边，所以识字。他和亲友一起返乡，被河盗盯上。他们奋力反抗，但船上绝大多数人都不会水，被打落到水里就失去了战斗力，河盗又特别凶狠。最后，阿胜被船桨打晕，醒来后，就发现自己失去了舌头，困在芦苇岛。

阿助告诉阿犬，他的原名是信吾，是一间琴坊的制琴师，深受师父看重，而且也被师父的女儿阿月喜欢。阿月，人如其名，就像一轮明月一般，纯洁、美丽。当时他还未意识到自己有多遭人嫉妒，直到他和凉介师兄一起走在水畔。师兄突然发难，不光用琴砸他，还试图勒死他。谁料到他竟能不死，在水上漂浮几日后，又被河盗所救。是真正意义上的才出地狱又入火坑。他想念琴坊的师父和阿月，也想向凉介复仇。

阿助比阿犬可怜。阿犬握住了阿助的手，给他一些温暖和力量。肢体接触比语言、文字更具力量。

他们能笔谈的机会并不多，倘若被其他人发现他们常溜出去，两人都会有危险。所以他们练出一种特殊的笔谈法。有些时候，他们靠在一起就是在说话，用指尖在对方身体上轻轻写字，仅仅动动手指，在极小的区域内快速滑过。对方就能明白意思。

就在这样的情况下，他们敲定了大致的计划。

然后，契机终于来了。

河盗们终于厌倦了女人的尖叫和咒骂。

清晨，阿犬提着食物，走进屋子。女人躺在角落，嘴角有血，双眼无神，头发如枯草一般散乱着。今天一早，老大拿着一把剪刀走进屋子，女人一声尖叫后，老大拿着沾血的剪刀和一块粉嫩的软肉，那是女人的舌头。

阿犬有些同情这个和自己同病相怜的家伙，尽管她曾经不明就里殴打过自己。但他只是放下食物就离开了。

但角落里女人的眼睛却亮了起来。阿犬掉落了一把小刀。她将刀抱在怀里，心中打定了主意。

“她会对河盗动手吗？”

“你还记得失去舌头的感觉吗？绝望痛苦，无法再口吐人言，无论吃什么都只能尝到淡淡的苦味和咸味。”

人舌每个部位所能尝出的味道是不同的，听说真正的老饕在享用美食时，会考虑食物在口中的位置、舌头每个部位与其接触的先后顺序，以便感受美味。

而他们口中只有一截舌根，舌根感知的味道就是苦味，而咸味是舌头各处都能感知到的。

进食是人生的欢愉，而与人沟通是灵魂的诉求。失去这两样而能不愤怒的人几乎不存在。

“我记得。”阿助写道。

“况且她本身就不是容易屈服的人，像她这种人最是可怜也最可敬，只折不弯，最容易死。”阿犬道，“她有了刀，一定会想办法杀人。”

那个女人一动，芦苇岛就会乱，一乱，他们就能找到机会逃出去。

当阿鸡找到老二时，老二正半倚在墙边，啜饮着米酒。居住在水上，湿气较大，河盗们都有喝酒的习惯。老二格外好酒，他每日早起最先做的事情就是喝些酒，每日最后做的事情也是喝点酒。他喝的只是劣质的米酒，从未大醉过。

老二把酒从嘴边拿开：“你有什么事吗？”他语气不善。任何人在做自己喜欢的事时被打扰，心情都不会太好。

阿鸡比画了几下。

“你说我的船出事了？”

对河盗来说，船无疑是他们生命的一部分。老二站起了身子，往外走去，河盗们以为自己彻底驯服了奴隶，所以一般不会怀疑奴隶的“话”。更何况，阿鸡就是他的奴隶，对他忠心耿耿。

但他并不知道这件事是阿犬告诉阿鸡的，阿犬将阿鸡带到老二的船前，船被凿了一个洞。阿鸡来不及思索是谁干的，便急急忙忙地去找老二了。

如果是阿鸡去通报，或许到时候老二降到他身上的怒火会少一点，老二对他的怀疑也会少一点。

与此同时，阿助也骗走了阿鸭，他对阿鸭说，河盗让他去抓一只肥鸭子。这不是没有过的事情，河盗常在半夜玩些花样，折腾他们这些人。

老三和那个女人在一起。女人的脾气仿佛和舌头一起都被割走了，老三现在就像一只蚕一般在翠绿的桑叶上，不断地蠕动着自己的身体。

桑叶躺在地上，却如在狂风之中一般摇曳，透出痛苦的滋味。

哗啦啦，哗啦啦……叶虽无口，但这就是叶在呻吟。

沙沙沙沙……这是蚕吞噬桑叶的声音，蚕沉迷于叶的滋味，埋头大口大口地进食。

处于享受中的人是最脆弱的，因为他对潜在的危险一无所知。

叶静静等待着，等一个机会，当蚕到达绝顶之际，叶动了。

一道尖锐的白光刺入蚕的体内。

女人反手拿起阿犬掉落的那把短刀，刺入了老三锁骨之上。

短刀绝不是一把好刀，但磨得很锋利，割开了老三的气管。但他的生命力像蟑螂一样强，发出一声响彻天际的惨呼后，伸出手打向女人。

女人忍住痛，将刀子拔了出来。血如喷泉一般，飞溅到半空中，像一匹红绸。

女人吐出一颗断牙，看着老三捂着伤口抽搐。四郎和老大赶到了屋内……

远处的火也着起来了，宛如一只趴在水面上的巨兽，干枯的芦苇是火焰最好的饵食。阿助在岸边放了一把火。

作为芦苇岛的天然屏障，芦苇密密麻麻地生长在一起，只要有一处起火，随着风势，火焰就会蔓延开来，今夜的风向正好，火兽会席卷这座小岛。

在火光的映照下，阿助往相反的方向跑去。

而阿犬在船边，等着阿助过来接应。但阿助并没有赶到，阿犬不知道阿助遭遇了什么，但时间已经来不及了。

老二已经追上来了。

“原来是你搞的鬼。”老二看到阿犬，歪着嘴，露出一个嘲讽的笑，“我要在你肚子上也开一个洞，然后在里面塞一团泥鳅。”

泥鳅会在阿犬体内乱窜，搅乱他的内脏，也只有恶魔能想到这样的酷刑。

阿犬举起长棍，对准了老二，他的架势像是使枪的架势。老二出来得匆忙，只带着一把两尺长短的刀。

用长棍对付短刀，确实是个不错的主意，

“呸！”老二朝他吐了一口痰，挥舞着刀，向他扑去，刀锋闪着死亡的白光。

芦苇和竹子很像，只不过竹子能活得更久些，而芦苇仅仅只有一年。

竹子捆在一起能制成竹筏，同样芦苇捆在一起也能成为一条小舟。毕竟书上有佛陀一苇渡江的传说。

不过芦苇与竹子相比，较为脆弱，经不住大风大浪，但此时此刻，对阿助来说芦苇就足够了。

阿助游入芦苇丛。

由于风向的关系，这块区域将会是最后烧到的地方，他有足够的时间离开这里。

一个被出卖过的人，很难再相信其他人，他往往会先出卖其他人来换取安全感。

信吾曾经被亲如兄弟的凉介出卖过，险些被杀害。他不会让这样的事再度上演，虽然对不起阿胜，但他只能这样做。

按照原计划，信吾支走阿鸭，放完火后，就该和阿胜会合，一起埋伏老二和阿鸡。他们两人击倒河盗和他的奴隶，夺取钥匙，然后修补那艘破船。他们凿的洞并不是很大，用油布和木板简单地修缮一下就可以下水，他们划船沿着河盗出行的路线，赶在火势扩散前，离开芦苇岛。

但本该和阿胜一起的信吾却走向了另一个方向。

他抱着芦苇，慢慢往外游去，走这条路虽然困难，但并不危险。那个女人会吸引棚子内河盗的注意，而大火又让其他人应接不暇。最后则是阿胜，他吸引了老二和阿鸡的注意力。如果他不能成功击败老二和阿鸡，那至少也能拖住他们一段时间；如果他成功了，等其他河盗想起追捕肇事者，他们就会发现少了一条船，然后追向阿胜。而信吾反倒安全了。

芦苇会让人迷失方向，所幸信吾也不苛求方向，他的目标是离开芦苇岛，到达岸边。

今夜月色很好，月色好的夜晚，适宜做很多事，比如谈情说爱，比如杀人越货，比如逃出生天。远处的火光并没有遮蔽住月色。

月亮成了他的“引路人”。

只要信吾拨开芦苇，对着月亮，坚定一个方向，离开芦苇岛就不是难事。

他想，他即将自由了。

各人有各人的选择，而选择决定命运。

自由、琴坊、阿月……就在他的面前，为了这些，他可以舍弃很多东西，他的身后已经是无尽的修罗地狱，不屈的女人浑身是血，奴隶们或被河盗所杀，或葬身火海。

这一切都将成为他的梦魇。

过去的影子

就像人不可能抛弃自己的影子一般，过去的记忆也不可能消去。

存在过的东西将永远存在。

血，火，血的颜色和火的气味混杂在一起，一切都那么真实。

无尽的修罗地狱……拿着短刀的女人被残忍地杀害，奴隶葬身火海，沾满业火的芦苇在风中摇曳。

信吾时常在梦中看到这些东西，一觉醒来，他总是浑身湿透。但他还能忍受，现在他已经有了美丽的妻子和可爱的女儿，除了失去了舌头，没有什么不好。

这生活是他应得的。

但苍天不这么想，它放出了一个恶鬼来找他。

在外人看来，信吾是个幸运的家伙，明明是残缺之身却能得美人青睐，明明无所事事却能衣食无忧。而且他还是个阴郁的怪人，不愿与他人接触，如枯苇般消瘦，若有阴影，他一定会最先躲进阴影里。

信吾就像是角落里的一块苔藓，让外人厌恶。可他毕竟不是死物苔藓，他长着一双腿，偶尔也会四处走动。

啪嗒，啪嗒，啪嗒……

一滴豆大的汗珠从信吾苍白的额头上流下，他身后的脚步声怎么也甩不掉，信吾走得快，后面那人追得也快，走得慢，那人也放慢速度。

是谁？

信吾不知道谁会尾随他。

尾随者的脚步声有些奇怪，拖曳着不干脆的尾音，其中还有拐杖触地的声音……

信吾走到偏僻处猛地转过头，他张大了嘴，仿佛在问：“你究竟是谁，为什么跟着我？”

跃入信吾眼前的真就是一个恶鬼：对方散乱着头发，一只眼睛已经瞎了，脸上是狰狞的伤口，衣服破烂，一条腿以不正常的角度弯曲着，拄着一根竹拐杖。

他的模样有些眼熟，信吾一时之间想不起来在哪儿见过。

“我找到你了，你以为你能逃出我们的魔掌吗？”他的声音苦涩、沙哑，喉咙像是被火烫过一般。

虽然他说的是“我们”，实际上也只剩下他一人。

信吾脸色大变。

他认出来了，在他面前的是四郎。

四郎居然还没死！

“哈哈，看你这副样子，应该已经认出我来了吧。”四郎道，“我可是找你很久了。”

信吾倒退几步，踉跄着，转身欲逃。

四郎一把抓住信吾：“你把我们搞得这么惨，我可抓住你了。”

信吾挣脱不开。

“我不会放过你的，你想想你做过什么？你当真好算计，拿他人做挡箭牌，害死那么多人，河盗是有罪，其他人可是无辜的。是你杀了他们，你和我们其实没什么差别，呵呵。”四郎那张丑脸扭曲着，“放心，你的死对我没有什么好处，如果你不想身败名裂，那就按我说的去做，我只要钱……”

河盗这份营生并不容易，首先长得要凶神恶煞，声音要洪亮，拦住行人就能让他心惊胆战；其次身手要好，可四郎现在这副样子如何重操旧业？他不过是个乞丐罢了。

要钱……信吾悬着的心放下了，但很快又悬起了。他没有钱……所有的钱财都由阿月保管。

“我现在是烂命一条，你要是不给我钱，我就把你的事情告诉所有人，你已经有妻子孩子了吧，你想想她们会怎么看你，还有这世间能容得下你吗？”

对着四郎，信吾还是点了点头。

四郎笑了：“这就对了，当我把你从水里捞起来的那一刻，我就知道我们是一类人，哈哈哈。”

信吾回到家中，想尽办法从阿月手中偷到了一笔钱，交给了四郎。四郎拿着钱去挥霍了。而信吾在一场噩梦之后提出了搬家。

像四郎这样的人倘若尝到了好处，就像是水蛭尝到血腥味，除非吸干受害者或者自己胀死，否则又怎么会松口？有了第一次，就一定会有第二次、第三次。

信吾只能携家人远逃。

但逃得了吗？

搬家之后，阿月就开始咳嗽。或许这也是对信吾的惩罚，毕竟天谴往往会波及周围的人。阿月被确诊为痨病。此病无法根治，只能静养，用金钱和精力延续病人的生命。

最后的河童

咳咳咳……屋内又传出了隐约又连续的咳嗽声。

阿音看着父亲端药进去，然后关上了门。阿音悄悄靠在门上，她只能听到咳嗽声和父亲窸窣的动作声。

听到脚步声，阿音赶紧离开了门边，装作在一边自顾自地玩耍。

父亲一手端着空碗，经过阿音时，摸了下她的头。阿音站起来，跟着父亲走进厨房。父亲在一边洗碗，阿音将药渣端出去，倒在路中间，据说药渣被千人踩过后，病人就能康复。这或许是阿音唯一能为母亲做的事了。

回到家中，父亲已经洗好了碗，蹲在阿音面前，凝视着她，想把阿音的样子深深印入脑海。父亲突然抱住了阿音，阿音反而有些不知所措。等她回过神来时，怀里已经多了一个沉甸甸的钱袋子，阿音还是第一次拿到这么多钱。

父亲打着手势，让阿音收起来，留着慢慢花。而他自己揣着什么东西，走出了门外，回头再次望了阿音一眼。

午后，乌云遮蔽了太阳，微风带着凉意，夹杂着灰尘，吹在信吾的脸上，他眨了眨眼，用手背将进到眼里的风尘揉了出来，待会儿要做的事不容一点马虎，他必须准备好。

信吾要赴一个约，要见的人正是四郎。

没错，信吾一家悄无声息地搬走后，四郎又阴魂不散找到了他。

信吾搬家后因害怕四郎，便一直窝在家中。直到阿月患病，他为了照顾阿月不得不四处奔波。在一次买药的途中，再次遇到了四郎。

天知道，四郎是怎样找到他的！

“呵呵，又见面了，你可让我好找啊。”

四郎将信吾逼到了角落，按住了他。

四郎皱着眉头：“我来去的路费，你可要负责。”他再度敲诈信吾。信吾买来的药撒了一地。此后，信吾又给了四郎两次钱。

四郎把钱花完又会再找信吾讨要，信吾不堪其苦，但还是默默忍受，把钱给了他。

这次是他们第四次见面，地点是信吾定的。在一处“僻静”的林子里，林子里很热闹，树叶在风中沙沙作笑，群鸟枝头喳喳打闹，唯独没有人的声音。

信吾等了好一会儿，四郎才姗姗赶来。

“钱都准备好了吗？”

信吾点了点头，从怀里掏出鼓鼓囊囊的钱袋子。四郎喜笑颜开，拖着腿，跳到信吾面前，拿到了钱袋。

他低头打开袋子：“你、你想干什么？”钱袋里面只有鹅卵石。

哑巴无法答话，四郎忘了对方的舌头早就被割掉了。不过信吾用另一种方式做出了回答——他用一把匕首刺入了四郎的身体。

四郎翻滚着逃开，血一直在流，他嘶吼道：“你怎么敢伤我？”

不是要伤你，而是要杀你，信吾想。

信吾在四郎后面紧追不舍，四郎打伤了信吾的脸，而信吾终于刺中了四郎的要害。

四郎捂着伤口，躺在地上，明白自己大势已去，脸上的惊恐渐渐消失，转变成一种诡异的豁达，他笑了起来：“你究竟怎么了？之前明明是一副唯唯诺诺的样子。你啊，一直都是无可救药的胆小鬼。”

四郎为什么说他是胆小鬼呢？因为当初河盗袭击他的船时，所有人都在抵御河盗，而他见势不妙佯装落水，企图偷偷逃走。丢下同伴一个人逃走，这就是赤裸裸的懦夫行为。

“一定是发生什么事了吧。哈？你这是什么表情，我说对了吧。”信吾的转变一定有一个契机。

“哈哈哈，原来如此，她已经发现了，真可怜啊，你们都可怜啊。她呢？”

他的伤口一直在流出殷红的鲜血，生命力急速地消逝。四郎瞪着信吾，信吾的眼里没有一丝神采。

“我懂了，哈哈，你个骗子，你又一次一无所有了，像你这样的人又能再活多久呢，我在地狱等着你！”

河盗四郎终于咽下最后一口气，死了。他的话却像一粒种子跌入了信吾的心间，它将慢慢长大，最终缠住、勒死信吾的心。

信吾取出早些时候藏好的工具，挖了一个坑，将四郎埋了。干完这些事，夜已经深了，由于乌云遮蔽，夜晚也看不见月亮，只有寥落的几枚夜星缀在天际。信吾悄悄打开了门，阿音已经在自己的小床上睡觉了。信吾拍了拍阿音的小脸，阿音睡熟了，没有醒。于是，信吾蹑手蹑脚地打开门锁，进到阿月的房间里。

阿月躺在床上，没有盖被子，更准确地说，是阿月的尸体仰面躺在床上，身上满是药汁。药的作用不是治疗痨病，而是防腐。阿月死去多时了，外人听到的咳嗽声，是信吾捏着喉咙假装的。

阿月把自己关入房间后，为防止阿音偷偷进来染上病，又加上了一把锁。她活在方寸之间，一下子从原来忙碌的生活中脱离出来，如一尾湖里的鱼突然被丢到了海里，鱼因海太辽阔而无所适从，阿月因闲暇太多而无所适从。她开始胡思乱想，发现了一些端倪。信吾的样貌确实和从前差不多，但某些行为却不一样，经历了这么大的事情，人会改变也很正常，但阿月还是觉得有些奇怪。

按信吾的说法，凉介偷袭了信吾，将他打晕、勒下舌头，推入水中。昏迷中的信吾凭着本能在水中抱住了一块浮木，顺着水流漂远了，足足漂了几十里路才停下来。他在水里待了好几天，才被人救起，灌了些米汤，又昏睡几天才醒。或许漂流时，脑袋被什么东西撞了，信吾什么也不记得了，他也没有舌头，只能打几个手势勉强和人交流。别人看他可怜，就给了他一个看守水磨的活计，让他可以糊口。两年多，他就是这样浑浑噩噩过来的。

前者应该没有问题，因为凉介知道信吾回来后就畏罪自杀了。后者呢？信吾告诉她的水磨，她从来都没去求证过。

这世上有三种东西长得最快——竹子、孩子、怀疑。既然阿月发觉了不对劲，她自然要试探一下信吾。

过了几日，信吾送饭进来。阿月装作无意间提起饭菜，说又有什么蔬菜要上市了，如果看到了可以买来。

信吾含糊地点着头，也不知道有没有认真在听。

阿月又开始回忆往事，她自己喜欢吃什么，信吾又喜欢吃什么，父亲不允许他们浪费粮食，碗里的东西一定要吃完。有时候，他们就会交换讨厌的食物，让对方帮自己吃，如果彼此都讨厌吃，那他们只能相互扮鬼脸，捏着鼻子，把它当苦药丸一样吞下去。

信吾又点了点头。

不对。

阿月看着信吾。

你以前很喜欢吃这个，而且我们也没有彼此都不喜欢的食物。

信吾脸色不变，只是淡然地写道。

不知道，我早忘了，再说没有了舌头，吃什么都一样。对于吃东西，我不想再多说什么。

阿月的眼神暗淡了下去。

那你还记得我们小时候一起去庆典吗？

是哪一次？信吾写道，我告诉过你我落水伤了脑袋，很多事情都忘了。

阿月想，失忆确实是一个不错的解释。但她还有一个问题，家里的钱去哪里了？阿月发现家里的钱少了很多。

在和信吾生活的几年间，阿月没有发现信吾有赌钱的癖好，信吾也没做生意，而他们在这里也无亲朋好友，更不会借钱给别人，那么钱去哪里了？

信吾没有回答，无论他说什么，都只是拙劣的谎言罢了。

其实你不是信吾吧。我早该明白的，一个人不会改变这么多，无论是生活习惯还是脾性，真正的信吾到底在哪儿？阿月追问。

她多么希望信吾生气，然后一条条反驳她。这样就能证明她错了，毕竟她没有证据，只是一种感觉而已。

结果，阿月的虚张声势反而让“信吾”真的害怕了。他缓缓站起身子，猛地扑向阿月，掐住了阿月的脖子。

他的一只手虽然废了，但对付一个病榻上的女子还是绰绰有余。

为什么，为什么你要发现呢？

为什么要深究？

活在梦里不好吗，清醒也是一件痛苦的事情。

他在心底痛苦地默念道。阿月渐渐停止了挣扎。

阿月死之前，心就已经死了，她知道面前的“信吾”不是信吾，而假信吾知道那么多事情，一定和信吾有接触，真的信吾一定是死了。

假信吾看着阿月的尸体。阿月突然暴毙惹人怀疑，他决定暂时把尸体藏起来。

假信吾便是阿胜，他打昏了河盗老二，并拿刀杀了他。阿胜知道自己可能被出卖后，并没有急着离开，老二他们的尸体在这里，船又少了一艘，其他河盗很容易搞清楚他的去向，因此他带着伤去向河盗报信了。

他谎称自己是被信吾袭击了，自己身上的伤就是信吾干的，而且信吾还杀了老二和阿鸡。刚解决了那个女人的老三和四郎立刻带着人去寻找信吾。

而阿胜也为他们指出了正确的路，以他对信吾的了解，他知道信吾应该是往相反的方向逃走了。

于是，河盗追到了信吾，信吾与他们展开殊死搏斗，这时大火也蔓延到了此处，阿胜反以信吾为诱饵趁乱逃离了芦苇岛。由于火势太大，阿胜受了伤，除去被火烤伤的死肉，他也毁容了。

阿胜以为芦苇岛上的一切都毁了，所以也没引人去捉拿河盗，他只是带着残疾的身躯四处流浪。在流浪途中，他突然得到了阿月的消息，一个瞒天过海的诡计在他脑海中成型。

他知道那么多信吾的事情，毕竟有段时间，信吾和他无话不谈。而且他们长得也有些相似，河盗还曾经认错他们两人。加上有毁容和失忆做掩护，他相信自己能大闹一场赚点好处。

结果，他得到了全部。他得到了阿月和琴坊，过上了美梦一般的生活。

如果不是阿月开始怀疑他，这梦还会继续做下去。

阿月一死，阿胜便也破罐子破摔，宁愿两败俱伤，也不想再受四郎的威胁。

四郎就这样死了，阿胜只受了轻伤。

又是几日后，阿胜对外宣称阿月病逝，将她草草埋葬。“信吾”也不愿住在这里了，他带着女儿阿音搬走了。琴坊附近还有一处属于他们的小屋。两父女就在那里生活。也许是四郎的诅咒真的生效了，又或者说是阿月的怨念影响到了“信吾”，“信吾”的身体一天不如一天，又开始酗酒，最后一命呜呜。外人还当他是思念亡妻抑郁而终，留下阿音一人在世上求生。

再过了几年，阿音又和重兵卫他们相遇，前往江户。她永远也不会知道自己的身世是虚假的，她的“父亲”并不是她的父亲，真的信吾早死了，死在那年那片芦苇丛的大火之中了。

图书在版编目（CIP）数据

百妖捕物帐 ： 一念 / 拟南芥著． — 北京 ： 北京联合出版公司， 2022.6

ISBN 978-7-5596-5954-5

Ⅰ．①百… Ⅱ．①拟… Ⅲ．①推理小说－中国－当代 Ⅳ．① I247.5

中国版本图书馆 CIP 数据核字（2022）第 023771 号

百妖捕物帐：一念

作　　者：拟南芥
出 品 人：赵红仕
策　　划：牧神文化
责任编辑：管　文
特约编辑：华斯比
美术编辑：江心语　陈雪莲
封面绘图：Million

北京联合出版公司出版
（北京市西城区德外大街 83 号楼 9 层　100088）
北京联合天畅文化传播公司发行
上海盛通时代印刷有限公司印刷　新华书店经销
字数 205 千字　890 毫米 ×1240 毫米　1/32　8.5 印张
2022 年 6 月第 1 版　2022 年 6 月第 1 次印刷
ISBN 978-7-5596-5954-5
定价：56.00 元